元史演義

蔡東藩 著

從上彈章劾佞無功至順帝出走

畫虎畫龍難畫骨，知人知面不知心
賢奸自古不相容
奸佞當道，忠臣孤勇
亂世浮沉，權臣鬥爭

元朝殞落，一段波瀾壯闊的歷史終章

目錄

第三十一回　上彈章劾佞無功　信憸言立儲背約　　005

第三十二回　爭位弄兵藩王兩敗　挾私報怨善類一空　　013

第三十三回　隆孝養迭呈冊寶　洩逆謀立正典刑　　021

第三十四回　滿惡貫奸相伏冥誅　進良言直臣邀主眷　　029

第三十五回　集黨羽顯行弒逆　扈鑾蹕橫肆姦淫　　037

第三十六回　正刑戮眾惡駢誅　縱姦盜百官抗議　　045

第三十七回　眾大臣聯銜入奏　老平章嫉俗辭官　　053

第三十八回　信佛法反促壽徵　迎藩王入承大統　　061

第三十九回　大明殿稱尊頒敕　太平王殺敵建功　　069

第四十回　入長城北軍敗潰　援大都爵帥馳歸　　077

第四十一回　倒刺沙奉寶出降　泰定后別州安置　　085

第四十二回　四女酬庸同時釐降　二使勸進剋日登基　　093

第四十三回　中逆謀途次暴崩　得御寶馳回御極　　101

第四十四回　懷妒謀毒死故後　立儲君驚遇冤魂　　109

第四十五回	平全滇諸將班師	避大內皇兒寄養	117
第四十六回	得新懷舊人面重逢	納後為妃天倫誌異	125
第四十七回	正官方廷臣會議	遵顧命皇姪承宗	133
第四十八回	迎嗣皇權相懷疑	遭冥譴太師病逝	141
第四十九回	履尊擇配後族蒙恩	犯闕稱兵豪宗覆祀	147
第五十回	辱諫官特權停科舉	尊太后變例晉徽稱	155
第五十一回	妨功害能淫威震主	竭忠報國大義滅親	163
第五十二回	逐太后兼及孤兒	用賢相併徵名士	171
第五十三回	寵女侍僭加後服	聞母教才罷彈章	179
第五十四回	治黃河石人開眼	聚紅巾群盜揚鑣	187
第五十五回	失軍心河上棄師	逐盜魁徐州告捷	195
第五十六回	番僧授術天子宣淫	嬖侍擅權丞相受禍	203
第五十七回	朱元璋濠南起義	董搏霄河北捐軀	211
第五十八回	掃強虜志決身殲	弒故主行凶逞暴	219
第五十九回	阻內禪左相得罪	入大都逆臣伏誅	227
第六十回	群寇蕩平明祖即位	順帝出走元史告終	235

第三十一回
上彈章劾佞無功　信憸言立儲背約

　　卻說鐵木迭兒奉太后弘吉剌氏敕旨，得居相位，起初還算守法，沒甚舉動。唯仁宗巡幸上都，留鐵木迭兒等留守，鐵木迭兒援丞相留治故例，出入張蓋，頗為烜赫。廷臣不甚注目，統以為故例如此，不足為怪。越年鐵木迭兒偶然得病，自請解職，（晝值朝房，夜值宮禁，宜其勞病。）乃以禿忽魯代相。至延祐改元，禿忽魯免官，仁宗擬命左丞相哈克繖繼任，哈克繖自言非世勳族姓，不足當國，請再任鐵木迭兒。仁宗乃復拜他為開府儀同三司，錄軍國重事。居數月，仍進為右丞相，他即想出一條理財政策，毅然上奏道：

　　臣蒙陛下垂憐，復握首相，依阿不言，誠負聖眷。比聞內傳隔越奉旨者眾，倘非禁止，致治實難，請敕諸司，自今中書政務，毋輒干預。又往時富民往諸番商販，率獲厚利，商者益眾，中國物輕，番貨反重，今請以江、浙右丞曹立領其事，發舟十綱，給牒以往，歸則徵稅如制，私往者沒其貨，又經用不給，苟不豫為規劃，必至愆誤。臣等集諸老議，皆謂動鈔本則鈔法愈虛，加賦稅則毒流黎庶，增課額則比國初已倍五十矣，唯預買山東河間運使來歲鹽引，及各冶鐵貨，庶可以足今歲之用。又江南田糧，往歲雖嘗經理，多未考核，可始自江浙以及江東西，宜先事嚴限格，信罪賞，令田主手實頃畝狀入官。諸王駙馬學校寺觀，亦令如之，仍禁私匿民田，貴戚勢家，毋得阻撓，請敕臺臣協力以成，則國用足矣。謹奏。

　　據奏中所言，不過清釐宿弊，澈查私販，有益國用，無損平民，看似

正當不易的政策。無如中國官吏,多是貪財黷貨,凡遇計臣當道,變更舊制,往往被貪官汙吏,乘間營私,無論若何良法,總歸弊多利少,結果是民生受苦,國庫仍椆,所得金錢,都入一班狗官的囊橐。(歷代以來,俱蹈此轍,唯前代貪官中飽之資,尚在本國流通,所謂楚得楚失,挹彼注茲,猶不足患,今則多寄存外國銀行,自涸財源,其患益甚。)做皇帝的身居九重,哪裡曉得許多弊竇,即如元代仁宗,好算一個明主,覽了鐵木迭兒奏牘,也道是情真語當,立准施行。鐵木迭兒遂分遣屬吏,循行各省,括田增稅,苛急煩擾,江西使臣昵匝馬丁,酷虐尤甚,信豐一縣,撤民廬千九百區,夷墓揚骨,作為所增田畝,居民怨恨入骨。

　　贛州土豪蔡五九,素有武力,且頗任俠,鄉民推為首領,抗拒官長。一夫作難,萬眾響應,頓時江漳諸路,四起為亂,蔡五九乘此機會,占奪汀州、寧化縣,戕殺有司,居然稱王建號,號令四方。(奪了一縣,就想為王,器量如此,安能成事。)江浙行省平章張閭,奉旨往剿,五九也率著眾人,前來抵敵,究竟一時烏合,敵不住多大官軍,戰了數次,弄得十人九死,那時五九勢窮力蹙,逃入山谷,被官軍躡跡追尋,生生拿住,訊實正法,做了無頭之鬼。

　　張閭上章奏捷,仁宗才覺心慰。唯臺臣上言五九作亂,由括田增稅所致,乞罷各省經理,有旨准奏。只鐵木迭兒攬權如故,反且貪虐加甚,凶穢愈彰,朝野雖然側目,可奈鐵木迭兒氣焰熏天,欲要把他彈擊,好似蒼蠅撞石,非但不能動他,而且還要滅身,大家顧命要緊,自然相率箝口。

　　尋復由太后下旨,令鐵木迭兒為太師。中書平章政事張珪,向來嫉惡如仇,至此不禁進言道:「太師論道經邦,須有才德兼全的宰輔,方足當此重任,如鐵木迭兒輩,恐不稱職!」仁宗本器重張珪,奈因迫於母命,不便違悖,只好不從珪言,加鐵木迭兒為太師,兼總宣政院事。(中國古典,夫死從子,況仁宗身為人主,豈可依徇母后,專擢權奸,是殆徒知有

順不知有孝者。）會仁宗如上都，徽政院使失烈門（一作錫哩瑪勒。）傳太后旨，召珪切責。珪抗論不屈，惹得失烈門性起，竟喝令左右加杖，可憐這為國盡忠的張平章，平白無辜的受了一頓杖責！（古時刑不上大夫，張珪身為平章，乃遭倖臣仗責，可嘆可恨！）皮開血出，奄奄歸家。次日即繳還印信，挈了家眷，徑出國門。珪子景元，隨駕掌璽，宿衛左右，聞父因杖創乞休，遂奏請父病垂危，懇即賜歸。仁宗驚問道：「卿別時，卿父無病，怎麼今稱病篤了？」景元頓首涕泣，不敢言父被杖事。仁宗心知有異，乃遣使賜珪酒，進拜大司徒。珪已回籍養痾，上表陳謝便罷。

至仁宗還都，並未追究失烈門，廷臣心益不平。會上都富人張弼殺人繫獄，納賄鐵木迭兒，鐵木迭兒遂密遣家奴，脅上都留守賀巴延，令他釋弼。巴延不肯，據實陳奏。侍御史楊朵兒只，已升任中丞，與平章政事蕭拜住蓄志除奸，遂邀同監察御史四十餘人，聯銜抗奏道：

鐵木迭兒桀黠奸貪，陰賊險狠，蒙上罔下，蠹政害民，布置爪牙，威讋朝野，凡可以誣害善人，要功利己者，靡所不至；取晉王田千餘畝，興教寺後壖園地三十畝，衛兵牧地二十餘畝，竊食郊廟供祀馬，受諸王哈喇班第使人鈔十四萬貫，寶珠玉帶氍毹幣帛，又值鈔十餘萬貫，受杭州永興寺僧章自福賂金一百五十兩，取殺人囚張弼鈔五萬貫。且既已位極人臣，又領宣政院事，以其子巴爾濟蘇為之使。諸子無功於國，盡居貴顯，縱家奴凌虐官府，為害百端，以致陰陽不和，山移地震，災異數見，百姓流亡。己乃恬然略無省悔，私家之富，在阿合馬桑哥之上，四海疾怨已久，咸願車裂斬首，以快其心，如蒙早加顯戮，以示天下，庶使後之為臣者，知所警戒，臣等不勝迫切待命之至！

仁宗覽了這奏，震怒有加，立即下詔，逮問鐵木迭兒。鐵木迭兒至此，也不免惶急起來，忙跑到興聖宮內，向太后下跪，磕著響頭，如同搗蒜。（如搖尾乞憐一般。）太后驚問何事，鐵木迭兒道：「老臣赤心報國，

第三十一回　上彈章劾佞無功　信憸言立儲背約

偏遭臺臣嫉忌，誣臣重罪，務乞太后為臣剖白，臣死且感恩！」（赤體報後則有之，赤心報國則未也。）太后道：「皇兒難道不知麼？」鐵木迭兒道：「皇上已有旨，逮問老臣。」太后道：「何故這般糊塗！」（如非糊塗，恐不令太后胡行。）鐵木迭兒道：「臺臣聯銜奏請，怪不得皇上動怒。」太后道：「你且起來，無論什麼大事，有我作主，怕他什麼！」鐵木迭兒碰頭道：「聖母厚恩，真同再造，但老臣一時無可容身，奈何？」太后笑道：「你這老頭兒，也會放刁，你在宮中時常進出，今日便住在宮內，自然沒人欺你。」鐵木迭兒道：「明日呢？」太后道：「明日也住在這裡，可好麼？」鐵木迭兒道：「老臣常住宮中，不更要被人議論麼？」太后把他瞅了一眼，便道：「你怕議論，快些出去，休來惹我！」那時鐵木迭兒故作驚慌，抱住太后玉膝，裝出一副淚容，（夫是之謂奸臣。）果然太后俯加憐恤，用手把他扶起，並命貼身侍女，整備酒餚，替他壓驚，是夕，命鐵木迭兒匿宿興聖宮。（一語夠了。）

越日，楊朵兒只復入朝面奏，略說鐵木迭兒匿居禁掖，非皇上親自查拿，餘人無從逮問，說得仁宗動容。退了朝，竟踱入興聖宮來，侍女得知消息，忙去通報太后。太后即命鐵木迭兒，避匿別室。待仁宗進來，佯若無事，仁宗謁母畢，由太后賜坐，略問朝事，漸漸說到鐵木迭兒。仁宗遂啟奏道：「鐵木迭兒擅納賄賂，刻剝吏民，御史中丞楊朵兒只等，聯銜奏劾，臣兒令刑部逮問，據言查無下落，不知他匿在何處？」太后聞言，怫然道：「鐵木迭兒是先朝舊臣，現在入居相位，不辭勞怨，所以我命你優待，加任太師。自古忠賢當國，易遭嫉忌，你也應調查確實，方可逮問，難道憑著片言，就可加罪麼？」仁宗道：「臺臣聯銜，約有四十餘人，所陳奏牘，歷敘鐵木迭兒罪名，想總有所依據，不能憑空捏造。」太后怒道：「我說的話，你全然不信，臺臣的奏請，你卻作為實據，背母忘兄，不孝不義，恐怕祖宗的江山，要被你送脫了！」（強詞奪理。）說至此，便撲

簌簌的流下淚來。（老婦也會撒嬌。）仁宗素具孝思，瞧這形狀，心中大為不忍，不由的跪地謝罪。太后尚嘮嘮叨叨的說了許多，累得仁宗頓首數次，方才趨出。

越日詔下，只罷鐵木迭兒右相職，令哈克繳代任，又遷楊朵兒只為集賢學士，臺臣相率嘆息，無可如何。

會接陝西平章塔察兒急奏，報稱周王和世㻋，勾結陝西，變在旦夕了。原來和世㻋係武宗長子，從前武宗嗣位，既立仁宗為太子，丞相三寶奴，欲固位邀寵，曾與康里脫脫密談，擬勸武宗舍弟立子。康里脫脫道：「太弟安定社稷，已經正式立儲，入居東宮，將來兄弟叔姪，世世相承，還怕倒亂次序麼？」（持正不阿，難為脫脫。）三寶奴道：「今日兄已授弟，他日能保叔姪無嫌麼？」康里脫脫道：「古語嘗云：『寧人負我，毋我負人！』我不負約，此心自可無愧；人若失信，自有天鑑。所以勸立皇子，我不便贊成！」三寶奴嘿然而退。

至延祐改元，欲立太子，仁宗頗覺躊躇，（以情理言，當立和世㻋，何待躊躇。）鐵木迭兒窺透上旨，便密奏道：「先皇帝捨子立弟，係為報功起見，若當時陛下在都，已正大位，還有何人敢說！就是先皇帝亦應退讓。今皇嗣年將弱冠，何不早日立儲，免人覬覦呢？」仁宗道：「姪兒和世㻋，比朕子年齡較長，且係先帝嫡子，朕承兄位，似宜立姪為嗣，方得慰我先帝。」鐵木迭兒道：「宋太宗捨姪立子，後世沒有訾議，況宋朝開國，全由太祖威德，太宗無功可錄；加以金匱誓言，彼此遵約，他背了前盟，竟立己子，尚是相安無事。今如陛下首清宮禁，繼讓先皇，以德以功，應傳萬世，難道皇姪尚得越俎麼？」仁宗聞言，尚是沉吟，鐵木迭兒又道：「陛下讓德，即始終相繼，恐後代嗣君，亦未必長久相安。老臣為陛下計，並為國家計，所以不忍緘口，造膝密陳。」仁宗不待說畢，便問道：「你說捨子立姪，不能相安，莫非是爭位不成？」鐵木迭兒道：「誠如聖

論！自古帝王，豈必欲私有天下！特以儲位未定，往往有豆萁相煎，骨肉相殘的禍端。即如我朝開國，君位相傳，非必父子世及，所以海都構釁，三汗連兵，爭戰數十年，至今尚未大定，陛下何不懲前毖後，妥立弘規，免得後嗣爭奪呢？」（佞臣之言，最易入耳，非明目達聰之聖主，鮮有不墮入彀中，試觀鐵木迭兒之反覆陳詞，何一非利害關係，動人聽聞，此讒口之所以可畏也。）仁宗瞿然道：「卿言亦是，容俟徐圖。」（已入迷團。）鐵木迭兒乃退。

　　靜候年餘，未見動靜，不免暗中惶急，遂私與失烈門商議。看官，你道失烈門是何等人物？就是前日傳太后旨，擅杖張珪的徽政院使。原來太后老而善淫，因鐵木迭兒年力垂衰，未能逞欲，有時或出言埋怨。鐵木迭兒善承意旨，遂薦賢自代。（彷彿呂不韋之薦嫪毐。）太后得了失烈門，甚為合意，大加寵幸。因此失烈門的權勢，不亞鐵木迭兒。鐵木迭兒與他晤談，敘述前日密陳事，失烈門笑道：「太師的陳請，還欠說得動人！」鐵木迭兒道：「據你的意思，應如何說法？」失烈門道：「太師才高望重，難道不曉得釜底抽薪的計策麼？目今皇姪在都，無甚大過，你教主子如何處置！在下恰有一法，先將他調開遠道，那時疏不間親，自然好立皇子了。」鐵木迭兒喜動顏色，不禁拱手道：「這還要仰仗你呢！」失烈門道：「太師放心！在下有三寸舌，不怕此事不行。」（一蟹勝似一蟹。）果然過了數日，有旨封和世㻋為周王，賜他金印，出鎮雲南。（失烈門之入讒用虛寫。）

　　過了一年，復立皇子碩德八剌（一作碩迪巴拉。）為太子，兼中書令樞密使。和世㻋在雲南，已置官屬。聞仁宗已立太子，頗滋怨望，遂與屬臣禿忽魯、尚家奴及武宗舊臣釐日、沙不目丁、哈八兒、禿教化等會議。教化（即常侍嘉琿。）道：「天下是我武宗的天下，如王爺出鎮，本非上意，大約由讒構所致。請先聲聞朝廷，杜塞讒口，一面邀約省臣，即速興

兵，入清君側，不怕皇上不改前命！」（密謀脅君，亦非臣道。）大眾鼓掌稱善。教化復道：「陝西丞相阿思罕，前曾職任太師，被鐵木迭兒排擠，把他遠謫；若令人前去商議，定可使為我助。」和世㻋道：「既如此，勞你一行。」

教化遂率著數騎，馳至陝西，由阿思罕問明情形，很是贊成。當下召集平章政事塔察兒，行臺御史大夫里伯，中丞脫歡，共議大事。塔察兒等聞命後，口中甚表同情，還說得天花亂墜，如何徵兵，如何進軍，不由阿思罕不信，議定發關中兵卒，分道自河中府進行，誰知他暗地裡寫了奏章，飛驛馳報，俗語說得好：

畫虎畫龍難畫骨，知人知面不知心。

未知元廷如何宣敕，請看下回表明。

鐵木迭兒之奸，中外咸知，仁宗亦豈不聞之？況臺官劾奏，至四十餘人之眾，即賢明不若仁宗，亦不至袒庇權奸，違眾愎諫如此；就令重以母意，不忍遽違，而左遷楊朵兒只，果胡為者，讀史者或以愚孝譏之，實則猶未揭仁宗之隱，迨觀舍姪立子之舉，出自鐵木迭兒之密陳，乃知仁宗之心，未嘗不以彼為忠。私念一起，宵小得而乘之，是殆所謂木朽而蟲生者。然則仁宗之心，得毋謂婦人之仁耶！前回敘仁宗之善政，不忍沒其長；此回敘仁宗之失德，不敢諱甚短，瑕不掩瑜，即此可見矣。

第三十一回　上彈章劾佞無功　信憸言立儲背約

第三十二回
爭位弄兵藩王兩敗　挾私報怨善類一空

卻說陝西平章塔察兒，馳奏到京，當由仁宗頒發密敕，令他暗中備禦。塔察兒奉旨遵行，佯集關中兵，請阿思罕、教化兩人帶領，先發河中，去迎周王和世琜，自與脫歡引兵後隨，陸續到河中府。待與周王相遇，託詞運糧犒雲南軍，求周王自行檢查，周王偏委著阿思罕、教化兩人，代為察收。不防車中統藏著兵械，一聲暗號，軍士齊起，都在車中取出凶器，奔殺阿思罕等。阿思罕、教化手下，只有隨騎數十名，哪裡抵敵得住，一陣亂殺，將阿思罕、教化兩人，已剁作數十段。塔察兒遂麾軍入周王營，誰知周王命不該絕，已得逃卒稟報，從間道馳去。（後來入都嗣位，雖僅半年，然究係一代主子，所以得免於難。）塔察兒搜尋無著，還道他奔回雲南，飭軍士向南追趕，偏周王往北急奔，待至追軍回來，再擬轉北，那時周王已早遠颺了。塔察兒一面奏聞，一面再發兵北追，馳至長城以北，忽遇著一支大軍，把他截住，以逸待勞，竟將塔察兒軍，殺死了一大半，剩得幾個敗殘兵卒，逃回陝西。

看官！你道這支軍從何而來？原來是察合台汗也先不花，遣來迎接周王的大軍。也先不花係篤哇子。篤哇在日，曾勸海都子察八兒共降成宗，事見前文。（應二十七回。）嗣後察八兒復蓄異謀，由篤哇上書陳變，請元廷遣師，夾擊察八兒。時成宗已殂，武宗嗣立，遣和林右丞相月赤察兒發兵應篤哇，至也兒的石河濱，攻破察八兒，察八兒北走，又被篤哇截殺一陣，弄到窮蹙無歸，只好入降武宗。窩闊台汗國土地，至是為篤哇所

第三十二回　爭位弄兵藩王兩敗　挾私報怨善類一空

並。篤哇死後，子也先不花襲位，又反抗元廷。初意欲進襲和林，不料弄巧成拙，反被和林留守，將他東邊地奪去。他失了東隅，轉思西略，方侵入呼羅珊，適周王和世㻋，奔至金山，馳書乞援。於是返旆東馳，來迎和世㻋。既與和世㻋相會，遂駐兵界上，專待追軍，果然塔察兒發兵馳至，遂大殺一陣，掃盡追兵，得勝而回。和世㻋隨他入國，與定約束，彼此頗是親暱，安居了好幾年。元廷也不再攻討，總算內外靜謐。

無如一波未平，一波又起，周王和世㻋，已經北遁，魏王阿木哥，卻又東來。這阿木哥是仁宗庶兄。順宗少時，隨裕宗（即故太子真金。）入侍宮禁，時世祖尚在，鍾愛曾孫，特賜宮女郭氏，侍奉順宗。郭氏生子阿木哥，順宗以郭氏出身微賤，雖已生子，究不便立為正室，乃另娶弘吉剌氏為妃，便是武宗仁宗生母，頤養興聖宮中，恣情娛樂的皇太后。（屢下貶辭，懲淫也。）仁宗被徙懷州時，阿木哥亦出居高麗，至武宗時，遙封魏王。到了延祐四年，忽有術者趙子玉，好談讖緯，與王府司馬脫不台往來，私下通訊，說是阿木哥名應圖讖，將來應為皇帝。脫不台信為真言，潛蓄糧餉，兼備兵器，一面約子玉為內應，遂偕阿木哥率兵，自高麗航海，通道關東，直至利津縣。途次遇著探報，子玉等在京事洩，已經伏法，於是脫不台等慌忙東逃，仍至高麗去了。

仁宗因兩次變亂，都從骨肉啟釁，不禁憶起鐵木迭兒的密陳，還道他能先幾料事，思患預防，幸已先立皇子，方得臣民傾響，平定內訌，事後論功，應推鐵木迭兒居首，因此起用的意思，又復發生。這鐵木迭兒雖去相位，仍居京邸，與興聖宮中嬖倖，時通消息。大凡諧臣媚子，專能窺伺上意，仁宗退息宮中，未擴音起鐵木迭兒的大名。那班鐵木迭兒的舊黨，自然乘機湊合，攛掇仁宗，復用這位鐵太師。仁宗尚有些顧忌，偏偏這興聖宮中的皇太后，又出來幫忙，（可謂有情有義。）傳旨仁宗，令起用鐵木迭兒再為右相。仁宗含糊答應，暗思復相鐵木迭兒，臺臣必又來攻訐，

不如令為太子太師，省得臺臣側目。主意已定，便即下詔。

越日即有御史中丞趙世延，呈上奏章，內陳鐵不迭兒從前劣跡，凡數十事，仁宗不待覽畢，就將原奏擱起。又越數日，內外臺官，陸續上奏，差不多有數十本，仁宗略一披覽，奏中大意，無非說鐵木迭兒如何奸邪，不宜輔導東宮，當下惹起煩惱，索性將所有各奏，統付敗紙簍中。適案上有金字佛經數卷，遂順手取閱，展覽了好幾頁，覺得津津有味，私自嘆息道：「人生不外生老病苦四字，所以我佛如來，厭住紅塵，入山修道。朕名為人主，一日萬幾，弄到食不得安，寢不得眠，就是任用一個大臣，還惹臺臣時來絮聒，古人說得天子最貴，朕想來有什麼趣味！倒不如設一良法，做個逍遙自在的閒人罷。」說畢，復嘿嘿的想了一番，又自言自語道：「有了，就照這麼辦。」便掩好佛經，起身入寢宮去了。（故作含蓄。）

小子錄述至此，又要敘那金字佛經的源流。這金字佛經，就是《維摩經》。仁宗嘗令番僧繕寫，作為御覽，共糜金三千餘兩。（一部《維摩經》，需費如此，元僧之多財可知。）此時已經繕就，呈入大內，所以仁宗奉若祕本，敬置覽奏室內，每於披覽奏牘的餘暇，諷誦數卷，（天子念佛，實是多事。）這且不必細表。

且說仁宗有心厭世，遂詔命太子參決朝政。廷臣見詔，多半滋疑，統說皇上春秋正富，為何授權太子，莫非鐵木迭兒從中播弄不成？當下都密託近侍，微察上旨。侍臣在仁宗前，嘗伺候顏色，一時恰探不出什麼動靜。只仁宗常與語道：「卿等以朕居帝位，為可安樂麼？朕思祖宗創業艱難，常恐不能守成，無以安我萬民，所以宵旰憂勞，幾無暇晷，卿等哪裡知我苦衷呢？」（仁宗之心，不為不善，但受制母后，溺愛子嗣，終非治安之道。）侍臣莫名其妙，只好面面相覷，不敢多言。過了數天，復語左右道：「前代嘗有太上皇的名號，今太子且長，可居大位，朕欲於來歲禪位太子，自為太上皇，與爾等遊觀西山，優遊卒歲，不更好麼？」（想了多

日，原來為此。）左右齊聲稱善，只右司郎中月魯帖木兒道：「陛下年力正強，方當希蹤堯舜，為國迎庥，為民造福，若徒慕太上皇的虛名，實屬無謂。如臣所聞，前代如唐玄宗、宋徽宗皆身罹禍亂，不得已禪位太子，陛下為什麼設此念頭？」這一席話，說得仁宗瞠目無詞，才把內禪的意思，打消淨盡。嗣是復勤求治道，所有一切佛經，也置諸高閣，不甚寓目。

會皇姊大長公主祥哥剌吉，令作佛事，釋全寧府重囚二十七人，事為仁宗所聞，咈然道：「這是歷年弊政，若長此不除，人民都好為惡了。」（想是迴光返照，所以有此清明。）遂頒發嚴旨，按問全寧守臣阿從不法，仍追所釋囚，還置獄中。既而中書省臣奏參白雲宗總攝沈明仁，強奪民田二萬頃，誑誘愚俗十萬人，私賂近侍，妄受名爵，應下旨黜免，嚴汰僧徒，追還民田等語。仁宗一一准奏，並詔沈明仁奸惡不法，飭有司逮鞫從嚴，毋得庇縱，違者同罪。這兩道詔敕，乃是元代未曾見過的事情，不但僧侶為之咋舌，就是元廷臣僚，亦是意料不及。

到了延祐七年元旦，日食幾盡，仁宗齋居損膳，命輟朝賀。甫及二旬，仁宗不豫，太子碩德八剌，焚香禱天，默祝道：「至尊以仁慈御天下，庶績順成，四海清晏。今天降大厲，不如罰殛我身，使至尊長為民主。天其有靈，幸蒙昭鑑！」（敘及此語，不沒孝思。）祝畢，又拜跪了好幾次。次夕，拜祝如故。無如人生修短，各有定數。既已祿命告終，無論如何祈禱，總歸沒有效驗，太子禱告益虔，仁宗抱病益劇。正月二十一日駕崩光天宮，壽三十有六，在位十年。（元世祖殂於正月，成、武、仁三宗亦然，這也是元史中一奇。）史稱仁宗天性慈孝，聰明恭儉，通達儒術，妙悟釋典，不事遊畋，不喜征伐，不崇貨利，可謂元代守文令主。小子以為順母縱奸，未免愚孝；立子負兄，未免過慈；其他行跡，原有可取，但總不能無缺點呢！（得春秋責備賢者之義。）

仁宗已殂，太子哀毀過禮，素服寢地，日歠一粥。那時太后弘吉剌

氏，便乘機宣旨，令太子太師鐵木迭兒為右丞相。越數日，覆命江浙行省黑驢（一作赫嚕。）為中書平章政事。黑驢平時沒甚功績，且亦未有令望，只因族母亦列失八，在興聖宮侍奉太后，頗得寵信，因此黑驢迭蒙超擢，驟列相班。（為下文謀逆張本。）自是鐵木迭兒一班爪牙，又復得勢。

參議中書省事乞失監，素諂事鐵木迭兒，至是倚勢鬻官，被臺臣劾奏，坐罪當杖，他即密求鐵木迭兒到太后處說情。太后召太子入見，命赦乞失監杖刑。太子不可，太后覆命改杖為笞。太子道：「法律為天下公器，若稍自徇私，改重從輕，如何能正天下！」卒不從太后言，杖責了案。

徽政院使失烈門，復以太后命，請遷轉朝官。太子道：「大喪未畢，如何即易朝官！且先帝舊臣，豈宜輕動，俟即位後，集宗親元老會議，方可任賢黜邪。」失烈門慚沮而退。

於是宮廷內外，頗畏太子英明。獨鐵木迭兒以太子尚未即真，應乘此報怨復仇，借洩舊恨。當下追溯仇人，第一個是御史中丞楊朵兒只，第二個是前平章政事蕭拜住，第三個是上都留守賀巴延，第四個是前御史中丞趙世延，第五個是前中書平章政事李孟。上都距京稍遠，不便將賀巴延立逮，趙世延已出為四川平章政事，李孟亦已謝病告歸，獨楊朵兒只、蕭拜住兩人，尚在都中供職，遂矯傳太后旨，召二人至徽政院，與徽政使失烈門，御史大夫禿禿哈，坐堂鞫問，責他前違太后敕命，應得重罪。楊朵兒只勃然大憤，指鐵木迭兒道：「朝廷有御史中丞，本為除奸而設，你蠹國殃民，罪不勝言，恨不即斬你以謝天下！我若違太后旨，先已除奸，你還有今日麼？」鐵木迭兒聞言，又羞又惱，便顧左右道：「他擅違太后，不法已極，還敢大言無忌，藐視宰輔，這等人應處何刑？」旁有兩御史道：「應即正法。」朵兒只唾兩御史道：「你等也備員風憲，乃做此狗彘事麼？」蕭拜住對朵兒只道：「豺狼當道，安問狐狸？我輩今日，不幸遇此，還是死得爽快。只怕他也是一座冰山了！」兩御史不禁俯首。

第三十二回　爭位弄兵藩王兩敗　挾私報怨善類一空

鐵木迭兒怒形於色，頓起身離座，乘馬入宮。約二時，即奉敕至徽政院，令將蕭拜住、楊朵兒只二人處斬。左右即將二人反剪起來，牽出國門。臨刑時，楊朵兒只仰天嘆道：「天乎！天乎！我朵兒只赤心報國，不知為何得罪，竟致極刑？」蕭拜住也呼天不已。（元臣大率信天。）

既就戮，忽然狂飇陡起，沙石飛揚，嚇得監刑官魂不附體，飛馬逃回。都人士相率嘆息，暗暗稱冤。

楊朵兒只妻劉氏，頗饒姿容，鐵木迭兒有一家奴，曾與覯面，陰加艷羨，至此稟請鐵木迭兒，願納為己婦。鐵木迭兒即令往取。那家奴大喜過望，趕車徑去，至楊宅，假太師命令，脅劉氏赴相府。劉氏垂淚道：「丞相已殺我夫，還要我去何用？」家奴見她淚珠滿面，特別憐惜，便涎著臉道：「正為妳夫已死，所以丞相憐妳，命我來迓，並且將妳賞我為妻，妳若從我，將來妳要什麼，管教妳快活無憂。」（此奴似熟讀嫖經。）

劉氏不待言畢，已豎起柳眉，大聲叱道：「我夫盡忠，我當盡義，何處狗奴，敢來胡言？」說至此，急轉身向案前，取了一剪，向面上劃裂兩道，頓時血流滿面。復將髻子剪下，向家奴擲去，頓足大罵道：「你仗著威勢，敢來欺我！須知我已視死如歸，借你的狗口，回報你主，我死了，定要伸訴冥王，來與你主索冤，教老賊預備要緊！」（罵得痛快，我亦一暢。）家奴無可奈何，引車自去，既返相府，適鐵木迭兒在朝辦事，便一口氣跑至朝房，據實稟陳。鐵木迭兒大怒道：「這般賤人，不中抬舉，你去將她拿來，令她入鬼門關，自去尋夫便了。」旁有左丞張思明聞著這言，便向鐵木迭兒道：「罪人不孥，古有明訓。況山陵甫畢，新君未立，丞相恣行殺戮，萬一諸王駙馬等，因而滋疑，託詞謀變，丞相還能諉咎麼？」鐵木迭兒沉吟半晌，方悟道：「非左丞言，幾誤我事。」遂叱退家奴，家奴怏怏自回，楊妻劉氏，才得守節終身。（張左丞保全不少。）

鐵木迭兒毒心未已，復奏白太后，捏造李孟從前過失，誹謗宮闈，不

由太后不信,遂命將前平章政事李孟封爵,盡行奪去,並將李孟先人墓碑,一律撲毀,總算為鐵師相稍稍吐氣。只趙世延出居四川,一時無隙可尋,他就百計圖維,陰令黨羽賄誘世延從弟,前來誣告世延。世延從弟脅益兒哈呼,利令智昏,竟詣刑部自首,只說世延如何貪婪,如何誕妄,其實統是無中生有,滿口荒唐。刑部早承鐵木迭兒微意,據詞陳請,詔旨不得不下,飭緹騎至四川,逮問世延。小子有詩刺鐵木迭兒道:

賢奸自古不相容,欲籲君門隔九重!
尤恨元朝鐵師相,貪殘已甚且淫凶。

未知世延曾否被害,且至下回表明。

仁宗本一守文主,其不能無失德者,類由鐵木迭兒一人,煬蔽而成。大奸似忠,大詐似信,非中智以上之君,末由燭其奸詐。仁宗第一中智者耳!故一用不已,至於再用;再用不已,猶且今為太子太師。雖曰太后之主使,要亦仁宗之偏聽不明,有以致之也!兩藩之變,幸而即平,否則喋血宮門,寧俟他日耶!至仁宗崩逝,鐵木迭兒更出為首相,睚眥必報,妄戮忠良,英宗雖明,內迫於太后,外制於師傅,且因居喪盡禮,無暇顧及,是英宗之縱奸,情可曲原,而仁宗之貽謀不臧,未能諉咎可知也,讀此回猶慨然於仁宗之失云。

第三十二回　爭位弄兵藩王兩敗　挾私報怨善類一空

第三十三回
隆孝養迭呈冊寶　洩逆謀立正典刑

卻說趙世延為四川平章政事，雖經逮問，究竟燕蜀遼遠，往返需時，未能刻日到京。京中帝位已虛，太子應承大統，自然擇日登陛，遂於三月十一日即帝位於大明殿。循例大赦，當即頒詔道：

洪維太祖皇帝，膺期撫運，肇開帝業；世祖皇帝，神機睿略，統一四海，以聖繼聖；迨我先皇帝至仁厚德，涵濡群生，君臨萬國，十年於茲。以社稷之遠圖，定天下之大本，協謀宗親，授予冊寶。方春宮之與政，遽昭考之殯天，諸王貴戚，元勳碩輔，咸謂朕宜體先帝付託之重，皇太后擁護之慈，既深繫於人心，詎可虛於神器？合詞勸進，誠意交孚，乃於三月十一日即皇帝位於大明殿，可大赦天下，咸與維新！此詔。

即位後，追號先帝為仁宗皇帝，尊皇太后弘吉剌氏為太皇太后，皇后鴻吉哩氏為皇太后。先是皇太后擬專國政，以和世㻋少有英氣，恐不易制，不若太子碩德八剌，較為謙和，因此亦勸仁宗捨姪立子。仁宗既受權奸的慫恿，復承母后的勸告，所以決定主意，立碩德八剌為太子。

至仁宗殂後，太子居喪，所有政務，太后擬專任鐵木迭兒，獨斷獨行，偏太子嘗出來干涉，免不得有些介意，到了即位的日子，太后也算來賀。太子見了太后，詞色少嚴。太后回至興聖宮，暗自悔恨道：「我不該命立此兒！」（死多活少，亦可少休。）嗣是太后變喜成憂，漸漸的釀成疾病了。唯太皇太后冊文，元代未有此舉，乃由詞臣珥筆，敬謹撰成。其文云：

第三十三回　隆孝養迭呈冊寶　洩逆謀立正典刑

　　王政之先，無以加孝，人倫之本，莫大尊親，肆予臨御之初，首舉推崇之典。恭維太皇太后陛下，仁施溥博，明燭幽微，爰自居淵潛之宮，已有母天下之望。方武宗之北狩，適成廟之殯天，旋克振於乾綱，諒再安於宗祐，雖有在躬之歷數，實司創業之艱難，儀式表於慈闈，動協謀於先帝，莫究補天之妙，猶如扶日之升。位履至尊，兩翼成於聖子；嗣登大寶，復擁佑於藐躬，矧德邁塗山，功高文母，是宜加於四字，或益衍於徽稱。謹奉玉冊玉寶，加上尊號，曰：儀天興聖慈仁昭懿壽元全德泰寧福慶徽文崇佑太皇太后。於戲！茲雖涉於虛名，庶庸申於善頌。九州四海，養未足於孝心；萬歲千秋，願永膺於壽祉。（錄太皇太后冊文，所以愧之也。）

　　又有皇太后冊文一篇，亦寫得玉潤珠圓。其文云：

　　坤承乾德，所以著兩儀之稱；母統父尊，所以崇一體之號。故因親而立愛，宜考禮以正名。恭唯聖母溫慈惠和淑哲端懿，上以奉宗祧之重，下以敘倫紀之常，恢王化於二南，嗣徽音於三母，輔佐先考，憂勤警戒之慮深，擁佑眇躬，撫育提攜之恩至。迨於今日，紹我丕基，規模一出於慈闈，付託益彰於祖訓。致天下之養以為樂，未足盡於孝心；極域中之大以為尊，庶可尊其懿美。式遵貴貴之義，用罄親親之情，謹遣某官某奉冊上尊號曰皇太后。伏維周宗綿綿，長信穆穆，備洛書之錫福，黎坤極之儀天，啟佑後人，永錫胤祚！（元代之立皇太后，莫如仁宗後之正，且亦獲令終，故亦舉冊文並錄之。）

　　太皇太后及皇太后，遞受諸王百官朝賀，說不盡的繁文縟節，小子也不必細敘。

　　單說太子碩德八剌既已嗣位，因身後廟號英宗，小子此後遂沿稱英宗二字。英宗大赦後，復封賞群臣，特進鐵木迭兒為上柱國太師，並詔中外毋沮議鐵木迭兒敕令。鐵木迭兒愈加橫行，降李孟為集賢侍講學士，召他

就職。在鐵木迭兒的意思，逆料李孟必不肯來，就好說他違旨不臣，心懷怨望，大大的加一罪名。不料李孟聞命，欣然就道。途次遇著翰林學士劉賡，正來慰問，遂與偕行至京，立赴集賢院中。

宣徽使以聞，並奏請李孟到任，例應賜酒。英宗愕然道：「李道復乃肯俯就集賢麼？」適鐵木迭兒子巴爾濟蘇在側，便與語道：「你等說他不肯奉命，今果何如？」巴爾濟蘇俯首無言。英宗復召見李孟，慰勞有加，由是讒不得行。李孟嘗語人道：「老臣待罪中書，無補國事，聖恩高厚，不奪俸祿，今已老了，欲圖報稱，恐亦無及了！」英宗聞言，特別稱善。未幾卒於官，御史累章辨誣，有旨復職，尋復追贈太保，進封魏國公，諡文忠。史稱皇慶延祐時，每一亂命，人必謂由鐵木迭兒所為，得一善政，必歸李孟，所以中外知名。可奈母后擅權，僉人用事，以致懷忠未遂，齎志以終，這也真是可惜呢！（究竟流芳百世，不同遺臭萬年，人亦何苦為鐵木迭兒，不為李道復耶。）

是年五月，英宗幸上都，鐵木迭兒隨駕同去。他想中害留守賀巴延，使人往報，故意遲延一日。巴延計算道里，須五日方到，不料第四日午後，車駕已抵上都，累得巴延手忙腳亂，不及衣冠，先迎詔使，隨後方穿了朝服，出迎英宗。俟英宗入居行宮，鐵木迭兒即劾奏巴延便服迎詔，坐大不敬罪，請即嚴懲。英宗不欲究治，偏鐵木迭兒抗聲道：「如此逆臣，還好姑息麼？此時不嚴行究辦，將來臣工玩法，如何處治？」說得英宗不能不從。遂將賀巴延褫職，下五府雜治。鐵木迭兒密囑府吏，令將巴延置死，可憐秉正不阿的賀留守，為了張弼一案，觸怒權奸，竟被他傾陷，冤冤枉枉的慘斃獄中。府吏報稱巴延病死，由鐵木迭兒作證，就使英宗知他舞弊，也只好模糊過去。

嗣鐵木迭兒聞知趙世延已械繫至都，飛飭刑部從嚴審訊。刑部又暗囑世延從弟，教他堅執前言，不得稍縱，於是世延從弟胥益兒哈呼，與世延

對簿，全不管弟兄情誼，一味瞎造，咬定世延罪狀。（貨利之壞人心術，至於如此！）世延先與爭辯，嗣見刑部左袒從弟，轉忿為笑道：「我的弟兄，從前還是安分，不敢如此撒謊，今日驟然昧良，必是有人導壞。我想你等官吏，也須存點公道，明察曲直，不要專附權奸，構陷善類。須知天道昭彰，報應不爽，一時得勢，能保得住將來麼？」刑部猶大聲呵叱，世延道：「何必如此！鐵太師仇我一人，只教我死便休，必導人為非，嗾吏作奸，計亦太拙呢！」胥益兒哈呼聞著兄言，倒也自知理屈，寂然無語，偏刑部鍛鍊成獄，奏請置諸極典。會英宗已返燕都，覽刑部奏牘，批諭世延犯法，已在赦前，現經大赦，毋庸再議等語。

　　看官！你想這鐵木迭兒，用盡心思，想害世延，如何就肯干休？當下入奏英宗，以世延罪符十惡，不應輕赦。英宗不從，鐵木迭兒覆命刑部屬吏，威嚇世延，逼令自裁。世延道：「我若負罪，應該明正典刑，借申國法，何必要我自盡！」刑部亦弄得沒法，尋思暗殺世延，偏英宗下詔刑部，飭他慎重轇囚，不得私自用刑，（想亦由巴延斃獄之故。）世延乃得安住獄中。鐵木迭兒復令侍臣伺間奏請，會英宗出獵北涼亭，臺官或上書諫阻，英宗不允。侍臣遂乘間進言道：「獼狩是我朝祖制，例難廢輟。臺臣無端諫阻，藉此邀名，此風殊不可長，即如前御史中丞趙世延，遇事輒言，朝右都稱他敢諫，其實都是沽名釣譽，舞文弄法呢。」英宗道：「你等為鐵木迭兒作說客麼？世延忠誠，先帝尚敬禮有加，只鐵木迭兒與他有嫌，定欲加他死罪，朕豈肯替鐵木迭兒報復私仇？你等亦不必向朕饒舌？」（英宗不愧英明，但既明知世延無罪，何不即為昭雪，立命釋放，想是明哲有餘，剛斷不足，所以後卒遇弒。）侍臣被英宗窺破私情，不禁面頰發赤，忙跪下叩首，齊稱萬歲。（藉此遮羞，亦是一法。）

　　嗣後世延從弟，自思言涉虛誣，不敢再質，竟爾逃去。後來世延尚囚繫兩年，至拜住入相，代他伸冤，方得釋放，這且按下。

再說鐵木迭兒欲殺世延，始終不得英宗聽信，心中很是憤悶，隨入見太皇太后，適太皇太后抱病，奄臥在床，由鐵木迭兒慰問一番。太皇太后也無情無緒的答了數語。鐵木迭兒復與談起朝事，太皇太后長嘆數聲。鐵木迭兒道：「嗣皇帝很是英明，慈躬何故長嘆？」太皇太后道：「我老了，你亦須見機知退，一朝天子一朝臣，休得自罹羅網！」（為鐵木迭兒計，恰是周到。）鐵木迭兒聞了這語，恍似冷水澆頭，把身上的熱度，降至冰點以下，頓時瞪目無言。

　　忽閃出一老婦道：「太皇太后慈體不寧，正為了嗣皇帝！」語未說完，已被太皇太后聽著，便瞋目視老婦道：「妳亦不必多說了，我病死後，妳等不必入宮，大家若有良心，每歲春秋，肯把老身紀念，奠杯清酒，算不枉伴我半生！」言至此，潸然下淚。（這等情形，都是激動人心，後來謀逆，不得謂非彼釀成。）那老婦亦陪著嗚咽。鐵木迭兒也不知不覺的淒楚起來。看官欲知老婦名氏，由小子乘暇補出，此婦非別，就是上文敘過的亦列失八。

　　亦列失八嗚咽了一會，便對著鐵木迭兒以目示意，鐵木迭兒即起身告別。亦列失八也隨了出來，邀鐵木迭兒另入別室，彼此坐定。亦列失八道：「太皇太后的情狀，太師曾瞧透麼？」鐵木迭兒無語，只用手理鬚，緩緩兒的拂拭。（繪出奸狀。）惹動亦列失八的焦躁，不禁冷笑道：「好一位從容坐鎮的太師！事近燃眉，還要理鬚何用？」鐵木迭兒道：「國家並沒有亂事，你為何這般慌張？」亦列失八道：「太皇太后的病源，實從嗣皇激成。太皇太后要做的事，嗣皇帝多半不從，太師身秉國鈞，理應為主分憂，奈何袖手旁觀，反不若我婦人小子呢？」（亦列失八也是一長舌婦。）鐵木迭兒道：「據妳說來，教我如何處置？」亦列失八道：「這是太師故作痴呆哩。」（再激一語。）鐵木迭兒道：「我並非痴呆，實是一時沒法。既蒙指示，還需求教！」亦列失八道：「我一婦人，何知國計！就使有些愚

見，太師亦必不見從。」（又下激語。）鐵木迭兒道：「古來智婦，計畫多勝過男子，彼此相知，何必過諱！」亦列失八欲言又默，沉吟了好一歇，鐵木迭兒起坐，密語亦列失八道：「有話不妨直談，無論什麼大事，我誓不漏風聲！」亦列失八道：「果真麼？」鐵木迭兒道：「有如天日！」亦列失八正要吐謀，復出至門外，四顧一周，然後轉入室內，與鐵木迭兒附耳密語。鐵木迭兒先尚點首，繼即搖頭，又繼即發言道：「我卻不能！」亦列失八道：「太師不洩祕謀，料可行得。」鐵木迭兒道：「我已宣誓，妳休疑心！只我不便幫忙，妳等須要諒我！」（置身局外，刁狡尤甚。）亦列失八道：「事若得成，太師亦與有力，但未知天意何如？」鐵木迭兒道：「我不任咎，何敢任功！」隨即辭出。

　　亦列失八遂與平章政事黑驢，徽政使失烈門，及平章政事哈克繖，御史大夫脫武哈，密議了許多次，專待機會到來，以便發作。不意英宗運祚未終，偏出了一位開國元勛的後裔，翊佐新君，窺破奸謀，令一場弒逆大案，化作霧盡煙消。這人為誰？名叫拜住，乃是木華黎後嗣安童之孫。（每敘大忠大奸，必鄭重出名，此是作者令人注目處。）

　　拜住五歲喪父，賴母教養成人。母怯烈氏年二十二，寡居守節，拜住有所動作，必稟承母訓，偶一越禮，母即譙訶不少貸，以此飭躬維謹，煉達成材。（不沒賢母。）初襲為宿衛長，尋進任大司徒，熟諳掌故，饒有聲望。英宗在東宮時，已聞拜住名，遣使召見。拜住道：「嫌疑所關，君子宜慎！我掌天子宿衛，私自往來東宮，我固得罪，皇太子亦幹不便，請為我善辭！」來使返報英宗，英宗稱善不置。

　　既即位，即擢拜住平章政事，且隨時召見，令他密訪奸黨。拜住日夕留意，既略聞黑驢等事，便入奏英宗。英宗命內外官吏設法偵查，果得黑驢等謀變詳情。原來英宗有心報本，擬四時躬享太廟，命禮部與中書翰林等集議典禮。議畢復奏，無非踵事增華，所有法駕祭服，應特別修備，先

祭三日，宜出宿齋宮，表明誠潔等情，英宗自然准奏。黑驢等既已聞命，便與失烈門商議，將乘英宗出宿齋宮，遣盜入刺。會英宗復擢拜住為左丞相，把哈克繖罷職，命出任嶺北行省。哈克繖悻悻不平，走告失烈門，失烈門即引為同志，復陰報亦列失八，決議提早行事，改圖廢立，誰知謀變益亟，漏洩愈快。

英宗既知此事，立召拜住入議。拜住道：「這等奸人，擅權已久，早應把他誅黜；今幸上天癉惡，得洩逆謀，及此不除，更待何時！」英宗尚未及答，拜住復道：「當斷不斷，反受其亂。萬一奸黨生疑，弄兵構禍，恐怕都門以內，必致大亂。」英宗動容道：「朕志已決，卿為我效力，擒此奸邪！」拜住即退，召集衛士千名，四處擒拿，不到一日，已將黑驢、失烈門、哈克繖、脫忒哈等，一律拿到，復把亦列失八，亦擒出宮中。罪人既得，即復奏英宗，請交刑官鞫問。英宗道：「他若借太皇太后為詞，朕反措詞為難，不如速誅為是！」（此言甚是。）拜住領命，即飭將四男一婦，如法捆綁，推出國門外，斬首伏法。小子有詩詠此事道：

上蒼覆幬本無私，莫謂天心不一知！
禍福唯憑人自召，及身戮沒悔嫌遲。

五犯伏法以後，未知鐵木迭兒有無獲罪！容至下回敘明。

本回賡續前文，仍是敘述奸黨，肆行不法事。開首錄太皇太后冊文，所以明禍階之有自。太皇太后為順宗正妃，母以子貴，築宮頤養，二子一孫，皆為天子，自來后妃之極遇，鮮有逾此者。乃東朝既正，淫恣無忌，內則亦列失八用事，外則鐵木迭兒、失烈門、哈克繖等，朋比為奸，至於宮廷謀變，幾成大逆，微丞相拜住，不待南坡之弒，而英宗已飲刃矣。故本回為群奸立傳，實不啻為太后立傳，宮闈濁亂之弊，固有若是其甚者！

第三十三回　隆孝養迭呈冊寶　洩逆謀立正典刑

第三十四回
滿惡貫奸相伏冥誅　　進良言直臣邀主眷

卻說鐵木迭兒，於黑驢等謀變事，本是置身局外，坐觀成敗。因此黑驢等同日授首，鐵木迭兒不遭牽累，反得了許多賞賜。這賞賜從何而來？因黑驢、失烈門、哈克繖家產，盡付查抄，不得藏匿。各家擁資甚富，失烈門平日仗著太后寵幸，所有內府珍玩，統移置家中。（最寶貴的禁臠，猶令嘗試，何況珍玩。）此外如金銀鈔幣，裘馬珠寶，幾不勝數。此次經拜住督率衛士，一律抄出，半充國帑，半給功臣。鐵木迭兒身居首輔，所得賞給，自然較多。（又是他的運氣。）拜住以下，頒賜有差，奸黨失勢，正士揚眉，這也不在話下。

到了冬季，英宗始被服袞冕，親祀太廟，先期齋戒，臨事喬皇，這是元代第一次盛典。禮畢還宮，鼓吹交作，道旁人民，莫不聳觀，英宗即下詔改元，年號至治。其文道：

朕祗裔貽謀，獲承丕緒，念付託之維重，顧繼述之敢忘，爰以延祐七年十一月丙子，被服袞冕，恭謝於太廟。既大禮之告成，宜普天之均慶，屬茲逾歲，用協紀元，於以導天地之至和，於以法春秋之謹始。可以明年為至治元年，特此布敕，宣告有眾。（特錄英宗改元詔，因其在親祀宗廟之後，報本反始，嘉其知禮也。）

至治元年元旦，英宗御大明殿，受諸王百官朝賀。越日，即令僧侶在文德殿修佛事。朝右諸臣，已有異議，只因元代素重佛教，不便奏阻。兼且英宗嗣位，曾飭各郡建帝師拔思巴殿，規制視孔廟有加，大家微窺上

第三十四回　滿惡貫奸相伏冥誅　進良言直臣邀主眷

意，哪個肯來抗爭，轉瞬間已近元宵，英宗欲張燈禁中，疊成鰲山，於是禮部尚書兼參議中書省事張養浩，忍耐不住，繕具奏疏，親至左丞相拜住宅中，託拜住入陳，拜住先展開奏牘，略去起首套語，覽讀要文道：

世祖臨御三十餘年，每值元夕，閭閻之間，燈火亦禁，況闕庭之嚴，宮掖之邃，尤當戒慎！

讀至此，顧張養浩道：「你思奏阻張燈麼？聞主子已命籌辦，恐怕未必照准。」隨又讀下道：

今燈山之構，臣以為所玩者小，所繫者大，所樂者淺，所患者深。伏願以崇儉慮遠為法，以喜奢樂近為戒，國家幸甚！臣民幸甚！

拜住又道：「說得痛切！」張養浩接著道：「大事多從小事起，今日張燈，明日酣歌，色荒酒荒，不期自至。公為大臣，蒙主親信，所以養浩特來親託。若主子肯納芻言，就是杜漸防微的至計。公意以為何如？」拜住道：「此等美舉，自當玉成，我當即刻進去，奏聞主子便了。」養浩稱謝而別。

拜住果即袖疏入宮，由英宗特別命見，問他何事，拜住即陳上養浩奏章。經英宗覽畢，勃然道：「朕以為什麼要政，區區張燈的事情，也來諫阻，難道做主子的只可日日愁勞，連一日消遣，都動不得麼？」拜住免冠叩首道：「孔子說的為君難，為君有什麼難？只因一舉一動，史官必書，寧善毋惡，寧得毋失，所以稱作難為。張燈雖是小事，怎奈一夕消遣，千載遺傳，倘後王因此藉口，以致縱慾敗度，豈不是貽譏作俑麼？還求陛下明察！」英宗乃改怒為喜道：「非張希孟不敢言，非卿亦不能再諫，朕即命他停辦罷。」拜住復叩首而退。希孟係養浩字，呼字不呼名，係特別敬重的意思。

越宿，又詔賜張養浩尚服金織幣帛各一襲，旌他忠直。（君明臣良，

故特書之。）未幾，復飭改建上都行宮。拜住又進諫道：「北地苦寒，入夏始種粟麥，陛下初登大寶，未曾軫恤民瘼，先自勞動大役，恐妨害農務，致失民望，不如寬待數年，再議興工。」英宗點首稱善，亦命停止工役。唯敕建萬壽山大剎，驅役數萬人，並冶銅五十萬斤，鑄造佛像。

　　監察御史觀音保、鎖咬兒哈的迷失及成珪李謙亨等，上書直諫，大旨以連歲洊饑，宜休民力，且時當春季，東作方興，更不應病民動眾。這書入奏，偏惱動英宗性子，把書駁斥，適鐵木迭兒次子鎖南，為治書侍御史，與觀音保等有隙，密奏他訕上沽直，坐大不敬罪。英宗便飭逮觀音保等，親加鞫訊，觀音保道：「諫諍是人臣的職務，臣甘為龍逄、比干，不願陛下為桀紂！」鎖咬兒哈的迷失道：「輦轂以下，僧侶橫行，陛下還要這般迷信，難道靠著這班禿頭，果可治國安家麼？如治御史鎖南，劾臣等訕上不敬，鎖南專逢君惡，臣等願格君非，孰為有罪？孰為無罪？就使一時不明，後世自有公論呢。」英宗道：「你等謗朕猶可，詆僧及佛，實是有罪，朕不便寬恕！」（僧徒比皇帝尤大，無怪不宜謗毀。）便命交刑部讞罪，刑部復稱應加大辟，遂詔殺觀音保及鎖咬兒哈的迷失，只成珪、李謙亨兩人，罪從末減，杖徙遼東奴兒乾地。

　　鐵木迭兒以鎖南得寵，自己亦好乘此圖謀籠絡英宗，左思右想，復將從前做過的把戲，再演一齣。看官曾記憶周王和世㻋麼？仁宗為了鐵木迭兒一言，把和世㻋調往雲南，激成變釁，逐出漠北。還有和世㻋胞弟圖帖睦爾，安居燕都，未曾受累。偏鐵木迭兒暗裡藏刀，又想將他驅逐出去，當下與中政使咬住商議，咬住本是個莢片朋友，見了鐵木迭兒，非常奉承。至談及圖帖睦爾事，咬住道：「不勞師相費心，但教晚輩一言，包管他徙謫遠方。」鐵木迭兒大喜，拱手告別。

　　咬住即密上奏疏，果然一牘甫陳，詔書即下，命圖帖睦爾出居瓊州。瓊州係南海大島，屬粵東管轄，與京師相距七千餘里，地多蠻瘴，炎熇逼

第三十四回　滿惡貫奸相伏冥誅　進良言直臣邀主眷

人。廷右諸臣，尚不知圖帖睦爾犯了何罪，充放到這般遠地，嗣復接讀詔敕，係禁術士交通諸王駙馬，並掌陰陽五科吏士，不得妄洩占候，大眾才有些覺悟起來。嗣復偵得咬住密奏，係說圖帖睦爾與術士往來，恐將謀為不軌，魏王覆轍，可為前鑑，（應三十二回。）請先事預防，毋致噬臍等語。看官！你想九五之尊，誰人不欲？英宗的位置，本是從武宗兩子中，攘奪而來，他在位一日，防著一日，此次得咬住密疏，比槍矢還要厲害，不論他是真是假，究不若先發制人，因此把圖帖睦爾充發遠方，免得他在京作梗。這是人情同然，不要怪這英宗呢！（諷刺得妙。）

　　鐵木迭兒以事事得手，復思專寵，並引參知政事張思明為左丞，作為臂助。思明忌拜住方正，每與黨人密謀，設計構陷。或告拜住預為戒備，拜住慨然道：「我祖宗為國元勳，世篤忠貞，百有餘年，我今年少，叨受寵命，無非因皇上念我祖功，俾得相承勿替。每念國家大利，莫如大臣協和。今若因右相仇我，我便思報，是朝局水火，自召紛爭，非但吾兩人不幸，就是國家亦必不利。我唯知盡我心力，上不負君父，下不負士民，此外一切功怨，非我思存，死生憑諸命，禍福聽諸天，請你等不必多言！」（言固甚是，然殺機已伏於此。）自是拜住愈加效力，張思明等亦無隙可乘。會鐵木迭兒奏請殺平章王毅，右丞高昉。英宗密問拜住，是否當誅。拜住驚問何事？英宗道：「據原奏言在京諸倉，糧儲虧耗，王、高兩臣，責任清理，負恩溺職，罪在不赦，所以應加嚴刑！」拜住道：「平章右丞，統是宰臣的副手，宰相應論道經邦，不應責他錢穀瑣務。況且王、高二臣，曾由右相奏委，莫非他不善逢迎，因成嫌隙，否則，何故出爾反爾，前日奏委，今日奏誅？」（料事如見。）英宗沉思良久道：「卿言亦是！」遂不從鐵木迭兒言。

　　鐵木迭兒大為失望，便奏請病假，數日不朝。英宗亦未嘗慰問，只冊立皇后亦啟烈氏，命他持節往迎，專授冊寶。立后禮成，鐵木迭兒仍稱疾

不出。會拜住奉旨，回范陽原籍，為祖安童立忠憲王碑。鐵木迭兒竟乘輿入朝，至內門，英宗遣左丞速速，賜以酒道：「卿年老，宜自愛重！待新年入朝，亦未為晚。」鐵木迭兒怏怏退出。

是時奸黨布滿朝端，遇有政務，必至鐵木迭兒家，稟陳底細，鐵木迭兒屢思傾陷拜住，無如拜住方得重用，任他百計營謀，終不得遂，因此這位鐵師相，也弄得神志懊喪，咄咄書空。不到數旬，竟爾疾病纏身，臥床不起。（假病弄成真病。）偏偏不如意事，雜沓而來，他的心腹張思明，隨英宗至上都，被拜住奏了一本，杖責數十，逐回原籍。鐵木迭兒聞著，已經不安，不意拜住又疊奏兩案，都牽連鐵木迭兒，那時鐵太師不是病死，也要氣死。一案是司徒劉夔夔買田數千畝，賂宣政使八剌吉思，託詞買給僧寺，矯詔出庫鈔六百五十萬貫，償付田直。八剌吉思免不得與鐵木迭兒商量，鐵木迭兒父子，及御史大夫鐵失，共得臟巨萬，經拜住訐發，劉夔夔、八剌吉思自然坐罪，不得復活，只赦了鐵失一人。（何不將他並誅。）一案是術士蔡道泰，私通良家婦女，妒姦殺人，獄已備具，道泰論抵，他偏私賂鐵木迭兒，打通關節，運動獄官，改供緩獄，又經拜住訐發，立誅道泰，獄官亦坐罪。鐵木迭兒雖未曾拿問，畢竟賊膽心虛，又驚又愧，又恨又悔，憒憒床蓐，服藥無靈，結果是一命嗚呼，魂登鬼籙。（不服明刑，難逃冥戮。）

事有湊巧，那太皇太后弘吉剌氏，亦病勢沉重，奄然逝世。距鐵木迭兒病死，不過一二十日。（總算親暱。）原來太皇太后自英宗即位後，便已得病，接連是失烈門伏誅，失了一個貼肉的倖臣，亦列失八駢戮，又少了一個知情的伴媼，一枕淒涼，萬般苦楚，且又不便說明，好似啞子吃黃連，只有自知，無人分曉，虧得參苓等物，朝晚服餌，總算勉勉強強的拖了一年，嗣復聞得鐵木迭兒身死，不禁唏噓道：「痴兒負我！痴兒負我！」嗣是病益加重，困頓了十數日，也即告終。英宗仍照例舉喪，追諡昭獻元

第三十四回　滿惡貫奸相伏冥誅　進良言直臣邀主眷

聖皇后。（特錄諡法，與上敘述冊文意同。）

禮官以十月有事太廟，奏請國哀期以日易月，待旬有二日後，乃舉祀事。英宗道：「太廟禮不可廢，迎香去樂便了。」冬祭後，特授拜住為右丞相，兼監修國史。拜住辭不敢受，英宗道：「卿佐朕二年，不避權貴，敢任勞怨，朕看滿廷王公，無出卿右，意欲授卿公爵，為卿酬勞，至若右相一職，除卿外還有何人？卿毋再辭！」拜住頓首道：「陛下必欲以右相授臣，臣敢不祗遵上命，若三公秩位，所以崇德報功，臣無功德，何堪當此？」英宗道：「朕知道了。」

越日，即以立右丞相拜住，頒詔天下。唯左丞相一缺，不另設人。在英宗的意見，實是倚畀獨專，不使掣肘，拜住亦感激圖報，首薦張珪，令復為平章政事，並召用舊臣王約、韓從益等，令他食祿家居，每日一至中書省議事。又起吳澄為翰林直學士。澄年已老，因聞拜住求賢若渴，乃杖策入朝。

會英宗命寫金字藏經，令左丞速速代傳詔旨，飭澄為序，澄瞿然道：「主上寫經，為民祈福，原是盛舉；若用以追薦，臣所未解，如佛氏好言輪迴，不過謂善人死去，上通高明，光齊日月，惡人死去，下淪汙穢，微等蟲沙。徒侶不明此旨，反謂誦經設醮，可以超薦靈魂。試思我朝的列祖列宗，功德蓋世，何用薦拔？且自國初以來，寫經追薦，已不知若干次，若謂未效，是為蔑佛；若謂已效，是謂誣祖，是此兩難，教臣如何下筆？就使遵旨撰就，也是一時欺人，不能示後，請左丞為我復奏罷！」（至理名言。）

速速據實奏陳，適拜住在側，便道：「吳學士的言語，很是有理，從古以來，帝王得天下，總以得民心為本，失民心便失天下，若徒索虛無，何關實際？梁武帝以佞佛亡國，願陛下詳察！」英宗道：「近有人謂佛教可治天下，難道此言不確麼？」拜住道：「清淨寂滅，只可自治；若要治天

下,除仁義道德外,殊無他法!陛下試想佛教宗旨,無君臣,無父子,無兄弟夫婦,天下若照此通行,人種都要滅絕,還有什麼綱常呢!」(剴切詳明。)英宗道:「唐太宗時有魏徵,不愧諫臣,卿亦可算一魏徵了!」拜住道:「槃圓水圓,盂方水方,有納諫的太宗,自有敢諫的魏徵,陛下能從諫如流,臺官中不乏忠臣,何止一臣呢!」英宗道:「卿言甚善!朕當聽卿,所有政務,亦願卿熟慮慎行!」拜住遵旨而退。

越數日,監察御史蓋繼元、宋翼,奏言鐵木迭兒奸貪負國,生逃顯戮,死有餘辜!應追奪官爵,籍沒家資等語。英宗復問拜住,拜住道:「誠如御史等言。」英宗便詔奪鐵木迭兒原官,並一切封贈,又令衛士查抄家產,金珠玉帛,價值累萬。於是鐵木迭兒的遺黨,人人自危,朝思夜想,彼籌此畫,遂鬧出一場天大的逆案。小子有詩詠道:

芟惡宜如芟草嚴,胡為奸黨未全殲?
須知蜂蠆猶留毒,一誤何堪再誤添!

欲知逆案詳細,請看下回便知。

英宗之失德,莫如殺觀音保等一事。然觀音保等之死,實鐵木迭兒父子構成之。元自世祖以來,阿合馬、盧世榮、桑哥等,相繼為奸,累遭顯戮。至如鐵木迭兒之貪淫忮虐,較阿合馬等為尤甚,而乃權寵終身,安死牖下,後雖奪官籍產,而放恣一生,竟逃國法,未始非仁、英二宗之失刑也!拜住專任相職,不可謂不得君,觀其任賢去邪,陳善納誨,亦不可謂不盡忠,然朝右奸黨,未盡戮逐,死灰尚且復燃,能保奸黨之不肆反噬乎?故本回為英宗君相合傳,而褒中寓貶,自有微意,讀者可於言外見之,毋徒視作斷爛朝報也!

第三十四回　滿惡貫奸相伏冥誅　進良言直臣邀主眷

第三十五回
集黨羽顯行弒逆　扈鑾蹕橫肆姦淫

　　且說御史大夫鐵失，本是鐵木迭兒的走狗，嘗拜鐵木迭兒為義父，自稱乾兒。至鐵木迭兒奪官籍爵，其子鎖南亦免職，兩人很是怨憤，恨不得將英宗拜住兩人，立刻捽去。無如君臣相得，如漆投膠，拜住說一事，英宗依一事，拜住說兩事，英宗依兩事，鐵失、鎖南只恐拜住再行奏劾，重必授首，輕必加譴，因此日夜籌謀，時思下手。還有知樞密院事也先帖木兒，大司農失禿兒，前平章政事赤斤鐵木兒，前雲南平章政事完者，典瑞院使脫火赤，樞密院副使阿散，僉書樞密院事章臺，衛士禿滿，及諸王按梯不花，孛羅月魯不花，曲呂不花，兀魯思不花，及鐵失弟索諾木等，統聯結一氣，伺機待發。巧值英宗幸上都，拜住隨去，奸黨或從或不從，內外煽謀，勢愈急迫。

　　一夕，英宗在行宮，忽覺心驚肉跳，坐立欠安，上床就寢，彷彿似有神鬼在側，倏寐倏醒。（為被弒預兆。）自思夜睡不寧，莫非有魔障不成，遂於次日起床，飭左右傳旨，命作佛事。拜住聞命，即入奏道：「國用未足，佛事無益，請陛下收回成命。」英宗遲疑半晌，方道：「不作佛事，也屬無妨。」拜住退後，不到半日，又有西僧進奏，略言陛下驚悸，國當有厄，非大作佛事，及普救罪囚，恐難禳災徼福。英宗道：「右相說佛事無益，所以罷休，你去與右相說知，再作計較。」

　　西僧奉旨，即往與拜住商議。拜住瞋目道：「你等專借佛事為名，謀得金帛，這還可以曲恕；唯一作佛事，便赦罪犯，你想朝廷憲典，所以正

治萬民，豈容你僧徒弄壞？縱庇一囚，貽害數十百人，以此類推，釀惡不少，你等藉此斂財，佛如有靈，先當誅殛！我輔政一日，你等一日休想，快與我退去，不必在此曉舌！」

　　西僧撞了一鼻子灰，便出去通知奸黨。原來西僧進言，實是奸黨主使，意欲藉此赦罪，免得譴戮。偏偏拜住鐵面無私，疾詞喝斥。那時奸黨憤不可遏，齊聲呼道：「不殺拜住，誓不干體！」鐵失時亦在場，便道：「你等亦不要瞎鬧，須計出萬全，方可成功。今日的事情，只殺一個拜住，也恐不能成事，看來須要和根發掘呢！」（惡人除善，唯恐不盡，故小則廢主，大則弒君。）大眾連聲道：「甚好！這等主子，要他何用？不如並殺了他。」鐵失道：「去了一個主子，後來當立何人？」這一語卻問住眾口。鐵失笑道：「我早已安排定當了！晉王現鎮北邊，何妨迎立？」大眾都齊聲贊成。鐵失道：「晉王府史倒刺沙，與我往來甚密，他子哈散，曾宿衛宮中，我前已令哈散回告乃父，繼復使宣徽使探忒密語晉王，諸已接洽，總教大事一成，便可往迎。」大眾道：「嗣皇已有著落，大事如何行得？」鐵失道：「聞昏君將回燕京，途次便可行事。好在我領著阿克蘇衛兵，教他圍住行幄，不怕兩人不入我手，就使插翅也難飛去！」言畢，呵呵大笑。大眾道：「極好！極好！但也須遣人密報，免得臨事倉皇。」鐵失道：「這個自然，我便著人去報便了。」當下派遣斡羅思北行。

　　斡羅思即日趲程，一行數日，方到晉王府中。聞晉王出獵禿剌，只探忒留著，兩下接談。探忒道：「我與倒剌沙已議過數次，倒剌沙很是贊成。只王意尚是未定。」斡羅思道：「倒剌沙內史，想伴王同去。」探忒道：「是的！」斡羅思道：「事在速行，我與你同去見王，何如？」探忒應著，便跑至禿剌地方，入見晉王。

　　晉王問有何事？斡羅思道：「鐵御史令我前來，致詞王爺，現已與也先帖木兒、失禿兒、哈散等，謀定大事。若能成功，當推立王爺為嗣皇

帝！」這語說出，總道晉王笑臉相迎，不意晉王顏色驟變，大聲叱道：「你敢教我謀死皇姪麼？這等奸臣，留他何用，快推出斬訖！」斡羅思被他一嚇，身子似殺雞般抖將起來，但見旁邊走過一人，跪稟晉王道：「王爺如誅斡羅思，轉使皇帝疑為擅殺，不如囚解上都，使證逆謀，較為妥當。」晉王視之，乃是府史別烈迷失，便道：「你說得很是！便命你押解去罷。」於是命左右抬過檻車，把斡羅思加上鐐銬，推入車內，由別烈迷失，帶了衛卒百名，解送上都。

看官欲知晉王為誰？待小子補敘詳明。晉王名也孫鐵木兒。（一作伊遜特穆爾。）係裕宗真金長孫，晉王甘麻剌嫡子。甘麻剌曾封鎮漠北，管轄太祖發祥的基址，領四大鄂爾多地，蒙語稱為四大斡耳朵。世祖殂時，甘麻剌聞訃奔喪，至上都，擁立成宗。大德二年，甘麻剌歿，子也孫鐵木兒襲位，仍鎮北邊。武宗、仁宗先後嗣立，也孫鐵木兒統共翊戴，立有盟書。至是不願附逆，因囚遣斡羅思赴上都。偏值英宗南還，禍機已發，好好一位英明皇帝，及一個忠良右相，竟被鐵失兄弟等害死南坡。（一聲河滿子。）

原來南坡距上都，約百餘里，英宗自上都啟蹕，必至南坡暫駐。這日夜間，鐵失已密命阿克蘇衛兵，守住行幄，他即率領奸黨，持刀而入。拜住正要就寢，驚聽外面有喧嚷聲，即持燭出來，只見鐵失弟索諾木，執著明晃晃的刀，首先奔至。拜住厲聲喝道：「你等意欲何為？」言未已，索諾木已搶前一步，手起刀落，將拜住持燭的右臂，剁落地上，拜住大叫一聲，隨撲於地，逆黨乘勢亂砍，眼見得不能活了。拜住已死，鐵失復帶著逆黨，闖入帝寢。英宗時已就臥，聞聲方起，正在披衣下床，逆黨已劈門而入。英宗忙叫宿衛護駕，誰知衛士統不知去向，那罪大惡極的鐵失，居然走至榻前，親自動手，把刀一揮，將英宗殺死。英宗在位三年，年僅二十一，天姿明睿，史稱他刑戮太嚴，奸黨畏誅，因構大變。小子以為鐵

第三十五回　集黨羽顯行弒逆　扈鑾蹕橫肆姦淫

失、鎖南早罹罪案，若英宗先已加誅，便是斬草除根，難道還能圖變麼？這是史官論斷太偏，不足憑信。（小說中有此評筆，方合歷史演義本旨。）

這且休表，且說鐵失等已殺了拜住，弒了英宗，便推按梯不花、也先帖木兒為首，奉著璽綬，北迎晉王也孫鐵木兒。也孫鐵木兒聞著此變，一時不好究治逆黨，就在龍居河（即克魯倫河。）旁，設起黃幄，受了御寶，先即皇帝位，布告天下。這詔敕卻用蒙文，很足發噱，抄錄如下道：

薛禪皇帝！（蒙語尊稱，世祖為薛禪皇帝，薛禪云者，聰明天縱之謂。）可憐見嫡孫裕宗皇帝長子，我仁慈甘麻剌爺爺，根底封授晉王，統領成吉思皇帝四個大斡耳朵，及軍馬達達（達達即韃子。）國土都付來，依著薛禪皇帝聖旨，小心謹慎。但凡軍馬人民的，不揀什麼勾當裡，遵守正道行來的。上頭數年之間，百姓得安業，在後完澤篤皇帝，（蒙語稱成宗為完澤篤皇帝，完澤篤者，有壽之謂。）教我繼承位次，大斡耳朵裡委付了來，已委付了的大營盤看守著。扶立了兩個哥哥，曲律皇帝，（蒙語稱武宗為曲律皇帝，曲律者，傑出之謂。）普顏篤皇帝，（蒙語稱仁宗為普顏篤皇帝，普顏篤者有福之謂。）姪碩德八剌皇帝。我累朝皇帝根底，不謀異心，不圖位次，依次本分，與國家出氣力行來。諸王兄弟每，眾百姓每，也都理會的也者。今我姪的皇帝，昇天了也麼，道迤南諸王大臣軍士的，諸王駙馬臣僚達之百姓每，眾人商量著大位次不宜久虛，唯我是薛禪皇帝嫡派，裕宗皇帝長孫，大位次裡合坐體例有，其餘爭立的哥哥兄弟也無有。這般晏駕，其間比及整治以來，人心難測，宜安撫百姓，使天下人心得寧，早就這裡即位。提說上頭，從著眾人的心，九月初四日，於成吉思皇帝的大斡耳朵裡，大位次裡坐了也，交眾百姓每心安的，上頭敕書行有。（此詔錄諸《元史》，係是蒙文，原底未曾就譯，故有數語在可解不可解之間，中國近日欲通行白話，恐其弊亦必至此，遷喬入谷，令人不解！）

是日，即命也先帖木兒為中書右丞相，倒剌沙為中書平章政事，鐵失知樞密院事，餘如失禿兒、赤斤鐵木兒、完者禿滿等，俱授官有差。（晉王初因斡羅思，遣別烈迷失首告逆謀，可謂守正不虧，及聞英宗遇弒，不思入朝討賊，即受璽踐位加封逆黨，是毋亦利令智昏耶！）當下遣使赴上都，祭告天地宗廟社稷；一面令右相也先帖木兒準備法駕，調集侍從，擇日啟程，向京師出發。

　　也先帖木兒自恃功高，又得大位，心中欣慰異常，便致書鐵失，教他前來迎駕。鐵失以京師重地，不便輕離，（彼非有意留守，實是固位希寵。）只遣完者、鎖南、禿滿等，馳奉賀表，且表歡迎。完者等到了行在，謁見嗣皇，奉諭優獎，喜得心花怒開，歡躍得很！（慢著！）至與也先帖木兒相見，彼此道賀，大家都說鐵失妙策，讚揚不盡。也先帖木兒掀著短鬚道：「老鐵的功勞，原是不可沒的；但非我幫助老鐵，恐怕老鐵也不能成事的。況現在的嗣皇帝，前已因解斡羅思，擬告逆謀，後來我奉著璽綬，馳到此處，他還出言詰責，虧我把三寸妙舌，說得面面俱到，方得他應允即位，各給封賞，列位試想，我的功績，比老鐵何如？」言畢，呵呵大笑。完者等本是拍馬長技，至此見也先帖木兒位居首輔，權勢烜赫，樂得見風使舵，曲意奉承，且齊聲說的是「全仗栽培」四字。那時也先帖木兒笑容可掬道：「諸君是我知己，我在位一日，總累諸君安樂一日，富貴與共，子女玉帛亦與共，諸君以為好否？」（你的相位，不過數日可保，奈何？）完者等復連聲稱謝。也先帖木兒便命擺酒接風，大家吃得酩酊大醉，方才散去。

　　越數日，車駕扈從等，都已備齊，就稟聞嗣皇帝，啟蹕登程。沿途侍衛人員，統歸也先帖木兒節制，跋山涉水，不在話下。只也先帖木兒行轅，比嗣皇帝的行幄，幾不相上下。所有命令，反較嗣皇帝為尊嚴。看官試想：這時的也先帖木兒，你道他榮不榮呢，樂不樂呢？（層層翻跌，亦

第三十五回　集黨羽顯行弒逆　扈鸞蹕橫肆姦淫

文中蓄勢之法。）

　　既到上都，留守官吏，都出城迎接，謁過嗣皇帝，復謁右丞相，也先帖木兒只在馬上點首。（寫盡驕態。）入城後，免不得有一番筵宴。嗣擬留駐數日，再行啟鑾。上都舊有行宮，及中書行省各署，彼此都按著職掌，分班列居。是時正當秋暮，氣候本尚未嚴寒，偏是年特別凜冽，朔風獵獵，雨雪霏霏，官吏擁著重裘，尚覺冷入肌骨。大寧、蒙古等地方，尤為奇冷，牛羊駝畜等，大半凍斃。（疑是小人道長之兆。）嗣皇帝念切民依，令發京米賑饑。朔方正在施賑，南方又報水災，漳州、南康諸路，霪雨連旬，洪波泛濫，廬舍漂沒，不計其數。當由中書省循例請賑，即奉旨照准，帝澤雖是如春，百姓終難全活。獨也先帖木兒意氣自豪，毫不把民生國計，繫在心上，鎮日裡圍爐御冷，飲酒陶情。

　　一日天氣少暖，與完者、鎖南等，並僕役數人，出門閒逛。只見盈山皆白，淡日微紅，一片蕭颯景象，無甚悅目。約行里許，愈覺寒風侵袂，景色蒼涼。也先帖木兒便道：「天寒得很，不如回去罷！」完者等自然遵諭，便循原路回來。將到門首，忽有兩輿迎面而至，當先的輿內，坐著一位半老佳人，紅顏綠鬢，姿色未衰，也先帖木兒映入眼波，已是暗暗喝采。隨後的輿中，恰是一個娉婷妙女，豔如桃李，嫩若芙蕖，望將過去，差不多是破瓜年紀，初月丰神。便失聲道：「好一個女郎！不知是誰家掌珠？」

　　鎖南道：「何不問他一聲！」完者即命僕役，詢問輿夫，輿夫答是朱太醫家眷。也先帖木兒聞著，也只好站住一旁，讓他過去。一面低語完者道：「想她們總是母女，若得這般佳人，作為眷屬，也不枉虛過一生了！」完者道：「相爺的權力，何事不可行？」也先帖木兒道：「難道去搶劫不成？」完者道：「這亦何妨！」也先帖木兒道：「她是宦家妻女，比不得一個平民，如何可以搶劫？」（難道平民的妻女，便可搶劫麼？）鎖南道：「朱

太醫是一個微員，相爺若取他女為妾，還是把他賞收哩！」完者道：「我卻去問他允否？再作計較。」也先帖木兒道：「也好！」

完者即領著僕役，搶前數步，喝輿夫停輿。輿夫尚不肯從，偏如虎如狼的僕役，將輿攔住，口稱相爺有命，教你回輿，你敢不從麼？輿夫無奈，把輿抬轉至中書省門前，勒令停住，叫婦女二人下輿，嚇得朱家母女，呆坐無言，只簌簌的亂抖。完者道：「裝什麼婦女腔？相爺要女郎為妾，你等快即下輿！」二人仍是坐著，完者叱僕役道：「快拽她出來！」僕役聞言，就一齊動手，把母女兩人拽出，送入也先帖木兒寢所。（也先帖木兒，並未命他強取，由完者等助成之，可見助紂為虐，罪尤甚於桀也。）遂隨也先帖木兒入門，並拱手作賀道：「相爺今日入溫柔鄉，明日要賞我等一杯喜酒哩！」

也先帖木兒道：「事已如此，倘她母女不從，奈何？」完者、鎖南齊聲道：「相爺這麼權力，不能制此婦女，如何可以制人？」說得也先帖木兒無詞可答。二人遂告別欲行，也先帖木兒道：「且慢，你等且為我勸此母女，何如？」完者奉命入也先帖木兒寢室，好一歇，方出來道：「她母女並不發言，想已是默許了！我等且退，何必在此觀戲。」當下挈鎖南手，與也先帖木兒告別。

也先帖木兒送出兩人，竟入寢室，來視朱太醫妻女。但見她二人相對坐著，玉容慘澹，珠淚雙垂，不由的淫興勃發，竟去抱這少女。誰知少女未曾入懷，面上已撲的一聲，竟著了一掌。正是：

弒逆已難逃史筆，姦淫尚不顧刑章。

畢竟掌聲從何而來？且至下回續敘。

英宗之被弒，人以為英宗之過嚴，吾以為英宗之過寬，其評已見上次。唯晉王即位，不先宣告討賊，且令也先帖木兒為首相，試思彼能弒英宗，獨不能弒自己乎？且自漠北入上都，一切命令，皆出也先帖木兒之

手，以致威權愈甚，肆意妄行，甚至太醫家眷，亦可強拽入門，恣情奸宿，前如阿合馬、盧世榮等，尚不若此凶橫。國家愈衰，奸惡愈滋，讀史者能無廢書三嘆乎！雖然，弒君之罪，尚可幸逃，強姦之罪，亦奚憚乎？大憨不誅，天下固無寧日也。

第三十六回
正刑戮眾惡駢誅　　縱姦盜百官抗議

　　卻說也先帖木兒欲擁著少女尋歡，面上忽被擊一掌。這掌非少女所擊，乃是這半老佳人，旁擊過來的。當下惱了也先帖木兒，出外呼婢媼多人，將她母女褫去衣裳，赤條條的繫住床上，覆以重衾。一面煨著爐炭，借禦寒氣，一面煮著春酒，狂飲了幾大觥。乘著酒興，揭被探嬌，先採老陰，後及少陰。朱家母女沒法可施，口中雖是痛罵，奈身子不得動彈，只好任他淫汙。事畢，就覆衾擁臥，呼呼的睡去了。（令人髮指。）

　　次日起床，仍把她母女繫住不放，只令侍媼強給飲食。到了晚間，依著昨夕的老法兒，復去姦淫兩次。可憐這朱家母女，求生不得，求死不能，滿望朱醫設法相救，誰知望眼將穿，毫無音耗。只見這窮凶極惡的奸賊，日夕淫媟，直至三日將盡，方有侍媼進來，令母女穿好衣服，把她梳洗，擁出省門，勒上便輿，由輿夫抬還朱家去了。看官，試想朱家母女，得邀釋放，不是朱太醫從中運動，哪裡有這般容易。原來朱太醫聞妻女被留，早知情勢不佳，先至中書省中，挽人設法，一些兒沒有效果，轉身去籲請留守。留守以新皇繼統，方寵任也先帖木兒，不便在虎頭搔癢。況他是隨駕大臣，扈從人員，統歸節制，亦非留守所得越俎劾奏，因此反勸朱太醫得休便休，省得弄巧成拙。（此何事也，乃便休乎！）朱太醫焦急萬分，抓頭挖耳的思想，竟沒有頭路可鑽。哪裡曉得天道禍淫，奸人數絕，竟來了一個大大的救星，不但拔出朱太醫妻女，並且將元惡大憝，及一班狐群狗黨，盡行伏法！這也是絕大的快事。（好筆仗。）那位救星恰是何

人？乃是元朝宗室中一位王爺，名叫買奴。（一作滿努。）這買奴前曾隨著英宗，自上都扈蹕還京。至南坡變起，買奴孤掌難鳴，竟奔投晉邸，願效力討逆。偏晉王急於嗣位，將討逆事暫擱不提，且命他在晉邸中，收拾簡牘等件，自己啟蹕先發。及新皇帝寓上都，他方趲程到京。朱太醫曾與相識，忙去謁見，求他憐救妻女。買奴聞言，不由得怒髮衝冠，指天示朱太醫道：「我誓不與逆賊共戴此天！你回去候著消息，待我入見新帝，總有回報。」朱太醫拜謝欲去，買奴復道：「姦淫事尚小，弒逆事實大，我為你計，亦不應說及姦淫，且與你面子上，亦過不下去，不如仍從討逆入手，方好一網打盡哩。」（買奴計畫，很是妥當。）朱太醫道：「全憑大力！」於是朱醫歸家，買奴入覲。經新皇帝慰勞畢，買奴乞屏去左右，以便密陳。新帝照准，立命侍從退出，買奴遂密啟道：「陛下嗣位，應天順人，奈何命也先帖木兒作為首相呢？」新帝道：「他有奉璽的功勞，所以命為右相，」買奴道：「他若可自立為帝，早已黃袍加身了，還肯來奉璽麼？他與奸賊鐵失，合謀圖逆，共弒英宗，陛下首宜把他正法，方覺名正言順哩！」新帝默然不答，買奴道：「逆賊等忍弒先皇，豈真願事陛下？他因陛下前鎮漠北，恐聲罪致討，無術自全，所以奉上璽綬，請駕入都。若權歸他手，陛下轉成傀儡，此後一舉一動，反被逆黨所制，他得安享榮利，陛下反蒙惡名，天下後世，將疑陛下為篡國哩！」（理正詞醇，真好口才。）新帝愕然道：「朕何嘗有心篡逆？據汝說來，是朕且為彼受過，朕亦不得不急圖討逆了！」買奴道：「前後左右，多是逆賊心腹，陛下既決意討逆，事不宜遲，便在今夕，休使他狗急跳牆！」新帝道：「甚善，勞汝替朕拿斬逆黨。」買奴請即書詔。新帝即手寫數行，給了買奴，並命遣晉邸衛兵，即夕前拿也先帖木兒等。買奴趨出，立即召集衛士，至中書省。此時也先帖木兒，已有人報知買奴密奏狀，他只道是姦淫事洩，但發放朱醫妻女，勒令歸家，便好消滅證據，洗釋罪惡；且可劾奏買奴誣妄，反坐罪名。因

此將朱家母女逼歸後，把酒澆愁，從容自在。（偏偏不由你算，奈何？）買奴率著衛士，急馳而入，見他兀坐自斟，便笑著道：「右相在此獨酌麼？何不令朱醫妻女陪飲，特別歡暢哩！」也先帖木兒起座，佯作驚訝道：「王爺說什麼？何來朱醫婦女，休要含血噴人！」買奴道：「朱家事不遑追究，有旨拿你逆賊！」也先帖木兒道：「我是保主功臣，何賊可言！敢是你思謀逆麼？」買奴道：「我不暇與你辯論，叫你去見先皇罷！」隨喝令衛士快行動手。也先帖木兒尚欲抵拒，怎禁得衛士齊上，把他反縛起來，上了鐐械，牽出省門，一面將完者、鎖南、禿滿等盡行拿到。也先帖木兒請入見嗣皇，面陳委曲。買奴道：「你是先皇的舊臣，應在先皇前自伏，何必再覲新帝！」當下設著御案，上供先皇帝靈牌，令也先帖木兒等，就案跪著，然後由買奴朗聲宣詔道：

也先帖木兒、完者、鎖南、秀滿等，合謀弒逆，神人共憤，飭王買奴帶領衛卒，即夕密拿。該逆等凶殘昭彰，罪在不赦；拿住後，著即斬首以謝天下，毋庸再鞫！

宣詔畢，即將也先帖木兒等綁出，一聲炮響，劊子手刀隨聲落，統是身首兩分！（何苦為惡。）當下奏聞新帝，遂改命宣政院使旭邁傑為中書右丞相，陝西行中書左丞禿魯，及通政院使紐澤，並為御史大夫，速速為御史中丞，並令旭邁傑、紐澤率兵至京師，搜除逆黨。旭邁傑恐鐵失在京，抗命作亂，遂夤夜前進，既到京城，先遣使人報鐵失，暨失禿兒、赤斤鐵木兒、脫火赤、章臺等，令他出城迎駕。鐵失等曾邀封賞，至此不防有詐，便坦然出迎。旭邁傑、紐澤早已密囑兵士，令他列隊站著。待鐵失等下騎相見，便命跪聽詔敕。當由旭邁傑宣詔道：

先皇帝御宇三年，未聞失德，而鐵失、也先帖木兒等，敢行大逆，竟有南坡之變，駭人聽聞！朕因諸王大臣推戴，嗣登宸極，若非首除奸惡，既無以妥先帝之靈，並無以洩天下之憤，為此甫抵上都，即將也先帖木兒

第三十六回　正刑戮眾惡駢誅　縱姦盜百官抗議

等，聲罪正法。唯在京逆黨，如鐵失輩，尚逍遙法外，特命中書右丞相旭邁傑，御史大夫紐澤，率兵到京，立將鐵失、失禿兒、赤斤鐵木兒、脫火赤、章臺等，拿下正法，餘如逆黨爪牙，亦飭令旭邁傑、紐澤，徹底查拿，毋得瞻徇，應加刑法，候復奏定議。

鐵失等聽著旭邁傑宣詔，開口便抬出先皇帝三字，已是魂魄飛揚；及讀到「拿下正法」四字，越嚇得心驚膽顫，意欲起身逃竄，只見兩邊排著衛士，好似天羅地網一般，插翅難飛。旭邁傑讀罷詔敕，即叫衛士過來，將鐵失等除去冠帶，命即正法。霎時間頭都落地，數道靈魂，入阿鼻地獄中去了。（若有地獄，當為此輩特設。）

鐵失等既伏誅，旭邁傑即刻進城。搜拿諸王月魯不花、按梯不花、曲呂不花、孛羅兀魯思不花，及鐵失弟索諾木，一併發交法司，並查得御史臺經歷朵兒只班，御史撒兒塔罕、兀都蠻郭、也先忽都等，素依附鐵失，朋比為奸，遂並行奏復。月魯不花等擬賜死，朵兒只班等擬充戍，至復詔到來，俱減罪一等，擬賜死的減為充戍，擬充戍的減為免官。

時中書平章政事張珪，聞得此詔，獨勃然道：「國法上強盜不分首從，發塚傷屍者亦死；索諾木嘗從弒逆，親斫丞相拜住右臂，乃反欲保他生命麼？」遂繕就奏牘，遣陳行在，略稱帳黨不宜逭誅，索諾木加刃故相，親與逆謀，乞速付顯戮以快人心等語。於是新帝准奏，即將索諾木梟首，流月魯不花於雲南，按梯不花於海南，曲呂不花於奴兒干，孛羅及兀魯思不花於海島，朵兒只班等皆褫職為民，一場逆案，總算處置明白，內外肅清。

新帝乃啟駕入京，親御大明殿，受諸王百官朝賀。禮成，追尊皇考晉王為皇帝，廟號顯宗，皇妣弘吉剌氏為宣懿淑聖皇后。嗣復上先皇尊諡為睿聖文孝皇帝，廟號英宗。擬定次年改元，號為泰定元年。

臺官復奏言曩時鐵木迭兒專政，誣殺楊朵兒只、蕭拜住、賀伯顏、觀

音保、鎖咬兒哈的迷失，杖竄李謙亨成珪，罷免王毅、高昉、張志弼，天下咸知蒙冤，請旨昭雪。隨即頒詔，命存者召還錄用，死者贈官有差。旭邁傑又上言逆黨作亂，諸王買奴趕赴晉邸，願效死力，且言不除元凶，陛下美名不著，天下後世，無從察知。聖衷嘉納，屢承獎諭，令臣等考查懿戚，能自拔逆黨，為國效忠，莫如買奴一人，應加封賞以示激勸。因此買奴將賞泰寧縣五千戶，受爵泰寧王。又頒賞討逆功臣，賜旭邁傑金十錠，銀三十錠，鈔七十錠；倒刺沙為中書左丞相；（倒刺沙曾與鐵失密議，理應加罪，胡反得遷擢，其私可知！）知樞密院事馬某沙，御史大夫紐澤，宣政院使鎖禿，應加授光祿大夫，各賜金銀鈔有差；追贈故丞相拜住為太師，爵東平王，諡忠獻，稱為清忠一德功臣，授其子答兒麻失里為宗仁衛親軍都指揮使，賞功錄舊，恤死褒生，泰定初政，人民稱美。轉瞬間已是元年，小子因新帝歿後，未得立諡，史家亦稱為泰定帝，所以後此稱帝，我亦云然。（上文統稱新帝，與前數帝繼位時名號不同，即是此意。）元夕御殿，朝賀禮儀，悉如舊制，不必贅述。唯敕諸王各還本部，並召還圖帖睦爾於瓊州，阿木哥於大同。會浙江行省左丞趙簡，能開經筵，及擇師傅，令太子及諸王大臣子孫受學，泰定帝乃命平章政事張珪，翰林學士承旨忽都兒都魯迷失，學士吳澄，集賢直學士鄧文原，以《帝範》、《資治通鑑》、《大學衍義》、《貞觀政要》等書，指日進講。一面冊定皇后弘吉剌氏，名叫巴巴罕。（特書其名，一正《元史本紀》誤名為氏之訛，一正後來下嫁燕帖木兒之罪。）並立皇子阿速吉八（一作阿蘇奇布。）為皇太子。冊立之日，天大風雨，四面晦霾，官民頗為驚愕。（已兆不祥。）泰定帝不以為意，復選了兩個麗姝，作為妃嬪，一名必罕，一名速哥答里，皆出弘吉剌氏，且係一對姊妹花。父名買住罕，曾封袞王，這且按下慢表。（都為後文埋根。）

且說泰定帝即位改元後，有事太廟，忽然廟內神主，失去兩座，一是

第三十六回　正刑戮眾惡駢誅　縱姦盜百官抗議

仁宗神主，一是仁宗後神主。先是太常博士李好文，曾建議在廟神主，應用木製，不宜金飾，所有金玉祭器，須貯諸別室，免致遺失等語。無如元代定制，神主概制以金，當時以李博士議論近迂，不足採用，況且宗廟社稷，各有守官，何人敢來盜竊，因此率由舊章，並未改革。至此竟有神主被盜一事，當令守京各官，派捕緝獲，偏偏追索十日，毫無贓證。監察御史宋本、趙成慶、李嘉賓等，奏言盜竊太廟神主，由太常守衛不謹，應即議罪。奏入不報。是時參知政事馬剌，兼領太常禮儀使，且有升遷左丞消息。惱動了平章政事張珪，抗言太常奉守宗祐，責有攸歸，今神主被竊，應待罪而反遷官，賞罰不明，紀綱倒置，上何以謝祖靈，下何以懲盜風，應持以宸斷，嚴核功過，方可報本追遠，黜貪懲邪。這數語說得詳明痛切，總道泰定帝准詞究辦，不料待了數日，也無批敕，只馬剌升遷事，才算打消。

還有武備卿即烈，故太尉不花，受家吏撒梯賄託，強收寡婦古哈。古哈係鄭國寶妻，曾為命婦。國寶死後，遺產頗多，撒梯陰加豔羨，且見古哈尚在中年，自己又值喪偶，遂浼人往諷古哈，勸她再醮。古哈以門閥相沿，頗欲守節，拒絕不從。偏這撒梯貪財戀色，定欲取她到手，就去請託即烈、不花兩人，硬行出頭，逼她改嫁撒梯。古哈仍不肯允，即烈等騎虎難下，詐稱奉旨令古哈再嫁。（逼令再嫁之旨，雖是詐傳，然亦由元代之不尚節烈，致有此弊。）看官！你想古哈是一介孺婦，哪裡抗得過聖旨？只好除了喪服改著豔裝，乘輿至撒梯家，與他成婚。（何不就死，但死節最難，到歡娛時，或亦感念帝德。）撒梯得了古哈，歡愛非常，並將她家人畜產，一併取來。偏臺官不肯玉成，竟爾據實陳奏，（殊殺風景。）並劾即烈、不花矯旨的罪狀，有旨令刑部訊鞫。即烈、不花無從圖賴，暗中恰向左丞相倒剌沙處，奉送金銀鈔若干，託他挽回。果然錢神有靈，可以買命，不消兩日，竟下了一道赦詔，只說是世祖舊臣，加恩貸罪。

又有遼王脫脫，鎮守遼東，乘泰定帝新立，頒詔大赦以前，竟報復私仇，妄殺親王妃主百餘人，占奪羊馬畜產。經臺官奏請廢徙，亦不見報。會值山崩地震，雷迅風烈諸災異，泰定帝只令番僧大作佛事，以期禳解。且令在壽安山寺，集僧諷經，約以三年，自己卻巡幸上都，備駕前去。於是平章政事張珪，邀集樞密院御史臺翰林集賢兩院官，會議時弊，決計諫諍。適上都亦有詔到來，戒飭百官，並命大都守臣，詳言利病，各官遂公推張珪主稿。珪正滿懷痛憤，即草就數千言，成了一篇曠前絕後的大奏章，擬親至上都面奏。大眾見了，無不稱為大手筆，小子有詩詠道：

事君無隱由來久，千古爭傳諫士言；
留得一編遺草在，大元久邈直聲存。

　　欲知奏疏中如何措詞，待下回齟齬陳明。

　　泰定帝至上都，從買奴之請，誅也先帖木兒等，看似鋤凶罰惡，足快人心，實則仍為一己計，欲自免助逆之名，不得不討除逆黨。《春秋》之法在誅心，桃園之弒，史書趙盾，泰定帝雖稍差一間，其心固不可問也。況倒剌沙亦與逆謀，卒因前時私寵，不加其罪，反擢其官；盜神主者得逃法外；逼再嫁者且恕罪名；藩王有辜不之問；佛事屢修不之省，種種失政，安知不由倒剌沙輩，從中蠱惑乎？是回敘述，已將泰定帝之心跡，揭明紙上，史稱其能守祖憲，號稱治平，豈其然乎！

第三十六回　正刑戮眾惡駢誅　縱姦盜百官抗議

第三十七回
眾大臣聯銜入奏　　老平章嫉俗辭官

卻說平章政事張珪，既擬就奏稿，出示百官，由員外郎宋文瓚，代讀奏稿，其詞云：

國之安危，在乎論相。昔唐玄宗前用姚崇、宋璟則治，後用李林甫、楊國忠，天下騷動，幾致亡國，雖賴郭子儀諸將，效忠竭力，克復舊物，然自是藩鎮縱橫，紀綱亦不復振矣。良由李林甫妒害忠良，布置邪黨，奸惑矇蔽，保祿養禍所致，死有餘辜。如前宰相鐵木迭兒，奸狡險深，陰謀叢出，專政十年，凡宗戚忤己者，巧飾危間，陰中以法，忠直被誅，竄者甚眾。始以臟敗，諂附權奸失烈門，及嬖倖也里失班之徒，苟全其生。尋任太子太師。未幾仁宗殯天，乘時幸變，再入中書。當英廟之初，與失烈門等恩義相許，表裡為奸，誣殺蕭、楊等以快私怨，天討元兇，失烈門之黨既誅，坐邀上功，遂獲信任。諸子內布宿衛，外據顯要，蔽上抑下，杜絕言路，賣官鬻獄，威福己出，一令發口，上下股慄，稍不附己，其禍立至，權勢日熾，中外寒心。由是群邪並進，如逆賊鐵失之徒，名為義子，實其腹心，忠良屏跡，坐待收繫，先帝悟其奸惡，僕碑奪爵，籍沒其家，終以遺患，構成弒逆。其子鎖南，親與逆謀，所由來者漸矣。雖剖棺戮屍，夷滅其家，猶不足以塞責。今復回給所籍家產，諸子尚在京師，夤緣再入宿衛，世祖時，阿合馬貪殘敗事，雖死猶正其罪，況如鐵木迭兒之奸惡者哉！臣等宜遵成憲，仍籍鐵木迭兒家產，遠竄其子孫於外郡，以懲大奸。

君父之仇，不共戴天，所以明綱常，別上下也。鐵失之黨，結謀弒逆，君相遇害，天下之人，痛心疾首，所不忍聞，比奉旨以鐵失之徒，既

伏其辜，諸王按梯不花、孛羅、月魯不花、曲呂不花、兀魯思不花，亦已流竄，逆黨脅從者眾，何可盡誅，後之言事者，其勿復舉。臣等議古法弒逆，凡在官者殺無赦，聖朝立法，強盜劫殺庶民，其同情者猶且首從俱罪，況弒逆之黨，天地不容，宜誅按梯不花之徒以謝天下。

書曰：唯闢作福，唯闢作威，臣無有作福作威。臣而有作福作威，害於而家，凶於而國。蓋生殺予奪，天子之權，非臣下所得盜用也。遼王脫脫，位冠宗室，居鎮遼東，屬任非輕。國家不幸有非常之變，不能討賊，而乃覬倖赦恩，報復仇忿，殺親王妃主百餘人，分其羊馬畜產，殘忍骨肉，盜竊主權，聞者切齒。今不之罪，乃復厚賜放還，仍守爵土，臣恐國之紀綱，由此不振，設或效尤，何法以治。且遼東地廣，素號重鎮，若使脫脫久居，彼既縱肆，得無忌憚；況令死者含冤，感傷和氣，臣等議累朝憲典，聞赦殺人，罪在不原，宜奪削其爵土，置之他所，以彰天威。

刑以懲惡，國有常憲。武備卿即烈，前太尉不花，以累朝待遇之隆，俱致高列，不思補報，專務奸欺，詐稱奉旨，令撒梯強收鄭國寶妻古哈，貪其家人畜產，自恃權貴，莫敢如何，事聞之官，刑曹逮鞫服實，竟原其罪，輦轂之下，肆行無忌，遠在外郡，何事不為！夫京師天下之本，縱惡如此，何以為政？古人有言：「一婦啣冤，三年不雨。」以此論之，即非細務。臣等議宜以即烈、不花，付刑曹鞫之中賣寶物，世祖時不聞其事，自成宗以來，始有此弊。分珠寸石，售直數萬，當時民懷憤怨，臺察交言。且所酬之鈔。率皆天下窮民膏血，錙銖取之，從以箕撥，何其用之不吝！夫以經國有用之寶，而易此不濟飢寒之物，是皆時貴與斡脫中寶之人，妄稱呈獻，冒給回賜，高其直且十倍。蠹蠹國財，暗行分用，如沙不丁之徒，頃以增價中寶事敗，具存吏牘。陛下即位之初，首知其弊，下令禁止，天下欣幸。臣等比聞中書，乃復奏給累朝未酬寶價四十餘萬錠，較其元直，利已數倍。有事經年遠者，計三十餘萬錠。復令給以市舶番貨。計

今天下所徵包銀差發，歲入止十一萬錠，已是四年徵入之數，比以經費弗足，急於科徵。臣等議番舶之貨，宜以資國用，紓民力，寶價請俟國用饒給之日議之。

太廟神主，祖宗之所妥靈。國家孝治天下，四時大祀，誠為重典。比者仁宗皇帝皇后神主，盜利其金而竊之，至今未獲，斯乃非常之事，而捕盜官兵，不聞杖責。臣等議庶民失盜，應捕官兵，尚有三限之法，監臨主守，倘失官物，亦有不行知覺之罪。今失神主，宜罪太常，請揀其官屬免之。

國家經費，皆出於民。量入為出，有司之事。比者建西山寺，損軍害民，費以億萬計，刺繡經幡，馳驛江浙，逼迫郡縣，雜役男女，動經年歲，窮奢致怨。近詔雖已罷之，又聞奸人乘間，奏請復欲興修，流言喧播，群情驚駭。臣等議宜守前詔。示民有信，其創造刺繡事，非歲用之常者悉罷之。

人有怨抑，必當昭雪，事有枉直，尤宜明辨。平章政事蕭拜住，中丞楊朵兒只等，枉遭鐵木迭兒誣陷，籍其家以分賜人，聞者嗟悼。比奉明詔，還給原業，子孫奉祀家廟，修葺苟完，未及寧處，復以其家財仍賜舊人，止酬以直，即與再權斷沒無異。臣等議宜如前詔，以原業還之，量其直以酬後所賜者，則人無冤憤矣。

德以出治，刑以防奸。若刑罰不立，奸宄滋長，雖有智者，不能禁止。比者也先帖木兒之徒，遇朱太醫妻女，過省門外，強拽以入，奸宿館所。事聞有司，以扈從上都為解，竟勿就鞫。元惡雖誅，羽翼未戢。臣等議宜遵世祖成憲，凡助惡為虐者，悉執付有司鞫之。臣等又議天下囚繫，不無冤滯，方今盛夏，宜命省臺選官審錄，結正重刑，疏決輕繫，疑者申問詳讞。

邊鎮利病，宜命行省行臺，體究興除。廣海鎮戍卒更病者給粥食藥，

第三十七回　眾大臣聯銜入奏　老平章嫉俗辭官

力死者人給鈔二十五貫，責所司及同鄉者歸骨於其家。歲貢方物有常制，廣州東莞縣大步海，及惠州珠池，始自大德元年，奸民劉進、程連言利，分蜑戶七百餘家官給之糧，三年一採，僅獲小珠五六兩，入水為蟲魚傷死者眾，遂罷珠戶為民。其後同知廣州路事塔察兒等，又獻利於失烈門，創設提舉司監採。廉訪司言其擾民，復罷歸有司。既而內正少卿魏暗都剌，冒啟中旨，馳驛督採，耗廩食，疲民驛，非舊制，請悉罷遣歸民。

善良死於非命，國法當為昭雪。鐵失弒逆之變，學士不花，指揮不顏忽里，院使禿古思，皆以無罪死，未得褒贈。鐵木迭兒專權之際，御史徐元素以言事鎖項死東平，及買禿堅不花之屬，皆未申理。臣等議宜追贈死者，優敘其子孫，且命刑部及監察御史體勘，其餘有冤抑者具實以聞。

政出多門，古人所戒。今內外增置官署，員冗俸濫，白丁驟升，出身入流，壅塞日甚，軍民俱蒙其害。夫為治之要，莫先於安民，安民之道，莫急於除濫費，汰冗員。世祖設官分職，俱有定制。至元三十年以後，改升創設，日積月增，雖嘗奉旨取勘減降，近侍各私其署，夤緣保祿，姑息中止。至英宗時，始銳然減罷崇祥壽福院之屬十有三署，徽政院斷事官江淮財賦之屬六十餘署，不幸遭罹大故，未竟其餘。比奉詔凡事悉遵世祖成憲，若復尋常取勘調虛文，延歲月必無實效，即與詔旨異矣。臣等議宜敕中外軍民，署置官吏，有非世祖之制，及至元三十年已後，改升創設員冗者，詔至日悉減除之。

自古聖君，唯誠於治政，可以動天地，感鬼神，初未嘗徼福於僧道，以厲民病國也。且以至元三十年言之，醮事佛事之目，止百有二，大德七年，再立功德使司，積五百有餘。今年一增其目，明年即指為例，已倍四之上矣。僧徒又復營幹近侍，買作佛事，自稱特奉傳奉，所司不敢致問，供給恐後。夫佛以清淨為本，不奔不欲，而僧徒貪慕貨利，自違其教，一事所需，金銀鈔幣，不可數計，歲用鈔數千萬錠，數倍於至元間矣。凡所

供物，悉為己有，布施等鈔，復出其外，生民脂膏，縱其所欲，取以自利，畜養妻子，彼既行不修潔，適足褻慢天神，何以邀福？比年佛事愈繁，累朝享國不永，致災愈遠，事無應驗，斷可知矣。臣等議宜罷功德使司，其在至元三十年以前，及累朝忌日醮祠佛事名目，止令宣政院主領修舉，餘悉減罷。近侍之屬，並不得巧計擅奏，妄增名目。若有特奉傳奉，從中書復奏乃行。

古今帝王治國理財之要，莫先於節用。蓋侈用則傷財，傷財必至於害民。國用匱而重斂生，如鹽課增價之類，皆足以厲民矣。比年遊惰之徒，妄投宿衛部屬，及官者女紅太醫陰陽之屬，不可勝數。一人收籍，一門蠲復，一歲所請衣馬芻糧，數十戶所徵入，不足以給之，耗國損民，莫此為甚。臣等議諸宿衛宦女之屬，宜如世祖時支請之數給之，餘悉簡汰。

闊端赤牧養馬駝，歲有常法，分布郡縣，各有常數。而宿衛近侍，委之僕御，役民放牧，始至即奪其居，俾飲食之，殘傷桑果，百害蜂起，其僕御四出，無所拘鈐，私鬻芻豆，瘠損馬駝。大德中始責州縣正官監視，蓋暖棚團糠樴以牧之。至治初復散之民間，其害如故。監察御史及河間路守臣屢言之。臣等議宜如大德團糠之制，正官監臨，閱視肥瘠，拘鈐宿衛僕御，著為令。

兵戎之興，號為凶器，擅開邊釁，非國之福。蠻夷無如，少梗王化，得之無益，失之無損。至治三年，參卜郎盜劫殺使臣，利其財物而已，至用大師，期年不戢，傷我士卒，費國資糧。臣等議好生惡死，人之恆性，宜令宣政院督守將，嚴邊防，遣良使抵巢招諭，簡罷冗兵，明敕邊吏，謹守禦，勿生事，則遠人格矣。天下官田歲入，所以贍衛士，給戍卒。自至元三十一年以後，累朝以是田分賜諸王公主駙馬，及百官宦者寺觀之屬，遂令中書酬直海漕，虛耗國儲。其受田之家，各任土著，奸吏為贓官，催甲鬥級，巧名多取，又且驅迫郵傳，徵求餼廩，折辱州縣，閉償逋負。至

倉之日，變鬻以歸，官司交忿，農民窘窶。臣等議唯諸王公主駙馬寺觀，如所與公主桑哥剌吉，及普安三寺之制輸之公廩，計月直折支以鈔，令有司。兼令輸之省部，給之大都。其所賜百官及宦者之田，悉拘還官著為令。

國家經費，皆取於民。世祖時，淮北內地，唯輸丁稅。鐵木迭兒為相，專務聚斂，遣使括勘兩淮、河南田土，重併科糧，又以兩淮、荊襄沙磧，作熟收徵，徼名興利，農民流徙。臣等議宜如舊制，止徵丁稅，其括勘重並之糧，及沙磧不可田畝之稅悉除之。世祖之制，凡有田者悉役之民，典賣田隨收入戶。鐵木迭兒為相，納江南諸寺賄賂，奏令僧人買民田者，毋役之以裡正主首之屬，逮今流毒細民。臣等議唯累朝所賜僧寺田，及亡宋舊業，如舊制勿徵；其僧道典買民田，及民間所施產業，宜悉役之著為令。

僧道出家，屏絕妻孥，蓋欲超出世表，是以國家優視，無所徭役。且處之官寺，宜清淨絕俗為心，誦經祝壽。比年僧道，往往畜妻子無異常人。如蔡道泰、班講主之徒，傷人逞欲，壞教干刑者，何可勝數？俾奉祠典，豈不褻天瀆神！臣等議僧道之畜妻子者，宜罪以舊刑，罷遣為民。

賞功勸善，人主大柄，豈宜輕以與人？世祖臨御三十五年，左右之臣，雖甚愛幸，未聞無功而給一賞者。比年賞賜泛濫，蓋因近侍之人，窺伺天顏喜悅之際，或稱乏財無居，或稱嫁女取婦，或以技物呈獻。殊無寸功小善，遞互奏請，要求賞賜，奄有國家金銀珠玉，及斷沒人畜產業。似此無功受賞，何以激勸？既傷財用，復啟幸門。臣等議非有功勳勞效，著明實跡，不宜加以賞賜，乞著為令。

臣等所言弒逆未討，奸惡未除，忠憤未雪，冤枉未理，政令不信，賞罰不公，賦役不均，財用不節，民怨神怒，感傷和氣，唯陛下裁擇以答天意，消弭災變。臣等不勝翹切待命之至！

宋文瓚一氣讀畢，樞密院御史臺翰林集賢兩院官，統鼓掌道：「近今弊竇，統由張平章說盡。若此奏上去，能邀聖上允准，一一施行，乃是國家的大幸了！」張珪道：「我擬親至上都，面陳此疏，免得內臣沮格。」宋文瓚道：「晚生願隨老平章同去，何如？」張珪道：「極好！但繕錄奏稿，還仗大筆！我已老朽，不願作蠅頭小楷了。」文瓚道：「晚生理當效勞。」

當下百官散歸，文瓚亦回寓，把奏稿恭楷錄正，差不多至半日餘，方才告竣。並將會議各官，聯銜署名。到了次日，便偕張珪赴上都。珪即入覲泰定帝，遞上奏疏。泰定帝展覽多時，似乎有些討厭的神氣。（張珪嘔盡心血，不值泰定帝一顧奈何？）淡淡的答道：「朕知道了！卿自京至此，未免勞頓，且在行轅休息，再作區處。」張珪叩謝而出。

待了兩日，並不見有詔敕下來，轉增煩悶。適宋文瓚亦來謁談，張珪道：「我等奏議，共有數條，偏似大石沉海，一條未蒙敕行，難道就此過去，便好治國麼？」文瓚道：「老平章何不再行謁奏？總要宸衷酌行，方可漸除時弊。」張珪點頭。次晨復至行宮朝泰定帝，行禮畢，復啟奏道：「臣聞日食修德，月食修刑。應天以實不以文，動民以行不以言。目今刑政失平，所以天象垂變，陛下仰承天心，務乞矜察，臣等逐條奏議，即請施行！」泰定帝答道：「待朕返京師後，擇要施行便了。」珪不便再陳，只得告退。

既而御史臺臣禿忽魯、紐澤等，復奏陳災異屢見，宰相宜避位以應天變，可否仰自聖裁。且言臣等為陛下耳目，不能糾察奸吏，慢官失守，宜先退避以授賢能。泰定帝覽了此奏，便批諭：「御史所言，失在朕躬，卿等不必辭職。」臺官等無可奈何。只丞相旭邁傑、倒剌沙兩人，心中未安，也遞呈一疏。略說天象告儆，陛下以憂天心為心，反躬自責，謹遵祖宗聖訓，修德慎行，飭臣等各勤乃職。手詔至大都，居守省臣，皆引罪自劾，臣等為左右相，才下識昏，當國大任，無所襄贊，以致災祲迭見，罪

第三十七回　眾大臣聯銜入奏　老平章嫉俗辭官

在臣等，理應退黜。此外諸臣，各勤職守，無罪可言！（語中帶刺。）泰定帝仍批諭道：「卿等若皆辭避，國家大事，誰與共理？總教靖供爾職，勉迪百工，自可徐回天變，不必再瀆！」嗣是以後，不聞再詔，連回蹕京師的期限，也懸宕過去。

張珪憤悶得很，遂託稱老病，上表辭職。有詔常見免拜跪，並賜小車，得乘至殿門下。珪復請剋日還京，總算邀准。回鑾後，只望泰定帝踐著前言，如議施行，偏詔旨下來，一道是禁言赦前事，一道是將赦前籍沒的家產，如數給還。看官，你想此時的張平章，還肯在朝委蛇麼？當下奏陳病勢日劇，非扶掖不能行，懇即日放歸，得返首邱，死且感恩云云。小子有詩詠張平章道：

忠臣不肯效阿容，可奈良言未見從！
從此掛冠林下隱，白雲深處住行蹤。

未知泰定帝曾否允准，且至下回敘明。

張珪一疏，為《元史》中僅見之文，列傳中備錄無遺。本回亦就此採入，一以揚張平章之忠，一以明泰定帝之失。泰定以旁支入承大統，龍飛九五，仰荷天休，不於此時從賢納諫，除害興利，何以孚輿望而貽孫謀乎？卒致晏駕以後，即滋內變，生無德政，歿無美諡，一代嗣君，反成國位，是不得謂非咎由自取也！張珪屢諫不從，即託病乞歸。古人云，以道事君，不可則止，吾於珪殆遇之焉。

第三十八回
信佛法反促壽徵　迎藩王入承大統

　　卻說張珪辭職甚力，泰定帝尚是未允，只命養病西山，並加封蔡國公，知經筵事，別刻蔡國公印作為特賜。（不聽良言，留他何用？）張珪移居西山，過了殘臘，復上疏乞歸，乃蒙允准，解組歸里，還我自由。未幾復接朝旨，召他商議中書省事。珪不肯就徵，引疾告免，至泰定四年卒於裡，遺命上蔡國公印。珪係弘範子，字公端。少時從父滅宋，宋禮部侍郎鄧光薦將赴水死，為弘範所救，待以賓禮，命珪就學。光薦乃以平生所得，著成相業一書，授珪熟讀，珪因此成文武材。元朝中葉，要推這位老平章是一位純臣了。（補敘履歷，所以旌善，且亦是文中綿密處。）

　　這且休表。單說張珪回籍，朝右少一個直臣，泰定帝朝罷無事，一意佞佛。每作佛事，輒飯僧數萬人，賜鈔數千錠，並命各處建寺，雕玉為楹，刻金為像，所費以億萬計，毫不知惜。泰定帝又親受佛法於帝師，連皇后弘吉剌氏以下，也都至帝師前受戒。這時候的帝師，名叫亦思宅卜，每年所得賞賜，不可勝計。帝師弟袞噶伊實戩，自西域遠來，詔令中書持酒效勞，非常敬禮。帝師兄索諾木藏布，領西番三道宣慰司事，封白蘭王，賜金印，給圓符，使尚公主。（僧可尚公主，大約亦捨身大布施耳。）僧徒多號司空、司徒、國公，佩帶金玉印章，因此氣焰薰灼，無所不為。在京尚敢橫行，出都愈加恣肆，見有子女玉帛，無不喜歡，所求不遂，即大肆咆哮。西臺御史李昌，嘗痛心疾首，據實抗奏道：

　　臣嘗經平涼府，靜會、定西等州，見西番僧佩金字圓符，絡繹道途，

第三十八回　信佛法反促壽徵　迎藩王入承大統

馳騎累百。傳舍至不能容，則假館民舍，因而迫逐男子，奸汙婦女。奉元一路，自正月至七月，往返百八十五次，用馬至八百四十餘匹，較之諸王行省之使，十多六七，驛戶無所控訴，臺察莫得誰何。且國家之制圓符，本為邊防警報之虞，僧人何事而輒佩之？乞更正僧人給驛法，且得以糾察良莠，毋使混淆；是所以肅僧規，即所以遵佛戒也，伏乞陛下准奏施行！

奏入不報，後聞僧侶擾民益甚，乃頒詔禁止，其實仍是一紙空文，敷衍了事。未幾又命建顯宗神御殿於盧師寺。這盧師寺在宛平縣盧邱山，向稱大剎，此次奉安御容，大興土木，役卒數萬人，糜財數百萬兩，裝飾得金碧輝煌，一時無兩。然後另建顯宗神主，奉置殿中，懸額署名，號為大天源延聖寺。賜住持僧鈔二萬錠，並吉安、臨江二路田千頃。中書省臣，未免看不過去，又聯名奏道：

臣等聞養給軍民，必借地利。地之所生有限，軍民猶懼不足，況移供他用乎？昔世祖建大宣文、弘教等寺，賜僧永業，當時已號虛費。而成宗復構天壽萬寧寺，較之世祖，用增倍半。若武宗之崇恩、福元，仁宗之承華、普慶，租權所入，益又甚焉。英宗鑿山開寺，損兵傷農，而卒無益。夫土地祖宗所有，子孫當共惜之，臣恐茲後借為口實，妄興工役，徼福利以逞私慾，福未至而禍已集矣。唯陛下察之！

泰定帝得此奏後，卻也優詔旌直。但心中總是迷信，遇著天變人異，總令番僧虔修佛事，默祈解禳。番僧依著故例，請釋赦囚，所以赦詔疊見。凡有姦盜貪淫諸罪，統得遇赦邀恩，一律洗刷；就是出獄重犯，再被逮繫，轉瞬間又得釋放。看官試想，天下有幾個悔過的罪人？愈寬愈壞，輦轂之下，尚無王法，外省更不必論了。（屢言佞佛之弊，是為癡人說法。）

泰定帝始終未悟，並因次子誕生，疑為佛佑，甫離襁褓，即令受戒。為了拜佛情殷，反把郊天禘祖的大禮，擱過一邊。監察御史趙思魯，以大

禮未舉，奏言天子親祀郊廟，所以通精誠，迎福釐，生蒸民，阜萬物，歷代帝王，莫不躬親將事，應講求故例，虔誠對越，方可隱格純嘏。泰定帝不以為然。（有了佛佑，自可不必郊祀。）全臺大嘩，復入朝面陳。泰定帝道：「世祖成憲，不聞親祀郊廟。朕只知效法世祖，世祖所行的事件，朕必遵行；世祖未行的事件，朕也不願增添。此後郊天祭廟，可遣大臣恭代便了。」臺官還想再陳，泰定帝竟拂袖退朝。

嗣因帝師圓寂，大修佛事，命塔失鐵木兒、紐澤監督，召集京畿僧侶，誦經諷咒，差不多有數十天；一面另延西僧藏班藏卜為帝師，齎奉玉印，詔諭天下。又命作成宗神御殿於天壽萬寧寺，一切規模，與顯宗神御殿相似。

正在百堵皆興的時候，忽由太常入奏，宗廟中的武宗金主，及所有祭器，統被盜竊去了。（前時盜竊仁宗神主，至此又竊武宗神主，堂堂太廟，窩留盜賊，令人不解。）泰定帝命再作金主，奉安廟中，應行捕盜等情，也模糊過去。後復因臺官劾奏，才酌斥太常禮儀等官，只神主不翼而飛，終無下落。

會揚州路崇明州、海門縣海溢，汴梁路扶溝、蘭陽河溢，建德、杭州、衢州屬縣水溢，還有真定、晉寧、延安、河南等路屯田遇了旱災，大都河間、奉元、懷慶等路遇了蝗災，鞏昌府通漕縣山崩，碉門地震，有聲如雷，晝色晦暝，天全道山亦爆裂，飛石斃人，鳳翔、興元、成都、峽州、江陵同日地震。各處警報絡繹。泰定帝只與西僧商量，教他朝哞梵語，暮鼓鐘鈸，膜拜頂禮，祈福消災。且遍飭京內外各官，恭祀五嶽四瀆名山大川。總道是神佛有靈，暗中庇佑，誰料旱荒水荒，蟲災風災，種種狀況，雜沓而來。百姓報官長，官長報皇上，弄得泰定帝胸無定見，卻想了一個法兒，下詔改元！（祈佛無益，改元更屬無謂。）當由廷臣議定「致和」二字，於泰定五年春季，改泰定為致和。且仍詔告帝師，命各僧佛

事加虔；並飭於沿海各地，建造浮屠二百一十六座，鎮壓海隘。（真是搗鬼。）

　　帝師藏班藏卜上言，皇帝雖已受佛法，但欲增福延壽，還須親受無量壽佛戒，泰定帝當即允准。擇日御興聖殿，邀請帝師到來，督設經壇，上供無量壽佛金牌，下設幢幡寶蓋，樂簨鐘懸。當由帝師座下的僧徒，吹起法螺，搖動金鈴，接著大鑼大鈸，敲擊起來。帝師著紅衣，戴毘盧帽，先至壇前焚香禱告，口中不知唸著什麼番語，嘛咪叭吽的說了一回，然後導引泰定帝至壇前跪著，帝師在旁虔誦祝詞，復唸了無數佛號，方令泰定帝學著僧規，膜拜受戒。是時后妃人等，亦群集壇前，興聖殿內外，擁擠得什麼相似。那一班僧侶，多是張頭探腦，搖目擦睛，你說是那個美麗，我說是這個妖嬈，彼此評頭品足，覷豔偷香，就是口中所念的波羅密多，阿彌陀佛，也覺顛倒錯亂，語無倫次。（無量壽佛未曾請到，女觀音等先已值壇，安得不令僧侶動心？）至受戒禮畢，泰定帝出殿，大眾散去，帝師亦回寺，僧徒等也都退歸，飲酒擁嬌去了。（樂得過。）

　　次日，由宮中發出金銀鈔，賞給僧徒，又費了若干萬兩。泰定帝以福壽雙增，非常欣慰。會出獵柳林，偶受感冒，不憚累日，遂思巡幸上都，遊春解悶。當命西安王阿剌忒納失里，及簽書樞密院事燕帖木兒，（一作雅克特穆爾。）留守京師，自率皇后、皇太子，及丞相倒剌沙等，命駕北去。自春至夏，留寓行宮，整日裡流連酒色，不聞朝政。

　　會殊祥院使也先捏，自建康北來，密語丞相倒剌沙，以懷王將有他變，不可不防。倒剌沙立即奏聞，請旨徙懷王居江陵。這懷王卻是何人？就是武宗次子圖帖睦爾。先是泰定帝即位，召諸王還邸，圖帖睦爾亦自瓊州召歸，見三十六回。受封懷王。泰定二年，命出居建康，以也先捏為懷王衛士。也先捏與懷王不協，乃私至上都，密進讒言。泰定帝不遑查察，竟照倒剌沙奏議，遣宗正札魯忽赤、雍古臺南下，命懷王徙居江陵。懷王

遵旨西遷，札魯忽赤等回報。時泰定帝已遣疾病，日甚一日，竟於七月新秋，晏駕上都，壽僅三十六。（無量壽佛戒之效何如？）

丞相倒剌沙言太子年幼，不即擁立，竟擅權自恣，獨行獨斷，於是天怒人怨，眾叛親離，國家大變，又復從此發生。倡難的人，便是留守京師的燕帖木兒。（燕帖木兒是元季大蠹，所以特別點醒。）

燕帖木兒是從前的欽察都指揮使牀兀兒第三子，武宗鎮朔方時，已備列宿衛，深得寵幸。牀兀兒歿，承襲左衛親軍都指揮使。泰定二年，加授太僕卿，致和元年，進簽書樞密院事，留守京都，實掌樞密院符印。自聞泰定帝罹疾，遂懷異謀，自思身受武宗寵遇，不能輔他二子，入承帝位，未免有負主恩。（泰定帝亦擢你高官，何不自思圖報。）因此與繼母察吉兒公主，族黨阿剌帖木兒，及密友孛倫赤等商議，將乘泰定帝病殂後，迎立懷王圖帖睦爾，篡承武宗遺統。

至泰定帝崩，皇后弘吉剌氏，遣使詣京，命平章政事烏都伯剌，（一作額卜德呼勒。）收掌百司印章，諭安百姓。燕帖木兒知勢難再緩，即進語西安王道：「故主已殂，太子尚幼，國家須擇立長君，乃可無虞。況天下正統，應屬武宗嗣子，英宗已不當立，大行皇帝，更出旁支，益加淆雜，今日宜正名定分，迎立武宗嗣子，時不可失，功在速成，王爺以為何如？」（無非希定策功耳，遑期忠義。）西安王阿剌忒納失里道：「言固甚是，但周王遠居漠北，奈何？」燕帖木兒道：「懷王曾居江陵，何不先行迎立？」西安王道：「弟不先兄，此處還須商酌！」燕帖木兒道：「先迎懷王入都，安定人心，然後再迓周王，仁宗故事，何妨踵行。」西安王道：「上都方有命令，飭烏都伯剌收集印章，我欲舉事，彼竟不從，這又未免為難了！」燕帖木兒道：「昔人有言，先發制人，王爺果允行義舉，只教募賞勇士，立可成功！」西安王點頭道：「你去妥行布置，我總無不贊成。」

燕帖木兒趨出，即日召集心腹，準備停當。翌日黎明，由西安王下

令，召集百官至興聖宮，會議要事。平章政事烏都伯剌、伯顏察兒，偕官屬先到，西安王亦乘車而來。

既入座，烏都伯剌正要宣布後敕，令百官齊繳印章，忽見燕帖木兒，率著阿剌帖木兒、字倫赤等十七人，帶刀奔入，外面並有勇士數百人，趨立門外。烏都伯剌料知有變，遂叱問道：「簽書意欲何為？」燕帖木兒厲聲道：「武宗皇帝有子二人，孝友仁文，播名遠邇，今乃一居朔漠，一處南陲，武宗有知，亦當深恫，況天下係武宗的天下，一誤寧可再誤？今日正統，應歸還武宗嗣子，敢有再紊邦紀，不從義舉，是與亂賊相等，例當處斬！」言畢，拔刀出鞘，怒目而立。（彷彿強盜。）

烏都伯剌、伯顏察兒兩人，欲抗詞答辯，偏燕帖木兒不容分說，竟令阿剌帖木兒、字倫赤等，一齊動手，將他二人拿下。中書左丞朵朵等道：「簽書莫非造反不成？」言未已，已被燕帖木兒砍倒，頓時闔座大亂。燕帖木兒指揮勇士，縛住朵朵，並執參知政事王士熙，參議中書省事脫脫、吳秉道，侍御史鐵木哥、邱士傑，治書侍御史脫歡，太子詹事丞王桓等，概置獄中，自與西安王入守內廷，分布腹心於樞密院，自東華門夾道，重列軍士，使人傳命往來，嚴防他變。一面再召百官，入內聽命。即令前河南行省參知政事明里董阿，前宣政院使答剌麻失里，乘著快驛，迎懷王圖帖睦爾於江陵。且使囑河南行省平章伯顏，選兵扈駕，不得有誤。

明里董阿等既去，遂封府庫，拘百司印，遣兵守諸要害，推前湖廣行省左丞相別不花為中書左丞相，詹事塔失海涯為平章，前湖廣行省右丞速速為中書左丞，前陝西行省參政王不憐臺吉為樞密副使，蕭忙古解仍為通政院使，與中書右丞趙世延等，分典庶務。於是募死士，買戰馬，運京倉米，餉輸士卒，復遣使至各行省徵發錢帛兵器。

當時有衛軍失統，暨謁選與罷退軍官，俱發給符牌，靜候調遣。諸人受命後，未知所謝，各瞪目立著。當由中書省官，指使南向拜謝，大眾驚

第三十九回
大明殿稱尊頒敕　太平王殺敵建功

　　卻說懷王圖帖睦爾，既至河南，令伯顏從行，以前翰林學士承旨阿不海牙，繼伯顏後任，遣前萬戶孛羅等將兵守潼關；並分道遣使，召宣靖王買奴，鎮南王帖木兒不花，威順王寬徹不花，高昌王鐵木兒補化等，率屬來會。諸王陸續到來，然後整駕北發。是時上都諸王滿禿、阿馬剌台，宗正札魯忽赤、闊闊出，前河南平章政事買閭，集賢侍讀學士兀魯思不花，太常禮儀院使哈海赤等十八人，已得燕帖木兒密函，令他即日起事，響應京師，正在暗中安排。不料事機漏洩，被倒剌沙聞知，竟親率衛兵，各處搜拿，不到一日，竟將十八人捉住九雙，請了泰定皇后命令，斥他謀逆，個個處斬。

　　倒剌沙自思逾月無主，究竟不妥，遂入謁泰定皇后，願擁立皇太子阿速吉八為帝，剋期登位。泰定皇后自然樂從，遂於致和元年八月，召集梁王王禪，(一作旺辰。)遼王脫脫，右丞相塔什特穆爾，(舊作塔失鐵木兒，因與前大都使臣名重複，故用新名。)太尉不花，御史大夫紐澤等，奉皇太子阿速吉八即位上都，尊皇后弘吉剌氏為皇太后，擬定次年改元天順。(泰定帝在位五年，其子已早為儲貳，依父終子及之例，則阿速吉八之嗣位，亦屬正當，故特書改元，以存書法。)天順帝年才九齡，(書天順帝，亦有微意。)朝賀時統由倒剌沙護持，方得終禮。遂命諸王失剌，平章政事乃馬台，(此乃馬台與上文異人同名。)詹事欽察，率兵襲京畿。巧值阿速衛指揮使脫脫木兒，由上都自拔來歸，奉京師命令，駐守古北口。他

第三十九回　大明殿稱尊頒敕　太平王殺敵建功

已預知失剌等潛師進襲，遂領兵出據宜興，四面埋伏。

失剌分軍三隊，先後南下。第一隊歸乃馬台統率，第二隊歸欽察統率，第三隊方由自己領著，乘著銳氣，倍道而來。前軍甫到宜興，紮營造飯，炊煙甫起，號炮驟聞。大眾正在四望，驚見敵軍蜂擁來前，連忙上馬截殺。說時遲，那時快，眾軍未曾排齊，敵兵已經殺入，眼見得轍亂旗靡，人仰馬翻，乃馬台措手不及，被脫脫木兒刺落馬下，生擒活捉去了。（第一隊已了。）

脫脫木兒已掃盡前隊，便趁著現成的飯鍋，令軍士飽餐一頓，前驅疾進。那邊第二隊兵士，由詹事欽察押隊前來，途次接得潰卒敗報，忙上前來援，未達數里，已與脫脫木兒軍相遇。脫脫木兒握著一柄大刀，當先突陣，麾下軍士，隨勢衝入，欽察不知好歹，也撥馬舞刀，來戰脫脫木兒，才數合，忽聽脫脫木兒喝聲道著，那欽察的頭顱，不知不覺的滾落地上。（奇語。）俗語說得好，蛇無頭不行，欽察已身首兩分，還有何人敢來抵敵？霎時間紛紛逃潰，走得慢的一大半都做了矮腳鬼，暴骨沙場。（第二隊又了。）

還有失剌的所領的後軍，悒悒南來，接連得著兩隊敗耗，料知不能抵擋，忙令後隊變作前隊，前隊變作後隊，向北退還。待脫脫木兒趕去，失剌已逃得很遠，只有殿卒數百名，被脫脫木兒軍屠殺淨盡，其餘統僥倖生免了。（失剌還算見幾。）

脫脫木兒追趕十餘里，不及而還，當即報捷京師。燕帖木兒等屬酒相賀。方在滿座慶宴的時候，忽見撒里不花馳入，報稱懷王已自河南登途，現距京師只百里了。燕帖木兒道：「甚好！」撒里不花道：「還有一事賀公，已奉命升公知樞密院事了！」燕帖木兒大喜，便於席間派使遠迎。至宴饗畢後，即令太常禮儀使，整備法駕。

越兩日，聞懷王駕已抵郊，遂偕諸王百官，恭奉法駕，出迎郊外。懷

王慰勞有加,改乘法駕,馳入京師。燕帖木兒與西安王阿剌忒納失里等,立即勸進。懷王道:「大兄尚在朔方,我不得越次僭位,俟兩都平靖,當遣使迎兄。目下暫由我監國,願卿等勿生異議!」(初意原是不錯。)燕帖木兒道:「大王讓德,卓越古今,唯時勢相迫,亦貴從權,既承鈞命,容後再議!」懷王乃入居宮中。

越宿命速速為中書平章政事,前御史中丞曹立為中書右丞,江浙行省參知政事張友諒為中書參知政事,河南行省左丞相伯顏為御史大夫,中書右丞趙世延為御史中丞,各官俱受職視事,不必細表。

又越兩日,由偵騎入報,上都梁王王禪,右丞相塔什特穆爾,太尉不花,御史大夫紐澤等,又興兵南犯了。懷王召燕帖木兒,商議軍務,燕帖木兒自請效勞。懷王甚喜,遂發兵數萬,供燕帖木兒調遣,命他便宜行事,不為遙制。燕帖木兒遂帶兵至居庸關,由其弟撒敦迎入。燕帖木兒道:「聞北兵已發上都,吾弟何不率兵急進,反在此遊疑觀望?難道待他自斃麼?」撒敦道:「聞兄拳命督師,所以靜候排程,不敢妄進。」燕帖木兒道:「我不害人,人將害我,你快率萬人前去,截住北軍,我當為你後應便了。」

撒敦依言,就率兵出關,浩浩蕩蕩的殺奔榆林。適值北軍到來,也無暇答話,即麾兵猛擊。北軍不及布陣,頓時被他踹入,亂砍亂戳,不消片時,已將北軍殺得七零八落,往北奔逃。

撒敦乘勝長驅,直到懷來,才見燕帖木兒督軍到來。當下叩馬報捷,並請徑攻上都。燕帖木兒道:「且慢前進,回關再商。」撒敦道:「兄前責弟,今弟將詰兄;北軍既已敗去,不乘此入搗上都,還待何時?」燕帖木兒道:「吾弟有所未知,兵以氣動,氣盛乃勝,氣餒必敗。我前日並非責你,實所以激動弟心,鼓氣禦寇。今已得勝,銳氣將衰,若再進兵,頓師城下,那時再衰三竭,不要進退兩難麼?」(論兵卻是有識。)撒敦無言,

第三十九回　大明殿稱尊頒敕　太平王殺敵建功

乃隨返關中。燕帖木兒即馳書報捷。嗣得覆命，令他即日還京，燕帖木兒乃留弟守關，奉命還朝。入京後，把前時拿下的烏都伯剌，及擒住的乃馬台，統置大辟。一面約諸王大臣，伏闕上書，請早正大位以安天下。懷王尚是固辭。燕帖木兒道：「人心向背，間不容髮，現在兵戈擾攘，非速正大名，不足以繫人心，萬一中外失望，後悔何及？」懷王道：「必不得已，亦須將我的本意，明示天下，方可權攝帝位。」（古時唯王莽稱攝皇帝，懷王亦欲居攝，染鼎之意已動矣。）乃命中書省臣，擬定詔旨，於九月十三日，即帝位於大明殿，受諸王百官朝賀，頒詔天下道：

洪維我太祖皇帝，混一海宇，爰立定制以一統緒，宗親各受分地，勿敢妄生覬覦，此不易之成規，萬世所共守者也。世祖之後，成宗、武宗、仁宗、英宗，以公天下之心，以次相傳，宗王貴戚，咸遵祖訓。至於晉邸，具有盟書，願守藩服，而與賊臣鐵失、也先帖木兒等，潛通陰謀，冒干寶位，使英宗不幸罹於大故。朕兄弟播越南北，備歷艱險，臨御之事，豈獲與聞？朕以叔父之故，順承唯謹。於今六年，災異迭見，權臣倒剌沙、烏都伯剌等，專權自用，疏遠勳舊，廢棄忠良，變亂祖宗法度，空府庫以私其黨類。大行上賓，利於立幼，顯握國柄，用成其奸。宗王大臣以宗社之重，統緒之正，協謀推戴，屬於眇躬。朕以菲德，宜俟大兄，固讓再三，宗戚將相，百僚耆老，以為神器不可以久虛，天下不可以無主，周王遼隔朔漠，民庶皇皇，已及三月，誠懇迫切，朕固從其請，謹俟大兄之至，以遂朕固讓之心。已於致和元年九月十三日，即皇帝位於大明殿，其以致和元年為天曆元年，可大赦天下。自九月十三日昧爽以前，除謀殺祖父母父母，妻妾殺夫，奴婢殺主，謀故殺人，但犯強盜印造偽鈔不赦外，其餘罪無輕重，咸赦除之。於戲！朕豈有意於天下哉！重念祖宗開創之艱，恐墜大業，是以勉徇興請，尚賴爾中外文武臣僚，協心相予，輯寧億兆，以成治功，諮爾多方，體予至意！

是日封賞群臣，並賜大都將士金銀鈔，多寡有差。流朵朵、王士熙、伯顏察兒、脫歡等於遠州，各籍沒家資，分給諸王大臣。忽警報自遼東傳來，平章禿滿迭兒，及諸王也先帖木兒等，率兵入遷民鎮，進襲薊州。懷王（懷王已即帝位，本文仍稱懷王，一因天順正位，國無兩君，一因周王在北，懷王暫攝帝位故也。）乃封燕帖木兒為太平王，以太平路為食邑，並命為中書右丞相，兼知樞密院事，賜黃金五百兩，白金二千五百兩，鈔萬錠，金素織緞色繒二千匹，平江官地二百頃，即日詔促出師薊州，拒遼東軍。

燕帖木兒聞命即行，且調撒敦會師北進。方到三河，接著通州急報，梁王王禪等已入居庸關，不由得大驚道：「居庸被破，不特通州吃緊，連京師也要戒嚴。我軍須回保京師，休被蹂躪為是！」乃留兵拒遼東軍，自與撒敦星夜馳還。

既抵榆河關，聞懷王已出齊化門視師，益覺焦急萬分。遂驅馬直奔京城，謁見懷王，並面啟道：「陛下何故親自視師？」懷王道：「寇兵已入居庸關，將要來犯京師了。」燕帖木兒道：「陛下一出，民心必驚，凡禦寇事盡可責臣。陛下亟宜還宮，安定人民，請勿輕動！」（此時燕帖木兒確是懷王忠臣。）懷王道：「待卿未來，所以躬自督師，今已到此，朕心安了，軍事由卿作主，朕當從卿言，還宮安民。」言畢，即與燕帖木兒別去。

燕帖木兒復還至軍中。梁王王禪等亦乘勝進逼，與燕帖木兒軍遇於榆河。燕帖木兒升座誓師道：「寇已深入，大都戒嚴，孰勝孰負，在此一舉。將士等為國前驅，理宜奮力殺敵，若有退避不前，本爵帥只有軍法從事，休得後悔！」將士等唯唯聽命，燕帖木兒遂命開營逆戰。

兩下裡交鋒起來，正是棋逢敵手，將遇良材，一邊是誓扶幼主，期立大功；一邊是力保長君，目無全虜，足足戰了三四個時辰，不分勝敗。燕帖木兒執旗當先，引軍突陣。部下見主帥奮勇，特別效力，無不以一當十，以十當百，北軍漸漸敗卻，退至紅橋。

第三十九回　大明殿稱尊頒敕　太平王殺敵建功

　　燕帖木兒步步進逼，一些兒不肯放鬆，惱動了梁王部將。一名阿剌帖木兒，曾為樞密副使，一名忽都帖木兒，曾為上都指揮，兩人素稱驍勇，至此氣憤填胸，挺身還戰，竟攻入燕帖木兒陣中。燕帖木兒正揮刀前進，適值阿剌帖木兒突至馬前，挺戈刺來，虧得燕帖木兒眼明手快，將身閃過一邊，右手用刀格住戈鋌，左手拔劍砍去，不偏不倚，正中阿剌帖木兒左臂。阿剌帖木兒狂叫一聲，撥馬就逃。燕帖木兒緊緊追去，又來了忽都帖木兒，接住廝殺，奮鬥了數十合，彼此尚不相讓，仍惡狠狠的搏戰。燕帖木兒手下，有一矮將名和尚，短悍絕倫，善使雙錘，他恐主帥有失，忙撥馬助戰。忽都帖木兒欺他短小，不以為意，誰知這和尚煞是趫捷，左右馳擊，防不勝防，忽都帖木兒方思退避，左臂上已著了一錘，幾乎跌落馬下，幸他將前來救護，才得走脫。（兩帖木兒不敵一帖木兒，無愧為太平王。）北軍見兩將敗衄，人人奪氣，遂馳過紅橋，阻水而陣。燕帖木兒恐軍士力疲，不欲再戰，只命弓弩手用矢攢射，把北軍一陣射退，然後收兵。

　　次日復分軍為三隊，令也速答兒率左，八都兒率右，進逼北軍。時北軍退至白浮，因燕帖木兒挑戰，也出來對仗。燕帖木兒麾兵佯退，俟北軍追來，命左右兩隊包抄過去。北軍正殺得高興，猛見也速答兒從右邊殺來，忙分軍抵敵。方在酣戰，左邊又遇著八都兒軍，又分軍敵住，不意燕帖木兒復轉身殺到，所向披靡。那時北軍招抵不上，只好且戰且走，復退十里下寨。燕帖木兒見北軍雖敗，行列尚是整齊，也即鳴金收軍。

　　越宿復戰，北軍抖擻精神，前來衝突，燕帖木兒也不肯稍讓，督軍猛擊，自辰至午，相持不下。驀見燕帖木兒陣中，跳出銳卒數百名，由燕帖木兒親自督領，衝殺過去。北軍前來抵截，被燕帖木兒手刃七人，方才退卻。燕帖木兒也即鳴金收軍。

　　是夜二鼓，燕帖木兒召孛倫赤、岳來吉入帳，密議道：「連日酣戰，兩軍俱疲，長此堅持，何以退敵？」孛倫赤道：「不如今夜發兵劫營，想

寇兵應亦疲倦，定中我計！」燕帖木兒道：「我亦想及此著，但彼此對壘下營，豈有不防之理？從前甘寧百騎，夜劫曹營，我何不仿他一行，也可擾亂敵心，使他自退？」（燕帖木兒想曾閱過《三國演義》。）孛倫赤、岳來吉二人齊聲道：「末將等願效死力！」燕帖木兒大喜，便調集銳卒百騎，令各帶弓箭，並持戰鼓，隨孛倫赤、岳來吉二人同去。臨行時又吩咐道：「你等抵敵營時，只宜左右鼓譟，四面馳射，不必與他廝殺，但能使他驚擾，便算頭功。」孛倫赤等領命去訖。燕帖木兒恰高枕自臥。

那邊梁王王禪，正恐燕帖木兒劫營，令兵士小心嚴防。到了三鼓，突聞外面鼓聲大震，忙令各營出戰，兵士開營出去，只見來兵東馳西射，散無紀律。當下冒矢追殺，走到這邊，他到那邊；走到那邊，他到這邊。嗣後來兵越多，混戰一回，互有殺傷。戰到天明，彼此相見，才知所殺傷的統是自家人，不禁懊喪異常。這時的孛倫赤、岳來吉兩人，早已收集百騎，回營報功去了。小子有詩贊燕帖木兒道：

力戰何如智取工？榆關猶憶大王風。

須知兵事無嫌詐，燕邸當年固善攻。

畢竟北軍曾否再退，請看官續閱下回。

懷王之立，不當立也。以泰定之正統言，則皇太子已即位上都，懷王固不當立；以武宗之正統言，則嗣位者應屬周王和世㻋，懷王亦不當立也。燕帖木兒希寵取媚，南迎勸進；借使懷王正言抗斥，則燕帖木兒之志不得逞，而兵禍可立弭矣。乃江陵遽發，飄然入都，御殿即真，封王拜爵，彼已南面稱尊，詎尚肯北面為臣耶？讓兄之言，徒虛文爾。然發難之首，實出自燕帖木兒，故本回中敘述各事，皆以燕帖木兒為前提，西安以下，概置後列。至如出師戰勝之舉，尤寫得機變神智，非稱美燕帖木兒，實隱誅燕帖木兒也。曹阿瞞以知兵聞，阿瞞得謂漢之忠臣否耶？吾於燕帖木兒亦云。

第三十九回　大明殿稱尊頒敕　太平王殺敵建功

第四十回
入長城北軍敗潰　援大都爵帥馳歸

　　卻說李倫赤、岳來吉等，回營報功，燕帖木兒時已起床，即將二人功績，書錄簿上；並命撒敦帶著偏師，出營巡哨。是日大霧迷濛，眼不見影，撒敦巡至敵營，已是空空洞洞，留著虛壘。走將進去，只有敵卒數名，尚在寨中收拾行李，見了撒敦等，一鬨而逃，被撒敦兵追上，擒住二卒。經撒敦審訊，才知北軍已竄匿山谷中。撒敦即將二卒帶還，報知燕帖木兒。

　　燕帖木兒道：「王襌未曾大挫，即行遁匿，我料他必有詐計，將乘我不備，前來掩擊哩！」（料事如神。）便下令將士，教他裹糧坐甲，靜待後命，不得私自出營，違令者斬！越夕，又命堅壁嚴裝，如遇寇至，只准固守，不准出戰，違令者斬！到了夜間，防備尤密，四面布著偵騎，探聽消息。未幾雞聲報曉，遠遠的接吹角聲，燕帖木兒聽著道：「寇兵來了！」忙出升帳，見偵騎亦來稟報，說是北軍成列出山，距此只數里了。燕帖木兒仍飭各軍守著前令，不得有違。約一時許，北軍鼓譟而至，衝突數次，堅不能入，沒奈何退後下營。

　　燕帖木兒命撒敦、八都兒兩人，各率一軍，分授密計，命俟至天晚，分頭趨出。兩人依計而行。是夜天色愈暝，四面陰霾，北軍也嚴行準備，不遑就寢。一更以後，但聽後面有銅角聲，吹得非常響亮，不由得慌忙起來，梁王王襌，懲著前轍，只令各營靜守，不敢出頭。忽前面又起角聲，亦覺激越異常。時值深秋，寨外草衰，正是風聲鶴唳，草木皆兵的時候，

第四十回　入長城北軍敗潰　援大都爵帥馳歸

加以角聲震盪，前後相應，益令軍心膽怯，不寒而慄。梁王王禪，尚兀自守著，偏營內各兵，自相騷擾，不肯鎮定。至三鼓以後，角聲越吹得厲害，彷彿有千軍萬馬，四面殺來，那時軍心益亂，情勢倉皇，任你王禪如何禁遏，也是彈壓不住，遂不禁嘆息道：「罷了！罷了！看來幼主無福，偏遇這燕帖木兒，不如就此退兵罷！」（你自己無將帥才，不足勝敵，反說看幼主無福，是謂肚痛埋怨灶司。）當下撤營遁去。

看官道這銅角聲如何而來？就是撒敦與八都兒，奉著燕帖木兒密計，虛嚇敵兵。原來撒敦自營後出師，潛繞北軍後部，吹角懼敵；八都兒自營前出師，直逼北軍前面，鳴角相應。兩軍並不去廝殺，只仗這銅角為號，虛聲恫喝，那北軍竟墮計中，貪夜遁去。

撒敦等來報燕帖木兒，燕帖木兒即命傾寨窮追，直到昌平州，方見北軍還在前面。一聲鼓號，驅馬殺去，北軍心膽俱裂，哪個還敢攔阻？你奔我潰，彼跌此僕，被燕帖木兒軍，乘勢掩殺一陣，斬首約數千級，所有逃不及的北軍，顧命要緊，管不得什麼面子，只好匍匐乞降。燕帖木兒准他投誠，收降至萬餘人。

正擬飭兵再追，適值欽使到來，忙下馬接旨。詔中所說，略稱丞相親冒矢石，恐有不測，萬一受傷，朕恃誰人？自今以後，但教憑高督戰，視察將士，用命行賞，不用命行罰，毋得再自冒險，以滋朕憂！燕帖木兒謝旨畢，即語來使道：「我非好死惡生，但猝遇大敵，不得不身先士卒，為諸將法。現在寇已敗退，自當遵旨小心，請欽使轉達御前，免勞聖慮為是。」欽使應著，即行別去。

燕帖木兒麾軍再上，殺得王禪等棄甲拋戈，抱頭竄逸。於是燕帖木兒勒馬中途，但令也速答兒、也不倫，及弟撒敦，率兵三萬，再追北軍，自率餘軍徐徐後行。將到居庸關，接也速答兒軍報，北軍已逃出關外去了。燕帖木兒即遣使上追，馳馬入關，會也速答兒等亦已回軍，遂命也速答兒

居守，輔以僉院徹里帖木兒，並就他統卒三萬名，留供驅遣，自率得勝軍南還。

至昌平南，來了古北口急報，上都軍已入古北口，進掠石漕。燕帖木兒憤憤道：「居庸關才得收回，古北口又聞失守，如何是好！」撒敦即上前進言道：「水來土掩，兵來將擋，怕他何為？弟願前去，殺他片甲不回！」燕帖木兒道：「吾弟前去，須要小心！」撒敦應命，即領著萬人，倍道去訖。燕帖木兒，率軍後應，亦兼程而進。

撒敦驅軍至石漕，不管什麼利害，竟上前掩擊，敵軍正在午炊，倉猝遇敵，不及攔阻，便向北竄去。撒敦追擊數十里，殺斃敵軍無數。

正擬下營，燕帖木兒大軍亦到，兩下相會，當由撒敦報明勝仗。燕帖木兒問敵軍主將，係是何人？撒敦嘿然。燕帖木兒道：「吾弟殺了一日，難道連敵將姓名，尚未查明麼？」撒敦道：「問他何為？我只知見敵就殺，得勝報功。」（是一員莽將口吻。）燕帖木兒微笑道：「幸你所遇的都是庸將，倘使遇著將材，恐怕有敗無勝哩！」

當下令偵騎探明，返報敵將姓氏，一個是駙馬孛羅帖木兒，一個是平章答失雅失帖木兒，一個是院使撒兒討溫。（此處敘敵將姓氏，恰從偵騎探報，無非避文筆復沓耳。）燕帖木兒道：「這等乳臭小兒，也來將兵，真是可羞！待我用一條小計，便好擒住三人。」撒敦道：「用什麼計？小弟出去，包管擒來。」燕帖木兒道：「你只知力戰，不知智取，難道他束著雙手，任你擒獲麼？」言畢，便問偵騎道：「我見前面有一大山，此山叫做何名？」（為將須明地理，觀此益信。）偵騎道：「名叫牛頭山。」撒敦道：「哥哥專會使刁，查了敵將姓氏，還要問著山名，有何用處？」（燕帖木兒之狡，借撒敦口中敘出，映帶無痕。）燕帖木兒怒道：「你不要瞎說！我非顧著兄弟情誼，管教你一頓杖責。」（從燕帖木兒口中自陳私弊，用筆尤妙。）撒敦伸舌而退。燕帖木兒換了微服，帶著偵騎數名，出營自去，直

到天晚,方才回營。

次日升帳,召諸將面囑道:「我昨晚登牛頭山,望見敵營紮住山後,料他是倚山自固的意思,但山中有小路可通,我若乘高壓下,便可踏破敵營,可奈敵營雖破,敵將必逃,若要追擒,也是難事,不若引他入山,使入陷穽,我卻前後夾攻,令他無路可走,自然一鼓成擒了。」眾將都拍手稱善,燕帖木兒命八都兒道:「你今夜引兵千名,潛上牛頭山,就小路中掘著陷坑,斬木掩覆,上表暗記,令我軍便於趨避,敵兵易致誤入,方好成功。至陷坑造就,你可越山劫營,准敗不准勝,俟敵兵趕來,你卻誘他入小路,我自有兵接應,休得違慢!」八都兒依令去訖。又命裨將亦訥思道:「你率兵千名,備著撓鉤,就山上小路旁,左右伏著,待敵兵入穽,便好一一擒住哩。」亦訥思亦去。又命撒敦道:「你領兵萬人,沿山繞轉,就敵營左右埋伏,但聽山上有號炮聲,你便殺出,斷他後路,不得有違!」撒敦亦領命去了。覆命諸將道:「你等隨我上山,視我大纛所向,奮力殺敵,明日可滅此朝食了。」眾將唯唯聽命。到了傍晚,命將士飽餐畢,隨飭各帶乾糧火具,向牛頭山出發。

是時八都兒已掘好陷坑,乘夜越山,去劫敵營。敵營中設有探馬,偵得八都兒到來,便去稟報主將。駙馬孛羅帖木兒,年輕好勝,就上馬領兵,出營搦戰。八都兒上前對仗,略戰數合,佯作慌張的形狀,棄戈退走。孛羅帖木兒不知是計,即趲馬奮追,平章答失雅失帖木兒,與院使撒兒討溫,亦出營接應,撒兒討溫道:「駙馬追去,恐防有失,況夜色淒其,山嶺狹隘,倘有不測,必致敗挫,不如遣人禁他前進,方可無虞。」答失雅失帖木兒聞言,便遣使去訖,俄得去使回報,駙馬言月色甚明,可以夜戰,請平章院使速即接應,可以殺盡敵人。撒兒討溫復道:「營寨亦是要緊,請平章守住勿動,我帶兵接應便了。(撒兒討溫,亦頗仔細。)答失雅失帖木兒應著,便分兵與撒兒討溫,長驅出發。

時孛羅帖木兒已被八都兒誘進山中，走入間道，猛聽得一聲鼓響，山岡上火炬齊明，豎著一面大纛，上書太平王右丞相等字樣。孛羅帖木兒道：「燕帖木兒在此，我等快上岡去，刺殺了他。」言未畢，山上已馳下將士，來敵孛羅帖木兒。孛羅帖木兒尚不畏怯，奈因嶺路逼窄，不便戰鬥，只好勒馬退回，不期撲塌一聲，連人帶馬，跌入陷坑去了。亦訥思早已留意，便命軍士鉤起孛羅帖木兒，捆綁而去。

孛羅帖木兒部下士卒，爭思來救，無如走近一個，陷落一個，走近兩個，陷落兩個，那時也只好尋路逃走。偏偏燕帖木兒的將士，四面殺來，心中一慌，足下更走立不穩，一半跌入陷坑，一半死於刃下。

此時的撤兒討溫，尚未知前軍敗狀，領兵入山，步步為營。一入間道，已望見大纛飛揚，料知孛羅帖木兒必遇伏兵，前去定必無幸。奈又不能不急急馳救，只好硬著頭皮，驅馬進去，一面令左右分射，以備不虞。誰知山上的喊殺聲，漸漸逼緊，雖是嚴行備禦，究竟不免心虛。轉瞬間敵已四至，任你如何放箭，總是射他不住。撤兒討溫，命軍士隨射隨退，未及數武，見軍士都鑽入地中，慌忙察視，自身亦隨馬而陷。（幾似《封神傳》中的土行孫。）兩旁突出亦訥思軍，又被他搭上撓鉤，捆縛去了。餘眾走投無路，只得大呼乞降。

答失雅失帖木兒坐守營盤，專聽軍報。遠遠的聞有炮聲，心中正忐忑不定，忽營外有兵到來，還道是撤兒討溫等回營。正欲出來探問，不意來兵很是凶猛，如攪海龍一般，搗入營中。答失雅失帖木兒急上馬抵敵，湊巧遇著撒敦，一槍刺來，正中左腕，倒僕馬下。撒敦麾下的軍士，便來抓住，拖了過去。

北軍頓時駭散，由撒敦追擊一陣，殺死多名。是時天尚未明，撒敦即縛送答失雅失帖木兒，上山報命。燕帖木兒覆命他追趕潰卒，他即回馬下山，逐潰卒出古北口，然後回軍。

第四十回　入長城北軍敗潰　援大都爵帥馳歸

　　這邊的燕帖木兒，收集各軍，整轡回營。時方天曉，由軍士推上孛羅帖木兒及撤兒討溫、答失雅失帖木兒。燕帖木兒拍案道：「你等助逆叛順，死有餘辜，本爵帥不便饒你！」孛羅帖木兒等亦大聲詬詈，即由燕帖木兒申明軍法，喝令斬首。須臾，已將首級三顆，呈上帳前。

　　燕帖木兒方遣人奏捷，帳外又遞到緊急文書，由燕帖木兒展閱一周，即語諸將道：「叛王也先帖木兒，與禿滿迭兒，又陷通州，將到京師。京中已召我還援，我等勤王要緊，速即啟程。」（此處北軍，借燕帖木兒敘明，又是一種筆法。）諸將不敢有慢，當即隨燕帖木兒拔營而南。趲途兩日，即到通州，時已日色銜山，晚煙四起。諸將請擇地立營，燕帖木兒道：「寇敵將近，不馳去殺他一陣，還待何時！」說著，已揮兵疾進，約數里，即遇敵兵。敵兵未曾防備，狼狽奔趨，燕帖木兒追殺里許，因天色昏暮，才命下營。

　　次日黎明，復整兵追敵，西至潞河，見北軍已在河北，列陣以待，人如排牆，燕帖木兒倒也不敢進逼。至夜間，欲渡河擊敵，奈隔岸火光透澈，映入河流，好似掣電空中，群芒四射，因此按兵不動。待到黎明，遙望敵營中已無聲響，只有人影模糊，尚是沿河立著。此時也無暇細辨，便麾兵結筏渡河，各軍安然西渡。及達彼岸，各持刀砍人，不意統是黍稭做成，上披氈衣，地土積草，尚有餘焰未熄，才曉得敵已夜遁，但放火植稭，作為疑兵罷了。（燕帖木兒也有被欺之時。）

　　燕帖木兒憤甚，復率兵窮追，將抵檀子山，四面都是棗林。這棗林中恰有敵兵伏著，陡從斜刺裡殺出，虧得燕帖木兒軍律素嚴，不為所迫，猛見也速帖木兒、禿滿迭兒，糾合陽翟王太平，國王朵羅台，平章塔海軍，踴躍前來，差不多有五六萬人。燕帖木兒不敢輕敵，只先令軍士列好陣勢，前面持弓矢，後面執刀盾，又後面挺戈矛。直待敵兵逼近，一聲令發，萬矢齊射，勢似飛蝗，偏敵兵持盾而前，冒死上來。燕帖木兒復令止

射，驅刀盾、戈矛兩隊，直前抵格。兩軍混戰一場，互有死傷，看看紅日將落，敵兵毫不退卻，只管捨命相持。

燕帖木兒子唐其勢，見各軍戰敵不下，惱動性子，撥馬臨陣。陽翟王太平，挺槍來戰，唐其勢大吼一聲，嚇得太平倒退。未及數步，已被唐其勢用戈刺著，翻身落馬。軍士乘勢蹴踏，把太平肉體，變作爛屍相似了。敵兵見太平被殺，頓時驚潰。燕帖木兒就此趕上，殺得屍橫遍野，血流成渠。方欲收軍，巧值撒敦到來，得了一支生力軍，便命引兵再追，自率大軍南歸。撒敦追了數十里，見敵兵四散逃去，殺斃了數百名，也即回來。

會上都諸王忽剌台，指揮阿剌帖木兒，及安童等，復攻入紫荊關，進犯良鄉，遊騎徑逼京南。（此處用直敘法，視前又變。）燕帖木兒聞警，即循北山西行，令將士脫銜繫囊，盛垤豆飼馬，且行且食。晨夜兼程，至蘆溝河，並不見敵。嗣得探報，忽剌台等已聞風西竄了。

燕帖木兒因已抵京師，遂入覲懷王，甫至肅清門，都人士焚香迎接，羅拜馬前。燕帖木兒辭不敢受，都人齊聲道：「非王爺忠誠報國，民等何能更生？此恩此德，敢不拜謝！」燕帖木兒下馬慰勞道：「此皆天子威靈，我有何力可言？」（此時的燕帖木兒，幾似古之名將，無以加之。）及至內城，懷王親出迎師。燕帖木兒下馬行禮，由御手扶起，相偕入城。隨即賜宴興聖殿，賞給無算，親授太平王黃金印，盡歡乃散。燕帖木兒擬休息數日，再行出兵，忽接撒敦軍報，古北口又被陷了。正是：

兩都軍報無虛日，萬里烽煙未靖時。

未知何人陷入古北口，且看下回分解。

本回純敘燕帖木兒戰事，見得上都各軍，均不足與燕帖木兒相敵，燕帖木兒，信一元代之梟雄哉？讀《元史・燕帖木兒列傳》，未嘗不臚敘戰跡，而寫生妙手，卻不若此書之為良。蓋彼第直錄事實，而此且曲為描摹；不特渲染戰爭，並舉燕帖木兒之權詐，亦揭露紙上，吳道子之手筆，

亦無以過之。且旋師入京時，卑以自牧，讓美君王，處處似忠，實處處是詐；周公恐懼流言日，王恭謙恭下士時，讀此益無限生感矣。

第四十一回
倒剌沙奉寶出降　泰定后別州安置

　　卻說燕帖木兒得撒敦來文，報言古北口復陷，心中大憤，即日召集各軍，出京北去。途次又接紫荊關急報，苦難分身，只得遣快足至遼東，飛調脫脫木兒西援。看官！你道陷古北口及紫荊關的兵馬，從何而來？原來就是禿滿迭兒，及忽剌台、阿剌帖木兒等軍。禿滿迭兒等，被燕帖木兒殺敗，逃出口外，會集散卒，定議分攻，禿滿迭兒自率一軍襲古北口，忽剌台、阿剌帖木兒、安童、朵羅台、塔海等，聯軍襲紫荊關，意欲兩面夾攻，令燕帖木兒無暇兼顧，可以轉敗為勝。（計非不佳，奈庸駑何？）不意燕帖木兒煞是神勇，禿滿迭兒方入古北口，燕帖木兒已到檀州，兩軍南北各進，即行對壘，一場大戰，禿滿迭兒覆敗，潰走遼東。後軍被燕帖木兒截住，無處投奔，統軍的頭目，乃是東路蒙古萬戶哈剌那懷，看得兵勢垂危，只好束手乞降。燕帖木兒收了降眾，共得萬人，也不暇悉心檢查，只留部將數人，約束士卒，守住古北口，自率健卒兼程西進，去援脫脫木兒。（餘勇可賈。）

　　脫脫木兒前奉調發兵，只帶著四千人，到紫荊關，與忽剌台等對陣。兩造人數，相去甚遠，北軍約三四萬名，脫脫木兒與關上守將相合，尚不達萬人。暗思眾寡不敵，恐遭敗仗，不如固關嚴守，還好勉力支持。至燕帖木兒星夜趕到，很是喜慰。燕帖木兒查明情形，便與脫脫木兒道：「我兵遠來，敵人尚未知曉，你且開關搦戰，誘他入關，我出大軍伏在關內，他若冒昧進來，便好閉住關門，殺他一個精光哩。」

第四十一回　倒剌沙奉寶出降　泰定后別州安置

　　脫脫木兒領命，即率本部四千人，大開關門，來戰北軍。北軍逗留關外，已是數日，猛見脫脫木兒出戰，倒也吃了一驚；及見出關的兵士，不過數千人，頓覺膽大起來，當下分作兩翼，來圍脫脫木兒。脫脫木兒不及退還，已被敵軍裹住，他本恃有後援，一些兒沒有害怕，便奮起精神，馳突圍中。

　　燕帖木兒在關內覷著，見脫脫木兒不能脫身，恰變了一計，令關上故意鳴金，促脫脫木兒退歸，一面命關吏虛掩半扉（照燕帖木兒原計故意參換，是文中化板為活法。）敵軍裡面的阿剌帖木兒，望著關中的模樣，大叫道：「此時不急搶關，尚待何時？」言未畢，已挺戈躍馬，奔入關中。（自來尋死。）忽剌台、安童、朵羅台、塔海等，只恐阿剌帖木兒占著頭功，也即策馬隨入。一入關門，見守卒在前散走，還道他是避鋒逃命，又緊緊的追了一程。驀然間四面八方，互發炮聲，伏兵一時齊起，統行殺到。忽剌台、安童、朵羅台、塔海等，知事不妙，忙即退回，奈後面的兵士，相率入關。前後擠緊，運動不靈。待退近關門，已是多半被殺。那時忽剌台、安童等，如漏網魚，如喪家狗，只想跑出關外，逃脫性命，偏偏關門已閉得很緊。這一嚇非同小可，險些兒連三魂六魄，都飛至鬼門關！（如果嚇死，或得保全首領。）忙麾兵斬關欲遁，忽關門左右，又閃出無數健卒，大刀闊斧，前來阻住。背後又是燕帖木兒領軍追來，忽剌台等只是哭不出的苦，勉強馳突，不消片刻，安童、塔海兩人，馬首被刺，俱墮馬下，活活的被人擒去。忽剌台、朵羅台急得沒法，左右亂撞，驟被流矢射著，一同墜馬，也只得閉目就擒了。

　　是時的阿剌帖木兒，尚似瘋犬一般，東衝西突。燕帖木兒知他驍悍，但令部將纏住了他，與他車輪般的廝殺。至忽剌台等俱已擒住，便一擁上前，任他力大如牛，也被眾人牽倒。待捆縛停當，已是身受數創，奄奄一息。燕帖木兒宣令道：「降者免死。」於是入關的北軍，都做了矮人兒，情

願投誠。

當下重開關門，接應脫脫木兒，誰知關門外已虛無一人。（驚人之筆。）看官道是何故？原來阿剌帖木兒等入關時，各軍俱隨著主帥，一擁入關，外面與脫脫木兒相持，也不過數千人。脫脫木兒見北軍中計，特別奮勇，一枝大戟，隨手飛舞，觸著他原是喪生，讓著他還要顛僕，敵軍正支持不住，又見關門忽閉，越加驚慌，一古腦兒向北遁去。脫脫木兒驅軍力追，復斬殺了一大半，只有寥寥數百人，命不該死，四散逃脫。（敘得明淨。）

脫脫木兒已經回軍，方遇著大軍接應，彼此說明，統喜歡的了不得，大家奏著凱歌，陸續歸營。燕帖木兒休兵兩日，即親押囚車，送至京師。懷王迎入，又有一番宴賞，無庸細說。

先是燕帖木兒曾遣人召陝西平章探馬赤，行臺御史馬札兒台，皆不至。及懷王即位，頒詔陝甘，復被他焚毀詔紙，執使送上都。既而浙江省臣，亦拒絕詔使。由使臣還報，懷王大怒，即與燕帖木兒商議，欲一律誅戮。燕帖木兒模稜兩可，因此詔尚未下。左司郎中自當，聞著此信，謁見燕帖木兒道：「雲南、四川，今尚未定，若復殺行省大臣，轉恐激變，不如俟上都平定，再議降罰未遲！」燕帖木兒尚沉吟未決，俄得河南警報，靖安王闊不花等，（一作庫庫布哈。）叛應上都，自陝西破潼關，克閿鄉、陝州，復分兵北渡河中，趨懷孟，南過武關，逼襄陽，猖獗的了不得了。燕帖木兒閱畢，便進謁懷王，詳述河南軍事，並把自當所說的言語，亦復陳一遍。懷王道：「上都未平，原是可慮，看來又要勞卿一行。」燕帖木兒道：「毋勞聖慮，臣已密令齊王月魯帖木兒，及東路蒙古元帥不花帖木兒，進攻上都去了。」（遣齊王等攻上都，原是燕帖木兒妙算，但懷王尚未聞知，已見燕帖木兒擅權之漸。）懷王道：「卿算無遺策，料必成功。」燕帖木兒謝獎而退。過了旬日，果然紅旗報捷，上都已降服了。

第四十一回　倒剌沙奉寶出降　泰定后別州安置

　　自梁王王禪等敗回上都，聲勢日衰，幸都城尚未被兵，所以殘喘苟延。至齊王月魯帖木兒，元帥不花帖木兒等，受燕帖木兒密令，舉兵趨上都，於是都城受圍。王禪等率兵出戰，屢為所敗，人心大駭。且因禿滿迭兒逃還遼東，忽剌台等統已敗沒，城孤援絕，士無鬥志。獨倒剌沙談笑自若，恰似沒事一般。（存心已壞，自可無憂。）王禪與他會議數次，也不見有什麼法兒，自思身陷圍城，危險萬狀，不若乘夜逃走，還是三十六計中的上計。主意已定，便於夜間託詞巡城，登陴四望，嘆息了一口氣，竟縋城自去了。

　　城中失了王禪，越加惶懼，倒剌沙竟暗中遣使，通款齊王，約定次日出降。齊王月魯帖木兒，自然准約。越日遲明，果見南門大啟，任他進去。月魯帖木兒等，即麾兵入城，倒剌沙奉著御璽，伺候道旁，由齊王接著，他即屈膝請安，把璽呈上，且口稱請死。齊王道：「這事我難作主，須候大都裁奪！」遂令左右帶著倒剌沙，一面將御璽藏好。方思驅馬再進，忽見遼王脫脫，領著數十騎，持刀前來。齊王望將過去，不是來降的情狀，即整備迎敵。脫脫到了齊王馬前，竟用刀刺入，虧得齊王早已防著，也用刀相抵，不到數合，齊王麾下的將士，都上前效勞，你一槍，我一刀，兵鋒環繞，將脫脫剁成數段，其餘數十騎，統死於亂軍之中。（脫脫還不愧為忠。）齊王馳入行宮，查明后妃人等，俱還住著，只小皇帝阿速吉八，不知去向。及詰問泰定皇后，但有滿面淚痕，嗚嗚哭泣，反令人厭煩得很，遂抽身出外，只命部兵監守宮門，盤查出入罷了。（阿速吉八想為倒剌沙殺斃。）

　　上都已定，當由齊王飭使齎奉御寶，及諸王百司符印，概攜送入京。還有倒剌沙等一班俘虜，也派兵押解京師。懷王聞上都捷音，快慰異常，諸王百官等統上表慶賀。中書省臣且奏言上都諸王大臣，不思祖宗成憲，遽被倒剌沙所惑，屢犯京畿，幸賴陛下神武，王禪等相繼敗亡，今上都亦

已平靖，所有俘囚，應明正典刑，傳首四方，借示與眾共棄之意。奏入照准，先將阿剌帖木兒、忽剌台、安童、朵羅台、塔海等，斬首示眾。一面御門受俘，命將倒剌沙等，暫羈獄中，自登興聖殿受了御寶，分檄行省內郡，罷兵安民。

是時靖安王闊不花，方大破河南守兵，獲輜重數萬，進拔虎牢，轉入汴梁。忽聞上都被陷，諸嗟不已。嗣又得懷王詔諭，料知獨木難支，乃逡巡引去。唯四川平章政事囊嘉岱，自稱鎮西王，以左丞托克托為平章，前雲南廉訪楊靜為左丞，燒絕棧道，獨霸一隅。其餘行省各官，都隨風轉篷，但教祿位儲存，無不拱手聽命。（一班飯桶。）

懷王又封賞功臣，以燕帖木兒為首功，賜號答剌罕，子孫世襲，又賜他珠衣兩件，七寶帶一條，白金甕一，黃金瓶二，還有海東白鶻青鶻，及白鷹文豹等物，不計其數；尋設大都督府，令他統轄，飭佩第一等降虎符，並命他驅至上都，遷置泰定后妃，並料清軍務。

至燕帖木兒出發後，又下詔懸賞，購緝逃犯。於是王禪、紐澤撒的迷失、也先鐵木兒及倒剌沙兒馬某沙等，盡被拿到。還有湘寧王八剌失里，曾附和忽剌台等南侵冀寧，至是被元帥也速答兒捕獲，械送京師。懷王命將倒剌沙磔死，王禪賜自盡，紐澤撒的迷失、也先帖木兒、馬某沙等皆棄市。（倒剌沙最不值得，若早知如此，想亦不願奉寶出降了！）並將罪犯的妻孥家產，分給功臣。只八剌失里，罪從末減，留錮獄中，總算還保全首領，九死一生，這且慢表。

且說燕帖木兒到了上都，由齊王月魯帖木兒，及元帥不花帖木兒，出城迎入，彼此敘過寒暄，方談及遷置后妃的命令。月魯帖木兒道：「我早已飭兵守宮，除阿速吉八不知下落外，所有泰定后妃以下，盡行錮著，一個兒不曾放脫。」燕帖木兒點首稱善。隨即起身離座道：「我且入宮傳旨，令他整備行裝，以便遷置。明日就可要他動身了。」月魯帖木兒道：「甚

第四十一回　倒剌沙奉寶出降　泰定后別州安置

好！請公自便。」

　　燕帖木兒別了齊王，遂入行宮，早有宮女報知泰定后妃，泰定后聞知此信，恐有不測的命令，急得面色倉皇，形神黯淡。還有妃子必罕，及速哥答里兩姊妹，統是嬌軀發顫，帶哭帶抖，縮做一團。燕帖木兒到了宮門，守兵早已分隊站著，讓開正路，由燕帖木兒趨入。燕帖木兒一入宮中，見后妃等並不相迎，未免懷著懊惱。方欲瞋目呵叱，忽眼簾中映入紅顏，不覺為之一迷。尋見泰定后欠身欲起，悲慘中帶著數分裊娜，正是徐娘半老，猶存丰韻，已令人憐惜不禁。背後又立著一對姊妹花，綠鬟高擁，粉頸低垂，鳳目中統含著一泡珠淚，尤覺楚楚可憐。（是所謂尤物移人。）

　　當下站著一旁，向泰定后道：「皇后不必驚慌！大都也沒有嚴命，不過因皇后在此，殊多不便，所以暫令移居，一切服食，盡可照常，毋庸耽憂！」泰定后潸然道：「先皇殂後，擁立皇子，統是倒剌沙的主意，我輩女流，並無成見，目今嗣子已亡，大勢一變，剩我嫠婦數人，備嘗苦況，也是夠了，還要移居何處？」（只諉罪倒剌沙，不用正詞駁詰，已見其志在偷生。）燕帖木兒道：「無非移居東安州，途程尚近，無慮艱阻，諸請放心！」泰定后復道：「今日要我遷居，他日即索我性命，始終總是一死，不如死在此處！」燕帖木兒不待說畢，忙婉言慰勸道：「皇后後福正長，休要自尋煩惱，（將來要做太平王妃，自然有福。）若慮有意外情事，但教我燕帖木兒存著，都可挽回。明日請皇后暫赴東安，所有宮中侍從，盡可帶去，途中自有妥卒保護；如有人敢來欺凌，我燕帖木兒誓不與他干休！」（獨力愛護，泰定后妃應該以身報德。）

　　泰定后方轉悲為喜道：「既有太平王照拂，我等如命起程便了。」一面說著，一面命兩妃向前拜謝。此時一對姊妹花，也漸覺開顏，遵著泰定后囑咐，分花拂柳的走近燕帖木兒前一同斂衽。急得燕帖木兒答禮不及，忙

避開一旁，連稱不敢。並將那一雙色眼，細瞧兩妃，兩妃也似覺著，抬起頭來，向他微笑。這樣情景，幾乎無可摹擬，只小子曾記有兩句古詩，彼此湊合，頗得神似，其詞云：

目含秋水雙瞳活，心有靈犀一點通。

畢竟泰定后妃，何日登程，容待下回說明。

上都淪陷，天順帝不知所終，著書人依史敘錄，原不能憑空捏造，構一死證。但奉寶出降者為倒剌沙，則幼主之死，出自倒剌沙之手，應無疑義。倒剌沙始以寵利自私，致僨國事，及勢處窮蹙，乃戕主奪璽，出降軍前，是殆人類所不齒，較諸王禪等之臨難遁去，尤覺死有餘辜！大都磔屍身名兩裂，後世臣子，可作炯戒！若夫泰定后之身講憂危，稍具節烈，應即捐軀以殉。況移置東安之命，接踵而來；燕帖木兒又為發難之首領，平昔未曾厚遇，能望其竭誠保護，不作他想乎？是回敘移置后妃事，已將燕帖木兒心跡，隱約表明，匣劍帷燈之妙，可即於本回中見之。迨閱至後文，圖窮匕見，更知伏筆之不虛設矣。

第四十一回　倒剌沙奉寶出降　泰定后別州安置

第四十二回
四女酬庸同時鏊降　二使勸進剋日登基

　　卻說泰定二妃，與燕帖木兒打了照面，一笑傳情，這時候的燕帖木兒，心癢難搔，恨不得將兩個麗姝，吞下肚去。只因眾目共睹，不便動手躡腳，沒奈何定一回神，站定身軀。待兩妃復了原處，方向泰定后道：「明日後如動身，當備輩派兵，護送至東安州。」泰定后應著，燕帖木兒方出行宮。

　　是夕，竟不成寐，默默籌畫，想定了一個法兒，方才有些疲倦。朦朧片刻，便聞雞聲，當即披衣起床，俟盥洗進膳後，就跑入行宮。見過泰定后妃，復代為收拾行裝，連脂盝粉函等件，無不凝神檢點，親手安排。至料理清楚，方出來面囑親兵，教他途中伺候后妃，須特別周到，不得有誤。吩咐畢，再入宮導引后妃，出宮駕輿，自己亦上馬揚鞭，送她們出城。

　　正啟行間，對面來了京使，不得不下馬相見。當由京使宣詔，命他即日入朝。燕帖木兒很是懊喪，奈不好當面直言，只得與京使敷衍數語，要他入城待著，以便偕行。

　　京使驅馬自入，燕帖木兒加鞭疾出，趕至泰定后妃輿旁，和顏悅色的說道：「今日后妃東去，本擬護送出境，奈大都又頒敕召回，不好遲慢，萬望此去自愛，切勿苦壞玉軀！他日相見有期，絕不負言！」（好一個有情有義的真男子！）泰定后也即稱謝，兩妃亦從旁插口道：「王爺亦須珍攝！我姊妹二人，得仗庇護，也不忘恩！」（此心已許君矣。）說著，又覺

第四十二回　四女酬庸同時鼇降　二使勸進剋日登基

得四目盈盈，淚珠欲下。燕帖木兒幾不忍舍，無如此時只好暫別，乃淒然語著道：「我去了！前途保重！」（好似長亭送別。）於是勒馬而回。臨別時，猶返顧去車，悵望不已，直至去車已遠，才縱馬入城。

是日午後，即與京使並轡還朝，入見懷王，報明遷置后妃事，並問懷王何故立召。懷王道：「上都平定，餘孽掃除，這般大功，統由卿一人造成，朕所深感。但朕的本意，帝位須讓與長兄，所以召卿還商，即擬遣使北迎。」燕帖木兒聞言，一時竟難置詞，（句中有眼。）好一歇不答懷王。懷王復道：「卿意如何？」燕帖木兒道：「自古立君，有立嫡、立長、立功三大例。以立長言，陛下應讓位長兄；以立功言，陛下亦不妨嗣位。唐太宗喋血宮門，後世尚稱為賢君呢。」（引唐太宗故事，直是教懷王殺兄。）懷王道：「說雖如此，然朕心終屬未安，寧可讓位朕兄，兄如不受，再作計較！」（著眼在末二句。）燕帖木兒道：「今歲已值隆冬，漠北嚴寒，未便行道，俟來春遣使未遲。」懷王道：「朕兄還京師，不妨以來春為期；唯朕處遣使，應在今冬，免得朕兄懷疑。」燕帖木兒道：「但憑陛下裁處！」

懷王道：「社稷已安，宗廟無恙，朕與卿亦可稍圖娛樂。聞卿家只有一妃，何勿再置數人？宗室中不乏良女，由卿自擇；朕可即日詔遣。」燕帖木兒道：「陛下念臣微勞，竟替臣想到這層，天恩高厚，何以為報？但陛下且未冊定正宮，臣何敢竟尚宗女，請陛下收回成命！」懷王道：「朕及大兄生母，尚未追尊，如何便可立後？」（懷王尚知有母，較燕帖木兒心術略勝一籌。）燕帖木兒道：「追尊皇妣，原是要緊，冊立皇后，亦難從緩，上承廟祀，下立母儀，兩事並重，應請同日舉行。」（懷王既欲讓兄，何必驟立皇后，此由燕帖木兒乘隙蠱君，欲立後為內間耳，看官莫被瞞過。）懷王道：「且待來春舉行。」燕帖木兒才退。

過了一日，竟由懷王下詔，賜燕帖木兒以宗女四人。燕帖木兒道：「我昨日已經面關，如何今日邀賜？這事卻使不得！我當入朝固謝。」（意

中已有他人，所以欲去固辭。）便命役夫整輿，甫出大門，猛聽得一陣絃管聲，由風吹至，不禁驚訝起來。尋見有繡幰四乘，導以鼓樂，護以侍從，車馬雜沓，冉冉來前。不由得失聲道：「啊喲！公主等已來了，如何是好？」正說著，宣敕官已加鞭至門，下馬與燕帖木兒相見。燕帖木兒不得不斂容迎入。當由宣敕官恭讀詔書，令燕帖木兒接旨。燕帖木兒照例跪聽，詔中無非是盛敘功勞，合頒優賜，特遣宗女四人，侍奉巾櫛，並媵女若干名，該王毋得固辭！

燕帖木兒謝恩而起，接過詔軸，懸掛中堂，宣敕官又向他賀喜。燕帖木兒道：「這事從何說起？我已陛辭盛賜，今反命尚四公主，自問何德何能，敢邀釐降！還請公傳語折回，我即來朝面奏，斷不使公為難！」宣敕官笑道：「王爺未免太迂！聖旨豈可違得？況四位公主，已經釐降，也不便中道折回，請王爺不必遲疑！今日係黃道良辰，即可謝恩成禮呢。」言畢，即命侍從等匯入繡幰，停住大廳。一面令從人治外，媵女治內，所有鋪設等件，除太平王邸現成布置外，其餘盡出帝賜。

太平王邸本闊大得很，從前罪犯第宅，大半撥給，京師裡面，幾乎占了半城。邸中僕從如雲，更兼四公主帶來的侍從，又不下千名，內外陳設，眾擎易舉，不消一二時，即已措辦整齊。當請燕帖木兒祭告天地，並向北闕謝恩，然後請四公主下輿，先行了君臣禮，後行了夫婦禮。此時的燕帖木兒，又驚又喜，又喜又憂，但已事到其間，無從趨避，樂得眼前受享，再作區處。夫婦禮成，又請出繼母公主察吉兒，再行子婦相見禮，然後洞房合巹。（此時的太平王妃不知哪裡去了。）諸王百官，復陸續趨賀，綠酒紅燈，大開綺席，瓊漿玉液，儘是奇珍，說不盡的繁華，寫不完的喜慶。

到了黃昏席散，宣敕官與賀客等，俱已散去，那時燕帖木兒返入洞房，由四公主列坐相陪，霞觴對舉，綺縠生香，酒不醉人人自醉，色不迷人人

自迷,況燕帖木兒本是個色中餓鬼,見這如花似玉的佳人,哪有不移篙相接?左擁右抱,解頻寬衣,夜如何其,其樂無極!(設非有牛馬精神,安能當此。)

次日,復入朝面謝。退朝後,又與那四位公主,把酒言歡。方在十目調情的時候,突見侍女中有一淡裝婦人,年可花信,貌獨鮮妍,比較四位公主,色澤不同,恰另有一種的天然丰韻。當下觸目動心,未免呆定了神,連公主等與他談話,也不暇理睬。公主等動了疑衷,殷勤動問,他自覺好笑,遂打著謊語道:「我適記起一樁國事,擬於今晚草奏,適與公主等飲酒談心,幾致忘卻,所以一經想著,不覺馳神。」四公主齊聲道:「王爺既有軍國重事,何不早說?免得以私廢公。」燕帖木兒道:「不妨!晚間起稿未遲。現在有花有酒,不如再飲數樽。」於是復同酌了一回,始命撤席。乘著酒興,別了繡闥,竟跟蹌至書齋,密命心腹小廝,潛召這淡裝小婦。

不一時,小廝導著少婦,亭亭而至。見了燕帖木兒,便上前請安。燕帖木兒命她起立,仔細瞧著,眉不畫而翠,唇不脂而紅,顏不粉而白,髮不膏而黑,秀骨天成,長短合度。(俗所謂本色貨。)那少婦從旁偷覷,見燕帖木兒身材,長逾七尺,虎頭猿臂,燕頷豹頸,精神充滿,氣宇深沈,似乎人間男子,要算他一時無兩。(婦人窺男子,較諸男子窺婦人,尤進一層。)兩下相對,脈脈含羞,又被這燕帖木兒釘住雙目,頓覺桃花面上,愈映緋紅,遂俯著首拈那腰帶。燕帖木兒乃啟口問道:「妳是何處人氏?」連詢數聲,竟不見答。

燕帖木兒不禁驚訝,猛見小廝尚站著一旁,就命他退去,然後再問少婦。只見少婦顰著雙眉,嗚嗚咽咽的說道:「承蒙見問,言之可愧,妾數年前亦為命婦,今則家亡身辱,充沒官掖,隨著公主前來,尚算皇恩高厚,命該如此,還有何說!」燕帖木兒見她愁容慘淡,口齒清明,益覺由

憐生羨，由羨生愛，遂堆著滿面笑容，婉詞再詰。嗣經少婦說明，方知少婦不是別人，乃是前徽政院使失烈門的繼妻。（聞名之下，我亦一驚。）燕帖木兒太息道：「宦途危險，家室仳離，失烈門亦不必說了；累你青年少婦，寂守孤幃，豈不可痛？」少婦聽了此言，禁不住淚下兩行。燕帖木兒復語道：「妳既到了我家，我不願辱沒妳！」（如何叫做辱沒。）少婦道：「全仗王爺庇護。」說至護字，已被燕帖木兒攬住嬌軀，擬把她置諸膝上。看官！你想燕帖木兒膂力過人，雖明知少婦乏力，輕輕一扯，奈少婦已倒入懷中，彷彿如小兒吃奶一般，緊貼住燕帖木兒胸前。燕帖木兒替她拭淚，又溫存了一番，情投意合，男貪女愛，竟攜手入幃，同赴陽臺去了。（好一件軍國重事。）公主等只道出草奏牘，不去驚動，直至更深人靜，方令侍女促眠。那時兩人早雲收雨散，一同起床，訂了後約，各歸內寢，這且慢表。

且說時光易過，殘獵復催，轉瞬間已是天曆二年，懷王冊妃弘吉剌氏為皇后。后名卜答失里，係魯國公主桑哥吉剌女，曾與懷王出居建康，並徙江陵，至懷王入京，也隨駕同行。懷王以艱苦同嘗，應該安樂與共，因冊立為后。（為後文謀殺明宗后及安置東安州張本，所以特書其名。）一面追尊生母唐兀氏，及兄母亦乞列氏，為武宗皇后。再遣使臣撒迪哈散等，馳赴漠北，恭迓周王。

撒迪等至周王行在，由周王召見，問明大都情狀。撒迪一一陳明，並啟周王道：「大王以德以長，應有天下；況臣奉命前來，原是請大王早正帝位，一則安天下的人心，二則成皇弟的讓德，事機相迫，幸勿遲疑！」周王道：「平定上都，統是吾弟一手安排，且已稱帝改元，君臣分定；我若再即尊位，豈不是多了一帝麼？」（周王自知亦明。）撒迪道：「仁宗靖變，迎立武宗，至武宗殯天，仁宗始承大統，故例猶在，盡可踵行。」周王道：「據你說來，我即位後，可規仿前制，立朕弟為皇太子麼？」撒迪

第四十二回　四女酬庸同時釐降　二使勸進剋日登基

道：「這個自然，兄弟禪讓，仁德兩全，頗不是追美堯舜麼？」（援仁宗故例，已是不符，又云可追美堯舜，尤屬牽強。）周王意尚未決，復集府史等商議。府史等侍從多年，遇著這椿絕大的喜慶，哪個不想攀龍附鳳，做個冊命功臣！既遇周王諮詢，自然極力贊成，殷殷勸進。周王乃決計即位，遂於天曆二年春正月，設帝幄於和寧北陸，禮儀仍舊，氣象式新。漠北諸王大臣及撒迪、哈散等，相率入賀。（大出懷王意料。）越日，又有兩使自燕都到來，係齎奉金銀幣帛，進供御用。兩使為誰？一是前翰林學士不答失里，一是太府太監沙剌班。既到行幄，即入帳覲賀。是時周王和世㻋，已即位為帝，小子不得不改稱；因他後來廟號，叫做明宗，自然遵例稱明宗了。明宗見過兩使，慰問數言，當由兩使齎呈貢物。明宗很是心喜，便命撒迪等還京師。並諭撒迪道：「朕弟向覽書史，近時得毋廢棄否？聽政有暇，總宜與賢士大夫常相晤對，講論史籍，考察古今治亂得失。卿等至京師，當將朕意轉告，毋違朕命！」（令尹子圍故事，明宗胡未之讀，乃亟亟於為帝耶？）撒迪等唯唯而返。

到了京師，即將明宗面命，傳告懷王，懷王嘿然不答。（已具異心。）是夕，即召燕帖木兒入議。燕帖木兒進談多時，左右大都屏退，無從聞悉祕言。（為下文伏線。）次晨，便遣燕帖木兒奉皇帝寶赴漠北，以知樞密院事禿兒哈帖木兒，御史中丞八即剌，翰林直學士馬哈某，瑞典使教化的，宣徽副使章吉，僉中政院事脫因，通政使那海，大醫使呂廷玉，給事中咬驢，中書斷事官忽兒忽答，右司郎中孛別出，左司員外郎王德明，禮部尚書八剌哈赤等從行。覆命有司奉金千五百兩，銀七千五百兩，幣帛各四百匹，及金腰帶二十，備行在賞賜之用。懷王又飭在京諸臣道：「寶璽既已北上，繼今國家政事，應遣人奏聞行在，我不便專擅了。」廷臣都讚揚懷王讓德，冠絕古今。正是：

　　有口皆碑周泰伯，昧心誰識楚靈王？

欲知後事如何，請看下回分解。

讀〈燕帖木兒列傳〉，前後尚宗室女，至四十人，本回第稱四公主，是舉其最先釐降者而言。若失烈門妻一段，觀〈文宗本紀〉，亦曾有其事，並非著書人好為捏造。是燕帖木兒荒淫之漸，固自懷王導成之。其餘所述大政，概見正史，唯經著書人略為渲染，則當時所行之政跡，俱屬有隙可尋，謂之演義也可，謂之評史，亦無不可也。夫懷王襲位，本其初志，所謂讓兄者，特其矯情耳。燕帖木兒知之最深，故受賜最厚。周王和世㻋，未曾入京，遽正大位，曾不知他人已耽耽其旁，欲以之為嘗試地，而在己且願供玩弄而不之悟也。哀哉！

第四十二回　四女酬庸同時鳌降　二使勸進剋日登基

第四十三回
中逆謀途次暴崩　得御寶馳回御極

　　卻說明宗即位後，飭造乘輿服御，及近侍諸服用，準備啟行。且命中書左丞躍里帖木兒，籌辦沿途供張事宜。行在人員，俱忙個不了。（未曾講求初政，但從外觀上著想，即令為君得久，亦未必德孚民望。）適燕帖木兒奉寶來轅，率隨員進謁明宗。明宗嘉獎有差，並封燕帖木兒為太師，仍命為中書右丞相，其餘官爵，概從舊例。且面諭道：「凡京師百官，既經朕弟錄用，並令仍舊，卿等可將朕意轉告。」燕帖木兒道：「陛下君臨萬方，人民屬望，唯國家大事，繫諸中書省、樞密院、御史臺三垝，應請陛下知人善任，方免叢脞。」

　　明宗稱善，乃用哈八兒禿為中書平章政事，伯帖木兒知樞密院事，孛羅為御史大夫。這三人統是武宗舊臣，明宗以為不棄舊勞，所以擢居要職。既而宴諸王大臣於行殿。特命臺臣道：「太祖有訓：美色名馬，人人皆悅，然方寸一有係累，即要壞名敗德。卿等職居風紀，曾亦關心及此否？（恐非燕帖木兒所樂聞。）世祖初立御史臺時，首命塔察兒、奔帖傑兒兩人，協司政務，綱紀肇修。大凡天下國家，譬諸一人的身子，中書乃是右手，樞密乃是左手，左右手有疾，須用良醫調治，省院闕失，全仗御史臺調治。自此以後，所有諸王百官，違法越禮，一聽舉劾，風紀從重，貪墨知懼，猶之斧斤善運，入木乃深；就使朕有缺失，卿等亦當奏聞，朕不汝責，毋得面從！」臺臣等統齊聲遵諭。

　　越日，又命孛羅傳諭燕帖木兒等道：「世祖皇帝，立中書省，樞密院、

第四十三回　中逆謀途次暴崩　得御寶馳回御極

御史臺，及百司庶府，共治天下，大小職掌，已有定制。世祖又命廷臣集議律令章程，垂法久遠，成宗以來，列聖相承，罔不恪遵成憲。朕今承太祖、世祖的統緒，凡省院臺百司庶政，詢謀僉同，悉宣告朕；至若軍務機密，樞密院應即上聞；其他事務，有所建白，必先呈中書省臺，以下百司及近臣等，毋得隔越陳請，宜宣諭諸司，咸俾聞知。倘違朕意！必罰無赦！」（注重中書省臺，其如權臣雍蔽何？）又越數日，遣武寧王徹徹禿及哈八兒禿至京，立懷王為皇太子。（仍蹈武宗當日之弊。）並命求故太子寶，繳給懷王。嗣聞故太子寶已失所在，乃申命重鑄，姑不必細表。

且說徹徹禿等既到京師，傳達行在詔命，懷王敬謹受詔。一面馳使行在，請明宗啟蹕。一面親自出京，就中道恭迎。會陝西大旱，人自相食，太子詹事鐵木兒補化等，請避職禳災。太子親諭道：「皇帝遠居沙漠，未能即至京師，所以暫攝大位。今亢陽為災，皆予闕失所致，汝等應勉盡乃職，袛修寔政，庶可上達天變，辭職何為？」乃起前參議中書省事張養浩，為陝西行臺御史中丞，命往賑饑。先是養浩辭官家居，七徵不起，至是聞命，登車即行，見道旁餓夫，輒施以米，溝前餓莩，輒掩以土，迨經華山，禱西嶽祠，泣拜不能起。忽覺黑雲四布，天氣陰翳，點滴淅瀝諸甘霖，一降三日。及到官，復虔禱社壇，又復大雨如注，水盈三尺，始見天霽。陝西自泰定二年，至天曆二年，其間更歷五六載，只見日光，不聞雨聲，累得四野槁裂，百草無生。這時遇了這位張中丞，泣禱天神，誠通冥漠，居然暗遣了風師雨伯，來救陝民，那時原隰潤膏，禾黍怒發，一片赤地，又變青疇。看官！你想這陝西百姓，還有不感泣涕零，五體投地麼？其時斗米值十三緡，百姓持鈔出糴，鈔色晦黑，即不得用，詣庫掉換，刁吏黨蔽，易十與五，且累日不能得，人民大困。養浩洞察民艱，立檢庫中舊鈔，凡字跡尚清，可以辨認的鈔數，得一千零八十五萬五千餘緡，用另印加鈐，頒給市中，以便通用。又刻十貫五貫的錢券，給散貧乏，命米商

視印記出糶，詣庫驗數，易作現銀。於是吏弊不敢行。又率富民出粟，請朝廷頒行納粟補官的新令，作為獎勵。因此富民亦慨然發倉，救濟窮民。養浩又查得窮民乏食，至有殺子啖母的奇情，為之大慟不已。遂出私錢給濟。且命出兒肉遍示屬官，責他不能賑貸。到官四月，未嘗家居，止宿公署，夜則禱天，晝則出賑，幾乎日無暇晷，每念及民生痛苦，即撫膺悲悼，因得疾不起，卒年六十。陝民如喪考妣，遠近銜哀，後追封濱國公，諡文忠。（養浩為一代忠臣，所以始終全錄。）

話分兩頭，單說皇太子遣使施賑後，復將鐵木兒補化辭職等情，報明行在。明宗諭闊兒吉思等道：「修德應天，乃君臣當盡的職務，鐵木兒補化等所言，甚合朕意。皇太子來會，當與共議，如有澤民利物的事件，當一一推行，卿等可以朕意諭群臣，務期上下交儆，仰格天心。」

於是監察御史把的於思，奏言「自去秋命將出師，戡定禍亂，凡供給軍需，賞賚將士，所費不可勝計。若以歲入經費相較，所出已過數倍。況今諸王朝會，舊制一切供億，俱尚未給，乃陝西等處，饑饉薦臻，餓莩枕籍，加以冬春交際，雨雪愆期，麥苗槁死，秋田未種，民庶皇皇。臣竊以為此時此景，正應勉力撙節，不宜妄費。如果有功必賞，亦須視官級崇卑，酌量輕重，不唯省費，亦可示勸。其近侍諸臣，奏請恩賜，當悉飭停罷，借紓民力」云云。明宗覽奏，為之動容，乃詔令上下節用，並啟蹕入京，所過地方，一切供張，俱宜從儉等語。有司雖都奉敕，究竟不敢過省，沿途供應，彼此爭華。明宗雖明，仍是莫名其妙，無非以為例所當然，得過且過罷了。

這邊按站登途，已到王忽察都地方，那邊皇太子亦率著群臣，到了行轅。兩下相見，握手言歡，名分上原隔君臣，情誼上終係骨肉。（恐懷王不作是想。）明宗特別歡慰，遂大開筵宴，暢談了好多時，興闌席散，大家歸寢。只燕帖木兒來見太子，又密談了半夜。（到底為著何事。）太子

第四十三回　中逆謀途次暴崩　得御寶馳回御極

尚躊躇未決，一連三日，方才決議。天曆二年八月六日，天已遲明，明宗尚高臥未起。皇后八不沙，只道明宗連日勞頓，不敢驚動，待到巳牌，尚不聞有覺悟聲，才有些驚訝起來。近床揭帳，不瞧猶可，仔細一瞧，頓嚇得面無人色。原來此時的明宗，已七竅流血，四肢青黑，硬挺挺的奄臥床中。八不沙皇后，究係女流，被這一嚇，連話語都說不出來。幸有侍女在旁，急報知近臣，令傳太子入寢。

太子正與燕帖木兒同坐一室，靜待消息。得了此信，即相偕趨入，見了明宗的死狀，太子情不能忍，恰也慟哭起來。（良心原是未泯。）燕帖木兒恰從容說著道：「皇帝已崩，不能復生，太子關係大統，千萬不可張皇，現在回京要緊，倘一有不測，豈非貽誤國家麼？」說著，已向御榻間探望，見御寶尚在枕旁，便伸手取來，奉與太子道：「這是故帝留著，傳與太子，太子不妨速受。況皇后親在此間，論起理來，亦應命交太子，責無旁諉，何庸推辭！」（無非為了此著。）此時的八不沙皇后，只知慟哭，管什麼御寶不御寶。就是燕帖木兒一派言語，亦未曾聞著。太子瞧這情形，料知皇后無能，遂老老實實的將御寶受了，並止住了哭，想去勸慰皇后。經燕帖木兒以目示止，遂也不暇他顧，徑出行宮。燕帖木兒當即隨出，扶太子上馬，疾馳而去。途次傳命伯顏為中書左丞相，竝封太保，欽察臺、阿兒思蘭海牙、趙世延，並為中書平章政事，朵兒只為中書右丞，前中書參議阿榮，太子詹事趙世安，並為中書參知政事，前右丞相塔失鐵木兒知樞密院事，鐵木兒補化及上都留守鐵木兒脫並為御史大夫。（御璽到手，即易大臣，可謂如見肺肝。）於是明宗所用的一班舊臣，又復束諸高閣，歸去來兮。

及太子既到上都，監察御史徐爽，遂上書勸進，略言天下不可一日無君，神器不可一夕虛懸，先皇帝奄棄臣庶，已逾數日，伏望皇上早正宸極，上奠宗社，下安兆民，俾中外有所依歸等語。（蓄志久矣，何庸爾

請。）乃復擇吉登位，親御大安閣，受諸王百官朝賀。免不得又有一道詔敕，其文云：

　　朕唯昔上天啟我太祖皇帝，肇造帝業，列聖相承。世祖皇帝，既大一統，即建儲貳，而我裕皇天不假年！成宗入繼，才十餘載。我皇考武宗，歸膺大寶，克享天心，志存不私，以仁廟居東宮，遂嗣宸極。甫及英皇，降割我家。晉邸違盟搆逆，據有神器，天示譴告，竟隕厥身。於是宗戚舊臣，協謀以舉義，正名以討罪，揆諸統緒，屬在眇躬。朕興念大兄播遷朔漠，以賢以長，歷數宜歸，力拒群言，至於再四。乃曰：艱難之際，天位久虛，則眾志勿固，恐隳大業。朕雖從請而臨御，實秉初志之不移，是以固讓之詔始頒，奉迎之使已遣。尋命阿剌忒納失里、燕帖木兒奉皇帝寶璽，邊邊於途。受寶即位之日，即遣使授朕皇太子寶。朕幸粹重貞，賞獲素心，乃率臣民北迎大駕。而先皇帝跋涉出川，蒙犯霜露，道里遼遠，自春徂秋，懷險阻於歷年，望都邑而增慨。徒御勿慎，屢爽節宣。信使往來，相望於道路。彼此思見，交切於衷懷。八月一日，大駕次王忽察都，朕欣瞻對之有期，獨兼程而先進。相見之頃，悲喜交集，何數日之間，而宮車勿駕，國家多難，遽至於斯，念之痛心，以夜繼旦！（欺人乎！欺己乎！）諸王大臣以為祖宗基業之隆，先帝付託之重，天命所在，誠不可違，請即正位以安九有。朕以先皇帝奄棄方新，摧怛何忍，銜哀辭對，固請彌堅。執誼伏闕者三日，皆宗社大計，乃以八月十五日，即皇帝位於上都。可大赦天下，自天曆二年八月十五日昧爽以前，罪無輕重，咸赦除之。於戲！戡定之餘，莫急乎與民休息；不變之道，莫大乎使民知義，亦唯爾中外大小之臣，各究乃心，以稱朕意！

　　即位詔下，又命中書省臣等，議定先帝廟號，叫做明宗。可憐明宗稱帝，只七閱月，連改元的詔旨，都未及下，竟爾被人暗算，中毒身亡！年僅三十，空留了一個明字，作為尊號！其實這明字尚未切貼；若果甚明，

第四十三回　中逆謀途次暴崩　得御寶馳回御極

何致為圖帖睦爾及燕帖木兒兩人一同謀斃呢？（坐實兩人謀斃，書法無隱。）

話休敍煩，且說圖帖睦爾既已正位，此次情形，與前次不同。前次猶稱暫攝，此次正名定分，實行帝制，因他後來廟號，叫做文宗，小子不好仍稱懷王，只得沿號文宗。（劃清眉目。）文宗首命阿榮、趙世安兩人，督建龍翔集慶寺於建康，又派臺臣前往監工，南臺御史恰聯銜奏阻，說得剴切詳明，不由文宗不從，其詞道：

陛下龍潛建業，居民困於供給，幸而獲睹今日，莫不跂望非常之思。今奪民時，毀民居，以創佛寺，臺臣表正百官，委以監造，豈其禮哉？昔漢高祖復豐沛兩縣，光武帝免南陽稅三年，今不務此，而隆重佛教，何以慰斯民之望？且佛教慈悲方便，今尊佛氏而害生民，無乃違其教乎！臣等心以為危，故不避斧鉞，惶恐上陳！

尋得詔旨，罷免臺臣監役，臺臣方免得往返，也算文宗肯納嘉言了。但文宗的心中，總想皈依佛教，懺除一切罪厄。（推刃同胞，宜乎自慄。）所以餘政未修，先已建寺。並因帝師圓寂，改立西僧輦真乞剌思為帝師。新帝師自西域到來，文宗命朝臣出迎，凡位列一品以下，俱應此役。帝師卻大模大樣，乘車入都。既登殿，文宗亦恭立門內，親揖帝師，帝師傲睨自若，不過略略合掌，便算答禮。及入座，由文宗飭諭，命大臣俯伏進觴，帝師又傲然不為動。惱動了國子祭酒富珠裡翀，大踏步走至帝師座前，滿滿的斟了一觥，遞與帝師道：「帝師祖奉釋迦，是天下僧人的宗師，我祖奉孔子，是天下儒人的宗師，彼此各有所宗，各不為禮，想帝師亦應原諒！」帝師聞言，無從駁辯，卻一笑起身，受觴卒飲，大眾為之慄然。富珠裡翀恰徐徐的退入班中去了。（難倒帝師。）

文宗也不加斥責，盡歡而罷。嗣以燕帖木兒，功勳無比，追封三代，以他曾祖父班都察為溧陽王，曾祖妣王龍徹，為溧陽王夫人，祖父土土哈

為升王，祖妣太塔你，為升王夫人；父床兀兒為揚王，母也先帖你及繼母公主察吉兒並為揚王夫人。又命禮部尚書馬祖常，鋪張燕帖木兒功績，制文立石，矗峙北郊。嗣復因種種賞賜，未足報功，特命專任宰輔，改伯顏知樞密院事，罷設左丞相，並頒詔以示寵眷道：

燕帖木兒勛勞唯舊，忠勇多謀，奮大義以成功，致治平於期月，宜專獨運以重秉鈞，授以開府儀同三司上柱國太師太平王答剌罕中書右丞相，錄軍國重事，監修國史，提調燕王宮相府事，大都督領龍翊親軍都指揮使司事。凡號令、刑名、選法、錢糧、造作一切中書政務，悉聽總裁。諸王公主駙馬近侍人員，大小諸衙門官員人等，敢有隔越奏聞，以違制論，特詔。

自是燕帖木兒權勢日隆，凡所欲為，無不如意，因此宮廷內外，只知有太平王，不知有文宗。正是：

擁戴功高無與匹；威權日甚易生驕。

欲知文宗此後行政，且從下回交代。

明宗即位和寧，觀其所頒詔令，無非普通行政，並不聞有暴虐之行，致干民怨，而王忽察都之信宿，即致暴崩。值春秋鼎盛之時，遇此極大變故，而皇太子不加追究，右丞相亦未發言且取得御寶，即上馬南馳，此非太子、右相之暗中加毒，能如是之默爾而息乎？太子未曾登極，即易舊臣，機一至而即發，情慾蓋而彌張。至於內省多疚，欲假佛事以懺過，佛果有靈，豈為亂賊呵護乎？獲罪於天，禱亦何益，多見其不知量也。

第四十三回　中逆謀途次暴崩　得御寶馳回御極

第四十四回
懷妒謀毒死故後　立儲君驚遇冤魂

　　卻說文宗天曆三年，改元至順。其時明宗后自漠北返京，文宗迎居宮中，敕有司供幣帛二百匹，作為資用，並命明宗子懿璘質班（一作額林沁巴勒。）為鄜王。懿璘質班年才五歲，係明宗嫡子，乃八不沙皇后所出。還有一子名妥歡帖睦爾，（一作托嘆特穆爾。）比懿璘質班年紀較長，其母名叫邁來迪，相傳邁來迪係北方娼婦，前宋恭帝趙㬎，被虜至京，受封瀛國公，趙㬎安居北方，平日無事，未免尋花問柳，適見邁來迪姿容韶麗，遂與她結成外眷，產下一子，便是妥歡帖睦爾。嗣趙㬎病歿，邁來迪華色未衰，被明宗和世㻋所見，納為侍妾，載與同歸。妥歡帖睦爾隨母入侍，子以母貴，居然為明宗長子。（俗語所謂拖油瓶。）因此明宗左右，嘖有煩言，至是亦同入宮中。文宗卻也不欲窮詰，待遇如猶子一般。任他出入宮禁，撫養成人。不過懿璘質班是嫡子，妥歡帖睦爾為庶子，嫡庶不能無別，所以一封王，一不封王，這且不必細表。

　　就中單說八不沙皇后，雖入宮中，受著文宗的敬禮，奈心中不無怨懟，有時暗中流淚，有時對人微言，文宗雖略有所聞，倒也不暇理睬。只文宗后卜答失里與八不沙本不相親，此時同住宮中，面上似屬通融，意中不無芥蒂。（這是娣姒常態。）彼此相見，免不得暗嘲熱諷，冷語交侵。看官！你想這八不沙皇后，本是沒甚材幹，遇著這等尷尬的遭際，又不能處之泰然，每不如意，輒遷怒左右，侍女們有何知識，得著主寵，便是喜歡，逢著主怒，便是懊惱，哪個肯體心貼意，曲意奉承？況八不沙是個過

第四十四回　懷妒謀毒死故后　立儲君驚遇冤魂

去的皇后，留住宮中，好似一個寄生蟲，怎及得卜答失里係當時國母，節制六宮？所以八不沙一言一動，統由侍女們傳報，卜答失里遂無乎不知。（非平時揣摩世態，不能如此詳明。）

冤家有孽，偏出了一個太監，與八不沙硬做對頭，這太監的名字，與英宗時的賢相拜住同一大名。這正是名同心不同呢。某日太監拜住，在宮中往來，巧遇著八不沙皇后，他也不上前請安，反在旁邊立著，指手畫腳，與小太監調笑。八不沙皇后，不禁氣惱，便向他呵叱道：「你是一個區區太監，也敢這般無禮！人家欺負我，是我命苦所致，似你這廝，也看我是奴僕一般！罷罷！你等仗著皇后威勢，竟爾無法無天，須知我也是個皇后，不過先帝忠厚，不甚防著，反被那狗男女從中暗算，倉猝崩逝，難道皇天無眼，作善罹殃，作惡反得降祥？泰山有坍倒的日子，你等應留著餘地，不要有勢行盡呢！」（婦女口吻，虧他描摹。）說罷，負氣竟去。

這太監拜住恰冷笑了幾聲，又慢騰騰地走入中宮，見了皇后卜答失里，便跪倒地上，嗚嗚咽咽的哭將起來。（忽笑忽哭，寫盡奸刁。）卜答失里本寵愛拜住，瞧著這副情狀，便問道：「你受何人委屈，來到我處訴苦？」拜住道：「奴婢不敢說！」卜答失里道：「叫你說你卻不說，你為何向我來哭？你莫非逗刁不成？」拜住磕頭道：「奴婢怎敢！只此事關係甚大，不說不可，欲說又不可。」卜答失里道：「你儘管說來，有我作主何妨！」拜住才將八不沙皇后所言，轉述一遍，且捏造幾句詈詞，惹動卜答失里盛怒，陡然起座，擬至八不沙皇后處，與她評理。拜住恰又勸阻。（刁狡之極。）

卜答失里頓足道：「我與她勢不兩立，定要她死在我手，方出胸中惡氣！」拜住道：「這亦不難，總教稟明皇上，賜她自盡，便可了案。」卜答失里道：「我也曾說過幾次，奈皇上不肯見從，奈何！」拜住道：「從太子入手，便好行事。」卜答失里沉吟道：「你且起來，好好商酌為是。」拜住

頓首起立。經卜答失里屏去侍女，密與拜住商量。拜住道：「皇子雖幼，然將來總是儲君，現在鄜王已立，同處宮禁，勢必從旁窺伺，倘或皇上舍子立姪，如皇子何！如皇后何！」卜答失里道：「我亦防這一著，目今計將安出！」拜住道：「只教稟聞皇上，但說明宗皇后潛結內外，謀立鄜王為太子，不怕皇上不信！」卜答失里道：「皇上曾有立姪的意思，倘若弄假成真，如何是好？」拜住道：「明宗暴崩，謠言蠭起，多說太平王燕帖木兒主謀，連皇上亦牽累在內，就是明宗皇后，也懷著疑心，所以語中含刺，我想皇上讓德昭彰，斷不如群情所料，若把此言一一奏聞，管教皇上動氣，早些斬草除根，免得後患！」卜答失里尚在搖頭，拜住道：「再進一層，竟說她謀為不軌，將不利皇上，皇上莫非再讓不成！」（讒人罔極。）

卜答失里不禁點首，便令拜住暫退，自己待文宗入宮，便一層一層的詳告。文宗雖是動怒，然不肯驟用辣手，經卜答失里婉勸硬逼，弄得文宗心思亦被她搖惑起來。俗語說得好，枕蓆之言易入，況加以父子夫婦，關係生死，就是鐵石人也要動心。不由得嘆息道：「凡事不為已甚，我已為燕帖木兒所惑，做到不仁不義；目今又被勢逼，教我再做一著，豈不是已什麼？但箭在弦上，不得不發，我只好將錯便錯罷了！」（誤盡世人，莫如此言。）便語皇后卜答失里道：「據你說來，定要處死八不沙皇后，但我心終屬未忍。寧可由別人去處置她，我卻不好自行賜死！」（分明是教她矯詔。）卜答失里無言。

到了次日，文宗自去視朝，卜答失里即召拜住密議，並將文宗語述畢。拜住道：「皇上太屬仁慈，此事只可由皇后作主。」卜答失里道：「你叫我去殺她麼？」拜住道：「請皇后傳一密旨，只說皇上有命，賜她自盡，她向何人去說，只好自死罷了。」卜答失里道：「事果可行麼？」拜住道：「何不可行？皇上絕不為難。」卜答失里道：「你與我小心做去，何如？」

拜住遂出，擬好密旨，並親攜酖酒，徑向八不沙皇后處行來。八不沙

第四十四回　懷妒謀毒死故後　立儲君驚遇冤魂

皇后梳洗才畢，驀見拜住入內，令她跪讀詔旨，不禁戰慄起來。拜住怒目道：「快請受詔，以便覆命！」八不沙皇后無可奈何，只得遵命跪著，由拜住宣讀詔敕，乃說她私圖不軌，謀立己子，應恩賜自盡等語。八不沙撫膺慟哭道：「既殺我先皇，又要殺我，我死，必作厲鬼以索命！」言至此，即從拜住手奪過酖酒，一飲而盡。須臾毒發，身僕地上，拜住由她暴斃，竟回報卜答失里。卜答失里很是快慰。及文宗聞知，只說八不沙皇后，暴病身亡，文宗明知有變，但絕了後來的禍根，也是愜意的多，失意的少。（既忍殺兄，遑問其嫂。）

卜答失里遂欲正名定分，立子阿剌忒納答剌（一作喇特納達喇。）為太子，文宗倒也應允。先將八不沙皇后的喪葬，草草理畢，然後安排冊命。正擬命太常各官，議定冊立太子禮儀，偏皇后卜答失里，與太監拜住，計上生計，又復想出了一種毒謀。他想鄜王懿璘質班，與妥歡帖睦爾尚處宮中，究竟不是了局，擬將他驅逐出外，拔去了眼中釘，庶幾始終無患，遂日向文宗前絮聒，把禍福利害的關係，反覆密陳。文宗以兩人年尚幼弱，不便遣發，只說是從緩再商。（文宗尚有良心♂）卜答失里總不肯放手，暗中唆使妥歡帖睦爾的乳母，叫她告知其夫，入見文宗，略言妥歡帖睦爾實非明宗所出，娼妓雜種，如何冒充天潢，自亂血統？且明宗在日，已欲將他驅逐，此刻正宜慎重名義，休使一誤再誤呢。於是文宗下令，將妥歡帖睦爾母子逐出，東戍高麗，幽居大青島中，不准與人往來。（去了一個。）

妥歡帖睦爾既去，只有一個懿璘質班，孤苦伶仃，無人撫字。卜答失里還想將他調開，偏偏文宗不從。拜住復獻計道：「一個小孩子，曉得什麼計策？只教糕餌中間，稍置毒藥，便可將他酖死。」言未畢，忽似有人從後猛擊，竟致頭暈目眩，跌僕地上。卜答失里大為驚訝，忙令侍兒攙扶拜住，不防拜住反瞋目怒叱道：「哪個敢來救他？他是一個小太監，恃

寵橫行，謀死了我，還要謀死我子麼？」這語一出，嚇得卜答失里牙床打戰，面色似灰。拜住又戟指痛罵道：「都是妳這狠心人，妄逞機謀，欲將我母子置諸死地，所以家奴走狗，亦得肆行無忌，巧圖迎合。須知天下是我家的天下，你等害我先皇，奪我帝位，還嫌不足，又將我矯旨酖死，我死得好苦嚇！」說至此，搥胸大哭。嗣復慘然道：「可憐我夫婦兩人，俱遭你等毒斃，現只剩了一個血塊，年只四五齡，你等亦應存點天良，好好顧全了他。人生修短，就使有數，總不該死於妳手！（此語為後文埋根。）妳道害了我子，妳子便得長壽延命，萬歲為君麼？妳且看著，我先索了賊奴的性命，回去再說！」言畢，即寂然不動。至卜答失里漸定驚魂，再將拜住仔細一瞧，已經滿口皆血，嚼舌而死。（厲鬼未嘗無有，並非作者迷信。）

自是六院深宮，常帶陰氣，一班宮娥綵女，互相驚嚇，不是說有鬼嘯聲，就是說有鬼履痕，白晝時結侶呼群，方敢進出，夜靜時關門閉戶，尚覺陰沈。（這是疑心生暗鬼。）卜答失里由驚生畏，由畏生憂，遂與文宗商議，欲向帝師前親受佛戒。文宗本已心虛，又聞宮中時常見鬼，也覺毛髮森然。至此聞皇后言，自然滿口應允，當下告知帝師輦真乞剌思，擇日受戒。輦真乞剌思無不從命。屆期請帝師入興聖殿，由文宗率著皇后，及皇子阿剌忒納答剌，俱到壇前行受戒禮。好在一切儀制，都有成例可援，不過由太常官稍費手續，僧徒輩多念真言，便算大禮告成了。文宗又命懿璘質班，也受了佛戒。滿望慈航普渡，保合太和，宮內一切人等，也以為如來默護，可以消除魔障，縱有鬼物，不敢為殃，自此化怪為常，稍稍鎮靜。文宗遂封皇子阿剌忒納答剌為燕王，立宮相府，命燕帖木兒總領府事。外無異議，內無妖孽，恰安安穩穩的度將過去。從此一心信佛，命西僧作佛事於明智殿，自四月朔日起，命至臘月方罷。

會故相鐵木迭兒子鎖住，復夤緣干進，得為將作使，他因將作使一

第四十四回　懷妒謀毒死故後　立儲君驚遇冤魂

職，位微秩卑，尚不滿欲，因與弟觀音奴，陰謀作亂。無如勢孤力弱，一時無從發難，乃與姊夫太醫使野理牙，暗謀鎮魘。適聞宮中有鬼作祟，益滋迷信，以為乘機厭禳，應較靈驗。野理牙姊阿納昔木思，素通道教，遂向道教徒侶，乞得符籙數張，在庭中設起神壇，上供北星君牌位，朝夕頂禮，口中所祝，無非祈君相速死，另易真命天子，制治天下等語。（可謂愚甚。）還有前刑部尚書烏馬喇，前御史大夫孛羅，及前上都留守馬兒，統失職閒居，各懷怨望，這數人平日，與鎖住等很是莫逆，至此聞鎖住得了此法，相率贊成。哪知事機不密，竟被別人舉發，當由燕帖木兒奏報文宗。看官！你想鎖住等人，還能倖免麼？緹騎一發，先將鎖住、觀音奴、野理牙三人逮問，中書省臣嚴刑審訊，後核得烏馬喇、孛羅、馬兒及野理牙姊阿納昔木思等，一同與謀。隨將他四人一併拿至，訊明屬實，律以呪詛主上，大逆不道的罪名，便將他推出正法。

　　一波未了，一波已起，知樞密院事闊徹伯、脫脫木兒，通政使只兒哈郎，翰林學士承旨伯顏也不干，燕王宮相斡羅思，中政使尚家奴禿烏臺，右阿速衛指揮使那海察拜住等，以燕帖木兒專權自恣，不忍坐視。意欲興甲問罪，入清君側，偏被燕帖木兒的爪牙，名叫也的迷失脫迷，洞察異圖，先行密報。燕帖木兒先發制人，即率兵掩捕，共獲住十二人，盡行棄市，並將他家產籍沒充公。（螳臂當車，自不量力。）

　　諸王大臣等，以內亂疊平，統向太平王處賀喜。燕帖木兒，也率文武百官，暨耆老僧道，伏闕上書，請文宗宏加尊號。文宗也覺增歡，俯允所請，遂親御大明殿，由燕帖木兒等奉玉冊玉寶，上尊號曰：「欽天統聖至德誠功大文孝皇帝」。（弒兄殺嫂的美名，何不加入。）御史臺臣，又思踵事增華，請立燕王為皇太子。文宗道：「朕子尚幼，非裕宗為燕王時比，俟緩日再議。」

　　過了月餘，復由諸王大臣，籲請立儲。文宗又道：「卿等所言，未嘗

不是,但燕王尚幼,恐他識慮未弘,不堪負荷,稍從緩議,當亦未遲。」廷臣以再請未允,不欲再言,奈皇后卜答失里,急欲立子,暗中通知諸王大臣,令他續請,自己亦乘間力陳,請文宗速從群議,以饜輿望。(膽又放大了。)文宗不好固執成見,乃先令太保伯顏,祭告宗廟,然後立燕王阿剌忒納答剌為皇太子,禮成逾日,忽皇太子生起病來,熱了三日三夜,全身露出紅斑,彷彿似痘疹一般,急得帝后日夕不安。正在床前視疾,驀聞皇太子大叫道:「你想立太子麼?我兩人特來索命呢!」文宗聞著,不覺驚倒床上。小子有詩詠道:

弒兄殺嫂太無良,用盡機能反惹殃。
我勸世人休昧己,人謀不及鬼謀臧!

畢竟文宗性命如何,且從下回說明。

八不沙皇后之死,誰殺之?文宗后卜答失里,及宦者拜住殺之也。史家多歸罪卜答失里;吾謂卜答失里之罪猶居其次,為罪首者實文宗耳。明宗后之為厲鬼,史筆雖無明文,然無辜被逼,飲酖以終,鬼而有知,能不為厲乎!鄭人相驚以伯有,子產明其為厲。夫伯有罹可死之罪,猶且如此,況飲恨如明宗后,必謂其無能為厲,識者亦知其未然也。若以本回為無端臆造,荒誕不經,試觀文宗崩後,燕王雖殤,次子猶在,皇后卜答失里,胡竟命立鄜王,甘捨己子?及鄜王驟薨,又命迎立妥歡帖睦爾,非彼此隱懷畏懼,能如是之改行為善乎?揆情度理,必由明宗帝后,暗中為祟,有以懾其魄而褫其神耳。從無生有,即似寓真,是謂之善演史。

第四十四回　懷妒謀毒死故後　立儲君驚遇冤魂

第四十五回
平全滇諸將班師　避大內皇兒寄養

　　卻說文宗被冤魂一嚇,驚倒床上,幾乎暈厥過去。慌得皇后卜答失里,沒了主意,忙匍伏床前,口稱該死,只求先皇先后,休念前嫌,保護太子性命要緊。但聽太子冷笑道:「早知今日,何必當初?你夫婦瞞心昧己,毒死我等,今朝權在我手,看你等再能害我麼?」卜答失里又跪求道.「如能保全太子,願做佛事三年,超薦先靈。」(全然婦女口吻。)太子又冷笑道:「佛事麼?只可欺人,不能欺鬼,我要索命,任妳做佛事三十年,也無用處。」卜答失里又道:「先皇后如不肯饒恕,寧可將我作代,皇子無知,還乞矜宥!」太子又道:「似妳狼心狗肺,自有現世的報應,不勞我輩出力。」(隱伏後文。)卜答失里還是磕頭不已,太子復唏噓道:「妳既撇不掉妳子,且再寬假數日,再作區處。」言已寂然。

　　斯時文宗亦已起床,聞得一派鬼言,不禁自怨自悔。尋見卜答失里尚是跪著,乃流淚道:「妳可起來,前事已經做錯,跪求亦恐無益。」卜答失里方才起身,瞧著文宗下淚,也覺滿腹悽惶。轉撫太子身上,仍同火炭一般,似醒非醒,似寐非寐,叫了數聲,亦不見回答,急得無法可施,與文宗淚眼相對。文宗道:「我初意原不欲立儲,為了內外交迫,乃成此舉。看來先兄先嫂不肯容我過去,我只好改立皇姪,隱妥先靈,或可保全兒命呢。」卜答失里道:「如果皇子病癒,總可改易前議。」

　　正商議間,忽外面呈入奏報,乃是豫王從雲南發來,詳述軍情。當由文宗披閱,軍事甚是得手,請皇上不必憂慮等語。文宗心下少慰,遂屬皇

第四十五回　平全滇諸將班師　避大內皇兒寄養

后善視病兒，自出宮視朝去了。

先是上都告變，各省多懷貳心，至燕帖木兒等戰勝上都，內地方稱平靜。四川平章囊嘉岱，前曾僭稱鎮西王，四出騷擾。（應四十一回。）至明宗即位，由文宗遣使詔諭，囊嘉岱方束手聽命，削王稱臣。及明宗暴崩，文宗又復登極，聞囊嘉岱又有違言，乃召他入朝，詭稱朝廷將加重任，囊嘉岱信為真言，動身離蜀。一出蜀道，便由地方官吏，奉著密詔，將他擒住，檻送入都。由中書省臣案問，責他指斥乘輿，立即梟首，籍沒家資。

這消息傳到雲南，諸王禿堅，大為不服，遂與萬戶伯忽、阿禾等謀變。傳檄遠近，聲言：文宗弒兄自立，及誘殺邊臣等情弊；遂興兵攻陷中慶路，將廉訪使等殺死，並執左丞忻都，脅署文牘。一面自稱雲南王，以伯忽為丞相，阿禾等為平章等官，立城柵，焚倉庫，拒絕朝命。

文宗聞警，乃以河南行省平章乞住，為雲南行省平章八番順元宣慰使，帖木兒不花為雲南行省左丞，率師南討，命豫王阿剌忒納失里，監制各軍。

時有雲南土官祿餘，驍勇絕倫，名震各部，文宗令豫王妥為招徠，夾攻禿堅。祿餘初頗聽命，招集各部蠻軍，效力出征，連敗禿堅軍，有旨授他為宣慰使，並雲南行省參知政事。不防禿堅亦暗中行賂，買囑祿餘，教他背叛元廷。祿餘貪利如命，竟歸附禿堅，率蠻兵千人，拒烏撒、順元界，立關固守。

是時重慶五路萬戶軍，奉豫王調遣，入雲南境，為祿餘所襲，陷入絕地，死得乾乾淨淨。千戶祝天祥，本為後應，虧得遲走一步，得了前軍敗耗，倉猝遁還。事為元廷所聞，再遣諸王云都思帖木兒，調集江浙、河南、江西三省重兵，與湖廣行省平章脫歡，合兵南下。諸路兵馬，尚未入滇，帖木兒不花，又被羅羅思蠻，邀擊途次，斬首而去，雲南大震。

樞密院臣奏言禿堅、伯忽等勢益猖獗，烏撒、祿餘亦乘勢連約烏蒙、

東川、茫部諸蠻,進窺順元,請嚴飭前敵各兵,兼程前進,並飭邊境慎固防守云云。於是文宗又頒發嚴旨,命豫王阿納忒剌失里等,亟會諸軍進討。且以烏蒙、烏撒及羅羅思地,近接西番,與磹門安撫司相為唇齒,應飭所屬軍民,嚴加守備。又命鞏昌都總帥府分頭調兵,戍四川開元、大同、真定、冀寧、廣平諸路,及忠翊侍衛左右屯田。那時軍書旁午,烽燧謹嚴,戰守兼資,內外鞏固。

雲南茫部路九村夷人,聞大軍陸續南來,料知一隅小丑,不足抵禦,乃公推頭目阿幹阿里,詣四川行省,自陳本路舊隸四川,今土官撒加伯,與雲南連叛,民等不敢附從,情願備糧四百石,丁壯千人,助大軍進徵。當由四川省臣據實奏聞,文宗以他去逆效順,厚加慰諭。

自此遐邇聞風,革心洗面,豫王阿納忒剌失里,及諸王雲都思帖木兒,分督各軍,同時竝集。還有鎮西武靖王搠思班,係世祖第六子,亦領兵來會,差不多有十餘萬人,四面進攻。

先奪了金沙江,亂流而渡,既達彼岸,遇著雲南阿禾軍,併力衝殺,阿禾抵敵不住,奪路潰退,官軍哪裡肯舍,向前急追。弄得阿禾無路可逃,只好捨命來爭,猛被官軍射倒,擒斬了事。

進至中慶路,又值伯忽引兵來戰,兩軍相遇於馬金山,官軍先占了上風,如排山倒海一般,掩殺過去。伯忽雖然勇悍,怎禁得大軍壓陣,勢不可當。又況所統蠻軍素無紀律,勝不相讓,敗不相救。看看官軍勢大,都紛紛如鳥獸散。剩得伯忽孤軍,且戰且行,正在勢窮力蹙的時候,斜刺裡忽閃出一支伏兵,為首一員大將,挺槍入陣,竟將伯忽刺死馬下。這人非別,乃是太宗子庫騰孫,曾封荊王,名叫也速也不干,他與武靖王搠思班,同鎮西南。至是聞大軍進討,他竟帶領親卒,遶出伯忽背後,靜悄悄的伏著,巧巧伯忽敗走,遂乘機殺出,掩他不備,刺死伯忽。

當下與豫王等相會,彼此歡呼,合軍再進,直入滇中。禿堅走死,祿

第四十五回　平全滇諸將班師　避大內皇兒寄養

餘遠遁。（雲南戰事，無甚關係，所以隨筆敘過。）乃遣使奏捷，（回應上文。）且請留荊王鎮守，撤還餘軍。

文宗視朝，與中書省臣等會議，僉雲南征將士，未免疲乏，應從豫王等言。乃命豫王等班師還鎮，留荊王屯駐要隘，另遣特默齊為雲南行省平章，總制軍事。

特默齊抵任後，復遣兵搜剿餘孽，適值羅羅思土官撒加伯，潛遣把事曹通，潛結西番，欲據大渡河，進寇建昌。特默齊急檄雲南省官躍里帖木兒，出師襲擊，將曹通殺斃，又一面令萬戶統領周戩，直抵羅羅思部，控扼西番及諸蠻部。土官撒加伯，無計可施，竟落荒竄去。

既而祿餘又出招餘黨，進寇順元等路。雲南省臣，以祿餘剽悍異常，欲誘以利祿，招他歸降。乃遣都事諾海，至祿餘砦中，授以參政制命。祿餘不受，反將諾海殺死。都元帥怯烈，素有勇名，聞諾海遇害，投袂奮起，黃夜進兵，擊破賊砦，殺死蠻軍五百餘人。禿堅長弟必剌都古象失，舉家赴水死，還有幼弟二人，及子三人，被怯烈擒住，就地正法。只祿餘不知下落，大約是遠奔西裔了，餘黨悉平，雲南大定。（了結滇事。）

文宗以西南平靖，外患已紓，倒也可以放心。只太子阿剌忒納答剌疹疾未痊，反且日甚一日，有時熱得發昏，仍舊滿口譫語，不是明宗附體，就是八不沙皇后纏身。太醫使朝夕入宮，靜診脈象，亦云饒有鬼氣，累得文宗后卜答失里祈神禱鬼，一些兒沒有效驗，她已智盡能索，只好求教帝師，浼她懺悔。帝師有何能力，但說虔修佛事，總可挽回，乃命宮禁內外，築壇八所，由帝師親自登壇，召集西僧，極誠頂禮。今日拜懺，明日設醮，琅琅誦經，喃喃呪呪，闔宮男婦，沒一個不齋戒，沒一個不叩禱，籲求太子長生。連皇后卜答失里，時宣佛號，自晝至暮，把阿彌陀佛及救苦救難觀世音等梵語，總要唸到數萬聲。（佛口蛇心，徒增罪過。）怎奈蓮座無靈，楊枝乏力，任你每日禱禳，那西天相隔很遠，何從見聞。

卜答失里無可奈何，整日裡以淚洗面，起初尚求先皇先后保佑，至兒病日劇，復以祝禱無功，改為怨詛。一夕坐太子床前，帶哭帶罵，忽見太子兩手裂膚，雙足捶床，怒目視後道：「妳還要出言不遜麼？我因妳苦苦哀求，留妳兒命，暫延數天，妳反怨我罵我，真是不識好歹！罷罷！似妳這等狠婦，總是始終不改，我等先索妳長兒的性命，再來取妳次兒，教妳看我等手段罷！」原來文宗已有二子，長子名阿剌忒納答剌，次子名古納答剌，兩子都尚幼稚。此次卜答失里聞了鬼語，急得什麼相似，忙遣侍女去請文宗。

文宗到來，太子又厲聲道：「你既想做皇帝，儘管自做便罷，何必矯情干譽，遣使迎我？我在漠北，並不與你爭位，你教使臣甘言諛詞，硬要奉我登基。既已忌我，不應讓我，既已讓我，不應害我，況我雖曾有嗣，也不忍沒你功勞，仍立你為皇太子，我若壽終，帝位復為你有，你不過遲做數年，何故陰謀加害？害了我還猶是可，我后與你何嫌？一個年輕孀婦，寄居宮中，任她有什麼能力，總難逃你手中。你又偏信悍婦，生生的將她酖死，全不念同胞骨肉，親如手足？你既如此，我還要顧著什麼？」文宗至此，也不禁五體投地，願改立鄜王為太子。只見太子哈哈笑道：「遲了！你也隱受天譴了。善有善報，惡有惡報，積因成果，莫謂冥漠無知呢！」（暗伏文宗崩逝之兆，然藉此以喚醒世人，恰也不少！）

文宗尚欲有言，太子已兩眼一翻道：「我要去了！你子隨了我去，此後你應防著，莫再聽那長舌婦罷！」這語才畢，文宗料知不佳，急起視太子，已經喘做一團，不消半刻，即蘭摧玉折了。看官！你想此時的文宗，及皇后卜答失里心下不知如何難過。呼籲原是沒效，懊悔也覺無益，免不得撫屍慟哭，悲痛一回。

文宗以情不忍舍，召繪師圖畫真容，留作遺念。（兄嫂也是骨肉，如何忍心毒死！）一面特製桐棺，親自視殮，先把兒屍沐以香湯，然後著衣

第四十五回　平全滇諸將班師　避大內皇兒寄養

含玉，一切儀式，如成人一般。後命宮內廣設壇場，召集西僧百人，追薦靈魂。忙碌了好多日，乃令宮相法里，安排葬事，發紼時，役夫約數千名，單是舁送靈轝人夫，也有五十八人，差不多如梓宮奉安的威儀。俟祔葬祖陵後，又飭營廬墓，即囑法里等守護。一面將太子木主，供奉慶壽寺，彷彿與累朝神御相等。（視子若祖考，慈孝倒置。）

　　喪葬才畢，次兒古納答剌，又復染著疹疾，病勢不亞皇儲。這一驚非同小可，不但文宗帝后，捏了一把冷汗，就是宮廷內外，也道是先皇先后不肯放手，頓時風聲鶴唳，無在非疑，杯影虵弓，所見皆懼。文宗圖帖睦爾及皇后卜答失里淒淒惶惶，鬧到發昏第一章，猛然記起太平王燕帖木兒足智多謀，或有意外良法，乃亟命內侍宣召。燕帖木兒如命即至，由文宗帝后與他熟商。奈燕帖木兒是個陽世權臣，不是冥中閻王，至此也焦思苦慮，想不出什麼法兒。及見帝后兩人，銜著急淚，很是可悲，乃委婉進言道：「宮中既有陰氣，皇次子不應再居，俗語有道，趨吉避凶，據臣看來，且把皇次子避開此地，或可化凶為吉。」文宗道：「何處可避？」燕帖木兒道：「京中不乏諸王公主，總教老成謹慎，便可託付。」皇后卜答失里即插口道：「最好是太平王邸中，我看此事只可託付了你，望你勿辭！」燕帖木兒道：「臣受恩深重，敢不盡力！但在臣家內，恐怕有褻，還求宸衷再酌！」文宗道：「朕子即卿子，說什麼褻瀆不褻瀆！」燕帖木兒又道：「臣家居比鄰，有一吉宅，乃是諸王阿魯渾撒里故居，今請陛下頒發敕令，將此宅作為皇次子居第，俾臣得以朝夕侍奉，豈不兩便！」文宗道：「故王居宅，未便擅奪，不如給價為是。」燕帖木兒道：「這是皇恩周浹，臣當代為叩謝。」說罷，便跪地叩首。文宗親手攙扶，叫他免禮，且面諭道：「事不宜遲，就定明日罷。」燕帖木兒領旨而出，即夕辦理妥當，布置整齊。次日巳牌，又復入宮，當即備一暖輿，奉皇次子古納答剌臥輿出宮。小子有詩詠道：

頻年懺悔莫消災，無怪皇家少主裁。

幸有相臣多智略，奉兒載出六宮來。

畢竟皇次子能否病癒，容俟下回續敘。

雲南之變，聲討文宗，可謂名正言順。事雖未成，亦足以褫文宗之魄，故本回於禿堅等有恕詞。唯祿餘反覆無常，居心叵測，且係群蠻首領，有志亂華，所以特別加貶耳。至於太子歿後，次子復遇疹疾，史稱市阿魯渾撒里故宅，令燕帖木兒奉皇子居之，後儒不察，以為遣子寄養，蹈漢覆轍。夫文宗溺愛情深，觀於太子之逝，喪葬飾終，何等鄭重，顧肯以子遺之次子，寄養他家乎？揆其原因，必由宮中遇祟，連日來安，一兒已殤，一兒又病，不得已而出此，著書人從明眼窺出，既足以補史闕，復足以儆世人。是固有心人吐屬，非好談鬼怪也。

第四十五回　平全滇諸將班師　避大內皇兒寄養

第四十六回
得新懷舊人面重逢　　納後為妃天倫誌異

　　卻說皇次子古納答剌，由燕帖木兒護送出宮，當至阿魯渾撒里故第，安居調養。隨來的宮女，約數十人，復從太平王邸中，派撥婦女多名，小心侍奉，還有太平王繼母察吉兒公主，及所尚諸公主等，也晨夕過從，問暖視寒，果然冤魂不到，皇子漸瘳。燕帖木兒奏達宮中，帝后很是心喜，立賜燕帖木兒及公主察吉兒各金百兩，銀五百兩，鈔二千錠。就是燕帖木兒弟撒敦，也得蒙厚賚。又賜醫巫乳媼宦官衛士六百人，金三百五十兩，銀三千四百兩，鈔三千四百錠。各人照例謝賞，正是天恩普及，興隸同歡。

　　文宗又命在興聖宮西南，築造一座大廈，作為燕帖木兒的外第，並在虹橋南畔，建太平王生祠，樹碑勒石，頌德表功。又宣召燕帖木兒子塔剌海，入宮覲見，賜他金銀無算，命為帝后養子。一面令皇次子古納答剌，改名燕帖古思，與燕帖木兒上二字相同，表明義父義子的關係。（父子應避嫌名，元朝定例，偏以同名為親屬，也是一奇。）燕帖木兒入朝辭謝，文宗執手唏噓道：「卿有大功於朕，朕恨賞不副功；只有視卿如骨肉一般，卿子可為朕子，朕子亦可為卿子，彼此應略跡言情，毋得拘泥。」（自己的親兄，恰可毒死，偏引外人為骨肉，誠不知是何肺肝！）燕帖木兒頓首道：「臣子已蒙皇恩，不敢再辭，若皇嗣乃天演嫡派，臣何人斯，敢認作義兒？務請陛下收回成命！」文宗道：「名已改定，毋庸再議！朕有易子而子的意思，願否由卿自擇，」燕帖木兒拜謝而出。

第四十六回　得新懷舊人面重逢　納後為妃天倫誌異

　　過了數日，太平王妃忽然病逝。文宗親自往弔，並厚贈賻儀。喪葬才畢，復詔遣宗女數人，下嫁燕帖木兒，解他餘痛。又因宮中有一高麗女子，名叫不顏帖你，敏慧過人，素得帝寵，至此也割愛相贈。（何不將皇后亦給了他？）燕帖木兒辭不勝辭，索性製就連床大被，令所賜美女相夾而睡，憑著天生神力，一夕御女數人，巫峽作雲，高唐夢雨，說不盡的溫柔滋味，把所有鼓盆餘戚，早已撇過一邊。但正室仍是虛位，未嘗許他人承襲，大眾莫名其妙，其實燕帖木兒恰有一段隱情，看官試猜一猜，待小子敘述下去。

　　小子前時敘泰定后妃事，曾已漏洩春光，暗中伏線。（應四十一回。）燕帖木兒本早有心勾搭，可奈入京以後，內外多故，政務倥傯，他又專操相柄，一切軍國重事，都要仗他籌畫；因此日無暇晷，連王府中的公主等，都未免向隅暗嘆，辜負香衾。既而滇中告靖，可以少暇，不意皇子燕帖古思，又要令他撫養，一步兒不好脫離。至皇子漸痊，王妃猝逝，免不得又有一番忙碌。正擬移花接木，隱踐前盟，偏偏九重恩厚，復釐降宗女數人；穿花蛺蝶深深見，點水蜻蜓款款飛，又不得不竭力周旋，仰承帝澤。（可謂忙極。）

　　過了一月，國家無事，公私兩盡，燕帖木兒默唸道：「此時不到東安州，還有何時得暇？」遂假出獵為名，帶了親卒數名，一鞭就道，六轡如絲，匆匆的向東安州前來。既到東安，即進去見泰定皇后。早有侍女通報，泰定后率著二妃，笑臉出迎，桃花無恙，人面依然。燕帖木兒定睛細瞧，竟說不出什麼話來。泰定后恰啟口道：「相別一年，王爺的丰采，略略清減，莫非為著國家重事勞損精神麼？」（出口便屬有情。）燕帖木兒方道：「正是這般。」二妃也從旁插嘴道：「今夕遇著什麼風兒，吹送王爺到此？」燕帖木兒道：「我日日惦念后妃！只因前有外變，後有內憂，所以無從分身，直至今日，方得撥冗趨候。」泰定后妃齊稱不敢，一面邀燕帖

木兒入室，與泰定后相對坐下。（居然夫妻。）二妃亦列坐一旁。（居然妾媵。）

　　泰定后方問及外變內憂情狀，由燕帖木兒略述一遍，泰定后道：「有這般情事，怪不得王爺面上，清瘦了許多。」燕帖木兒道：「還有一樁可悲的家事，我的妃子，竟去世了！」泰定后道：「可惜！可惜！」燕帖木兒道：「這也是無可如何！」二妃插入道：「王爺的後房，想總多得很哩。但教王爺揀得一人，叫做王妃，便好補滿離恨了。」（輕佻暗逗，想是暗羨王妃。）燕帖木兒道：「後房雖有數人，但多是皇上所賜，未合我意，須要另行擇配，方可補恨。」二妃復道：「不知何處淑媛，夙饒厚福，得配王爺！」燕帖木兒聞了此言，卻睜著一雙色眼，覷那泰定后，復回瞧二妃道：「我意中恰有一人，未知她肯俯就否？」二妃聽到俯就二字，已經瞧料三分。看那泰定后神色，亦似覺著，恰故意旁瞧侍女道：「今日王爺到此，理應杯酒接風，你去吩咐廚役要緊！」侍女領命去訖。

　　燕帖木兒道：「我前時已函飭州官，叫他小心伺候，所有供奉事宜，不得違慢，他可遵著我命麼？」泰定后道：「州官供奉周到，我等在此尚不覺苦。唯王爺悉心照拂，實所深感！」燕帖木兒道：「這也沒有什麼費心，州官所司何事？區區供奉，亦所應該的。」正說著，見侍女來報，州官稟見。燕帖木兒道：「要他來見我做甚？」言下復沉吟一番，乃囑侍女道：「他既到來，我就去會他一會。」

　　侍女去後，燕帖木兒方緩蹀出來。原來燕帖木兒到東安州，乃是微服出遊，並沒有什麼儀仗。且急急去會泰定后妃，本是瞞頭暗腳，所以州官前未聞知。嗣探得燕帖木兒到來，慌忙穿好衣冠，前來拜謁。經燕帖木兒出見後，自有一番酬應，州官見了王爺，曲意逢迎，不勞細說。待州官別後，燕帖木兒入內，酒餚已安排妥當，當由燕帖木兒吩咐，移入內廳，以便細敘。（伏筆。）

第四十六回　得新懷舊人面重逢　納後為妃天倫誌異

　　入席後，泰定后斟了一杯，算是敬客的禮儀，自己因避著嫌疑，退至別座，不與同席。燕帖木兒立著道：「舉酒獨酌，有何趣味？既承后妃優待，何妨一同暢飲，彼此並非外人，同席何妨！」泰定后還是怕羞，躊躇多時，又經燕帖木兒催逼，乃命二妃入席陪飲。燕帖木兒道：「妃子同席，皇后向隅，這事如何使得？」說著，竟行至泰定后前，欲親手來挈后衣，泰定后料知難卻，乃讓過燕帖木兒，繞行入席。揀了一個主席，即欲坐下，燕帖木兒還是不肯，請后上坐。泰定后道：「王爺不必再謙了！」於是燕帖木兒坐在客位，泰定后坐在主位，兩旁站立二妃。燕帖木兒道：「二妃如何不坐？」二妃方道了歉，就左右坐下。

　　於是淺斟低酌，逸興遄飛，起初尚是若離若合，不脫不黏，後來各有酒意，未免放縱起來。燕帖木兒既瞧那泰定后，復瞧著二妃，一個是淡妝如菊，秀色可餐，兩個是濃豔似桃，芳姿相亞，不禁眉飛色舞，目逗神挑。那二妃恰亦解意，殷勤勸酌，脈脈含情，泰定后到此，亦覺情不自持，勉強鎮定心猿，裝出正經模樣。

　　燕帖木兒恰滿斟一觥，捧遞泰定后道：「主人情重，理應回敬一樽。」泰定后不好直接，只待燕帖木兒置在席上。偏燕帖木兒雙手捧著，定要泰定后就飲，惹得泰定后兩頰微紅，沒奈何喝了一喝。燕帖木兒方放下酒杯，顧著泰定后道：「區區有一言相告，未知肯容納否？」泰定后道：「但說何妨！」燕帖木兒道：「皇后寄居此地，寂寂寡歡，原是可憫；二妃正值青春，也隨著同住，好好韶光，怎忍辜負！」泰定后聽到此語，暗暗傷心；二妃更忍耐不住，幾乎流下淚來。

　　燕帖木兒又道：「人生如朝露，何必拘拘小節！但教目前快意，便是樂境。敢問皇后二妃，何故自尋煩惱？」泰定后道：「我將老了，還想什麼樂趣？只兩位妃子，隨我受苦，煞是可憐呢！」燕帖木兒笑道：「皇后雖近中年，丰韻恰似二十許人，若肯稍稍屈尊，我卻要……」說到要字，將

下半語銜住。泰定后不便再詰。那二妃恰已拭乾了淚，齊聲問道：「王爺要什麼？」燕帖木兒竟涎著臉道：「要皇后屈作王妃哩！」（滿盤做作，為此一語。）泰定后恰嫣然一笑道：「王爺的說話，欠尊重了！無論我不便嫁與王爺，就使嫁了，要我這老嫗何用？」（已是應許。）燕帖木兒道：「何嘗老哩！如蒙俯允，明日就當迎娶哩。」泰定后道：「這請王爺不必費心，倒不如與二妃商量囉！」燕帖木兒道：「有禍同當，有福同享。皇后若肯降尊，二妃自當同去。」說著，見二妃起身離席，竟避了出去。那時侍女人等，亦早已出外。（都是知趣。）只剩泰定皇后，兀自坐著，他竟立將起來，走近泰定后旁，悄悄的牽動衣袖。泰定后慌忙讓開，抽身脫走，冉冉的向臥室而去。（逃入臥房，分明是叫他進來。）

燕帖木兒竟躡跡追上，隨入臥室，大著膽抱住纖腰，移近榻前。泰定后回首作嗔道：「王爺太屬討厭！不怕先皇帝動惱麼？」燕帖木兒道：「先皇有靈，也不忍皇后孤棲。今夕總要皇后開恩哩。」看官！你想泰定后是個久曠婦人，遇著這種情魔，哪得不令她心醉！當下半推半就，一任燕帖木兒所為，羅襦代解，蘭澤猶存，檀口微開，丁香半吐，脂香滿滿，人面田田，諧成意外姻緣，了卻生前宿孽。正在雲行雨施的時候，那兩妃亦突然進來，泰定后幾無地自容。燕帖木兒卻餘勇可賈，完了正本，另行開場。二妃本已歡迎，自然次第買春，綢繆永夕。

自此以後，四人同心。又盤桓了好幾天，燕帖木兒方才回京。臨行時與泰定后及二妃道：「我一入京師，便當飭著妥役，奉輿來迎。你三人須一同進來，休得有誤！」三人尚戀戀不捨。燕帖木兒道，「相別不過數日，此後當同住一家，朝歡暮樂，享那後半生安逸。溫柔鄉里，好景正多，何必黯然！」（只恐未必。）三人方送他出門，嚀叮而別。

燕帖木兒一入京師，即遣衛兵及干役赴東安州，去迎泰定后妃，囑以途次小心。一面就在新賜大廈中，陸續布置，次第陳設，作為藏嬌金屋。

第四十六回　得新懷舊人面重逢　納後為妃天倫誌異

　　小子前時曾表明泰定后妃名氏，至此泰定后已下嫁燕帖木兒，二妃也甘心作媵，自不應照舊稱呼。此後稱泰定后，就直呼她芳名八不罕，稱泰定二妃，亦直呼她芳名必罕及速哥答里。（稱名以愧之，隱寓《春秋》書法。）

　　八不罕等在東安州，日日盼望京使。春色未回，陌頭早待，梅花欲放，驛信才來。三人非常歡慰，即日動身。州官亟來謁送，並獻上許多贈儀。（是否奩儀。）八不罕也道一謝字。鸞車載道，鳳翣呈輝，衛卒等前後擁護，比前日到東安州時，情景大不相同。

　　不數日即到京師，燕帖木兒早派人相接迎入別第。京中人士，尚未得悉情由，統是模糊揣測。只有燕帖木兒心腹，已知大概，大家都是葸片，哪個敢來議長論短，只陸續入太平王府送禮賀喜。一傳十，十傳百，宮廷內外，都聞得燕帖木兒繼娶王妃，相率趨賀。文宗尚未知所娶何人，至問及太保伯顏，才算分曉。蒙俗本沒甚名節，況是一個冷落的故后，管她什麼再醮不再醮。當下也遣太常禮儀使，奉著許多賞品，賜與燕帖木兒。正是作合自天，喜從天降。

　　到了成禮的吉期，燕帖木兒先到新第，飭吏役奉著鳳輿，及繡幰二乘，去迎王妃等人，八不罕等裝束與天仙相似，上輿而來。一入新第中，下輿登堂，與燕帖木兒行夫婦禮，必罕姊妹，退後一步，也盈盈下拜，大家看那新娘嬌容，並不覺老，反較前豐豔了些，莫不嘆為天生尤物。（大約夏姬再世。）及與察吉兒公主相見，八不罕本是面熟，只好低垂粉頸，斂衽鳴恭。（虧她有此厚臉。）必罕姊妹，行了大禮，（一班淫婢。）方相偕步入香巢。

　　燕帖木兒復出來酬應一回，日暮歸寢，八不罕等早已起迎。燕帖木兒執八不罕的手道：「名花有主，寶帳重春，雖由夫人屈節相從，然夫人性命，從此保全，我今日才得寬心哩！」八不罕驚問何故？燕帖木兒道：「明宗皇后，尚且被毒，難道上頭不記著夫人麼？我為此事，煞費周旋，上頭

屢欲加害，我也屢次挽回。只夫人若長住東安，終難免禍，現今做我的夫人，自然除卻前嫌，可以沒事哩。」（占了后身，還想巧言掩飾，令她心感，真是奸雄手段。）八不罕特別感激，遂語燕帖木兒道：「王爺厚恩，愧無以報！」（以身報德，還不夠麼？）燕帖木兒道：「既為夫婦，何必過謙！」復語必罕姊妹道：「妳二人各有臥室，今夕且分住一宵，明日當來續歡罷了。」

　　二人告別而去。燕帖木兒乃與八不罕並坐，攬住鬢雲，搵住香腮，先溫存了一番，嗣後寬衣解帶，同入鴛幃，褥底芙蓉，相證無非故物；巢間翡翠，為歡更越曩時。一夜恩愛，自不消說。次夕，與必罕姊妹，共敘舊情，又另具一種風韻。小子有詩詠道：

　　綱常道義盡淪亡，皇后居然甘下堂，
　　萬惡權臣何足責，楊花水性太荒唐！

　　未知後事如何，且至下回續敘。

　　本回表述風情，暗中恰深刺燕帖木兒及泰定后妃，泰定后雖遷置東安州，然名分猶在，不可得而汙衊也，燕帖木兒貪戀酒色，甚至占后為妻，任所欲為，而八不罕皇后等，亦甘心受辱，屈尊下嫁，雖畏其權勢之逼人，要亦由廉恥之掃地。盈廷大臣，唯唯諾諾，不聞有骨鯁之士，秉直糾彈，元其能不亡乎？故此回敘燕帖木兒事實，嫉其強暴，敘泰定后妃事實，惡其淫邪，幸勿視為香奩瑣語也！

第四十六回　得新懷舊人面重逢　納後為妃天倫誌異

第四十七回
正官方廷臣會議　遵顧命皇姪承宗

　　卻說燕帖木兒納后為妃，又得了必罕姊妹，並有從前宗女等人，總計後房佳麗，已有二三十人，左擁右抱，夜以繼日，正是快活得很。但女色一物，最足蠱人。尋常一夫一婦，尚宜節慾養精，不能旦旦而伐。況一個男子，陪著幾十個婦人，若非自知節養，就使有牛馬精神，也恐不能持久呢。（至理名言。）燕帖木兒日漸清羸，筋力已耗去大半，偏偏好色心腸，愈加熾張，得隴望蜀，厭故喜新，他若聞有美人兒，定要攫取到手。無論皇親國戚，閨女孀姝，但教太平王一言，只可親送上門，由他戲弄。自從至順元年以及三年，這三年間，除所賜公主宗女，及娶納泰定后妃外，復占奪了數十人，或有交禮三日，即便遣歸。大眾忍氣吞聲，背地裡都祈他速死。他尚恃勢橫行，毫不知改，甚至後房充斥，不能盡識。天作孽，猶可違；自作孽，不可活，殘喘雖尚苟延，死期已不遠了。

　　話分兩頭。且說文宗登位以後，第一個寵臣是燕帖木兒，第二個就是伯顏。至順元年，改任伯顏知樞密院事。（應四十三回。）文宗以未足酬庸，復命尚世祖子闊出女孫，名叫伯顏的斤，作為伯顏妻室。並賜虎士三百名，隸左右宿衛。嗣復給黃金雙龍符，鐫文曰：「廣宣忠義正節振武佐運功臣。」組以寶帶，世為證券。又命凡宴飲視宗王禮。至順二年，晉封浚寧王，加授侍正府侍正，追封其先三世為王，尋又加封昭功宣毅萬戶，忠翊侍衛都指揮使。三年拜太傅，加徽政使。是時燕帖木兒，深居簡出，每日與妻妾尋歡，不暇問及國事。因此朝政一切，多由伯顏主持；伯

第四十七回　正官方廷臣會議　遵顧命皇姪承宗

顏的權力，也不亞燕帖木兒。（一個未死，一個又起。）於是一班趨勢的官兒，前日迎合太平王，此日迎合浚寧王，朝秦暮楚，昏夜乞憐，但蒙浚寧王允許，平白地亦可升官。就使遇著親喪，不過休假數日，即可衰絰供職，且給以美名，稱為奪情起復。監察御史陳思謙，目擊時艱，痛心銓法，因上言內外各官，若非文武全才，關係天下安危，盡可令他終喪，不許無端起復。文宗雖優詔允從，奈暗中有伯顏把持，總教賄賂到手，無人不可設法，陳思謙又抗詞上奏道：

臣觀近日銓衡之弊，約有四端：入仕之門太多，黜陟之法太簡，州郡之任太淹，朝省之除太速。欲救四弊，計有三策：一曰，至元三十年以後，增設衙門，冗濫不急者，從實減並，其外有選法者，併入中書。二曰，宜參酌古制，設闢舉之科，令三品以下，各舉所知，得材則受賞，失責則受罰。三曰，古者刺史入為三公，郎官出宰百里，蓋使外職識朝廷治體，內官知民間利病。今後歷縣尹有能聲善政者，授郎官御史，歷郡守有奇才異績者，任憲使尚書。其餘各驗資品通遷，在內者不得三考連任京官，在外者須歷兩任，乃遷內職。績非出類，守不敗官者，則循以年勞，處以常調。凡朝缺官員，須二十月之上，方可遷除，庶仕路澄清，賢者益勸，而不肖者無從干進矣。臣為整頓銓法計，故冒昧上陳，伏乞採擇！

其時河北道廉訪副使僧家奴，亦遙上一疏，乞御史臺臣代奏。略云：

自古求忠臣必於孝子之口，今官於朝者十年，不省覲者有之；非無思親之心，實由朝廷無給假省親之制，而有擅離官次之禁。古律諸職官父母在三百里外，三年聽一給定省，假二十日；無父母者，五年聽一給拜墓，假十日，以此推之，父母在三百里以至萬里，宜計道里遠近，定立假期。其應省覲，匿而不省覲者，坐以罪；若詐冒假期，規避以掩其罪，與詐奔喪者同科，則天下無背親之人，亦即無背君之人！移孝作忠，端在此舉，伏乞宸鑒！

御史臺臣，恰也不好隱匿，便將原奏呈入，文宗與陳思謙奏摺，一併發落，飭中書省、禮部、刑部，及翰林、集賢兩院，詳議以聞。各官明知所奏無私，因礙於伯顏情面，免不得模稜兩可，參酌了一篇圓滑的奏章，復呈上去。文宗亦有詔下來，大旨須用人宜慎，臨喪宜哀，說得理明詞達，其實也是一紙具文，無補實際。（下欺上，上欺下，此是中國積弊，不特元代為然。）還有司徒香山，有意逢君，進陳符讖，援行陶弘景〈胡笳曲〉，有「負辰飛天曆，終是甲辰君」二語，與皇上生年紀號，適相符合，足為受命的瑞徵，乞錄付史館，頒告中外。有詔令翰林、集賢兩院及禮部會議。（此時文宗早改元至順，如香山譾言，不值一辯，乃猶令群臣集議，真是好諛。）嗣經翰林諸臣，以謂唐開元間，太子賓客薛讓，進武后鼎銘云：「上玄降鑑，方建隆基。」隱為玄宗受命的慶兆。姚崇表賀，請宣示史官，頒告中外。至宋儒司馬光，斥他強詞牽合，以為符瑞，小臣貢諛，宰相證成，實是侮弄君上。今弘景遺曲，雖於生年紀號，似相符合，但陛下應天順人，紹隆正統，於今四年，薄海內外，無不歸心，何待旁引曲說，作為符命；若從香山言，恐啟讖緯曲談，反足以亂民志，淆政體，請毋庸議等語。文宗乃把此事擱起。

　　未幾江浙大水，壞民田十八萬八千七百三十八頃。越年，江西饑，湖廣又饑，雲南又大饑；既而熒惑犯東井，白虹並日出，長竟天。京師及隴西地震，天鼓鳴於東北，文宗一面遣賑，一面飭修佛事。（始終佞佛，至死不悟。）迨至梧桐葉落，天下皆秋，文宗帝運已終，竟染了一種奇症，整日昏昏，譫言囈語。皇后卜答失里，就榻侍疾，但聽文宗所說，無非舊日陰謀，有時大聲呼痛，竟似有人捶擊一般。經醫官朝夕診視，也辨不出是什麼病症，所開藥方，全是不痛不癢，無效可言。

　　一夕，卜答失里侍側，忽被文宗牽住兩手，大呼哥哥恕我！嫂嫂恕我！嚇得卜答失里毛髮皆豎。急時抱佛腳，又只得在旁哀求，嗣見文宗神

志稍清，才敢問明痛苦。文宗不禁嘆息道：「朕病將不起了，自思此生造了大孽，得罪兄嫂，目今悔不可追！唯朕歿後，這帝統須傳與鄜王，千萬勿可爽約！」卜答失里嗚咽道：「皇姪登基，皇子奈何？」文宗道：「妳還要顧全皇子麼？恐妳也保不住這性命！」卜答失里道：「且召太平王商議何如？」文宗道：「太平太平害死朕了！他也死在目前，召他何為？」卜答失里唯唯聽命。嗣令太監密召燕帖木兒，果然抱病在床，溺血不起，乃改召伯顏入議。

伯顏到了御寢，聞文宗喃喃譫語，倒也未免心驚。及見過卜答失里，敘談片時，卜答失里提及文宗身後，擬立鄜王事，伯顏道：「皇子年齡，也與鄜王相仿，何必另立皇姪？」卜答失里以手指床，似乎表明文宗的意思。伯顏不待明說，已經覺著，又悄語卜答失里道：「聖上不豫，或致心煩意亂，始有此說。且待聖躬康泰，再行定議未遲。」言尚未已，忽聞文宗噫聲道：「你是太傅伯顏麼？朕雖有疾，並不是時時昏亂，須知先皇即位，不過數月，我已御宇數年，倘有不諱，應把帝位傳與鄜王，朕尚可見先皇於地下！你不要再生異議！」伯顏尚欲申說，文宗又向卜答失里道：「朕已決定意見，此後倘有改議，無論先帝后不依，我也死難瞑目呢！」（這卻是臨終懺悔。）伯顏又啟奏道：「聖上春秋正富，稍稍違和，自能漸瘥，何必耽憂！」文宗搖首道：「朕已不濟了！少年種種，自悔已遲，今日天祿告終，無可挽回。太平亦應遭劫，將來國事，仗卿作主。卿須遷善改過，竭忠盡誠，莫效那貪淫狡詐哩！」（人之將死，其言也善，可惜伯顏不遵。）伯顏聞了此言，也覺為之悚然。既而告退出宮。

是夕，文宗病勢驟劇，竟痰喘交作，一命嗚呼。臨終時，猶諄囑皇后，毋忘遺囑。統計文宗在位五年，壽只二十九歲。

燕帖木兒聞了這耗，也只得勉強起床，踉蹌入宮。是時皇子燕帖古思，早召歸宮內，倚榻送終。他本是乳臭小兒，曉得什麼悲戚！看看燕帖

木兒到來，便跳躍而出，笑顏相迎。燕帖木兒便稱他為小皇帝，拉住了手，入謁皇后。只見后妃以下，相率慟哭，不得已站住一旁，陪了數點眼淚。約一小時，后妃等哀尚未止，不禁煩躁起來，即大聲道：「皇上大行，應由皇子嗣位！此時請皇后即頒遺詔，傳位皇子為要！」皇后卜答失里也不回答，越加號咷不止。燕帖木兒很是驚訝，又只好婉言勸慰，至皇后哀聲少輟，復將傳位的問題，重行提起。皇后卜答失里道：「大行皇帝，已有遺囑，命鄜王繼承大統。」燕帖木兒頓足道：「傳位鄜王麼？臣不敢與聞！」卜答失里道：「這事不便改議。太傅伯顏，曾與先皇面洽，太平王可去問明，自然洞悉底蘊了。」燕帖木兒不好再說，就出宮而去。

當下安排喪葬，自有一番手續，不必細表。只是帝位雖定，鄜王年才七歲，不能親聽國政，當由太平王燕帖木兒召集諸王會京師，凡中書百司庶務，統須稟命中宮，方得決行。轉瞬間已是十月，諸王畢會，由太師燕帖木兒及太傅伯顏奉鄜王即位於大明殿，大赦天下，循例下詔道：

洪維太祖皇帝，啟闢疆宇；世祖皇帝，統一萬方，列聖相承，法度明著，我曲律皇帝，（即武宗。）入纂大統，修舉庶政，動合成法，授大寶位於普顏篤皇帝，（即仁宗。）以及格堅皇帝，（即英宗，詳註俱見上。）歷數之間，實當在我忽都篤皇帝，（忽都篤三字，蒙古語，有祿之謂，即明宗尊號。）札牙篤皇帝，（札牙篤三字蒙古語，謂有天命，即文宗尊號。）而各播越遼遠。時則有若燕帖木兒建議效忠，戡平內難，以定邦國，協恭推戴札牙篤皇帝。登極之始，即以讓兄之詔，明告天下，隨奉璽紱，遠迓忽都篤皇帝。朔方言還，奄棄臣庶，札牙篤皇帝，薦正宸極，仁義之至，視民如傷，恩澤旁被，無間遠邇，顧育眇躬，尤篤慈愛。殯天之日，皇后傳顧命於太師太平王右丞相答剌罕燕帖木兒，太傅浚寧王知樞密院事伯顏等，謂聖體彌留，益推固讓之初志，以宗社之重，屬諸大兄忽都篤皇帝之世嫡，乃遣使召諸王宗親，以十月一日來會於大都，與宗王大臣

第四十七回　正官方廷臣會議　遵顧命皇姪承宗

同奉遺詔，揆諸成憲，宜御神器。以至順三年十月初四日，即皇帝位於大明殿，可大赦天下。自至順三年十月初四日昧爽以前，除謀反大逆謀殺祖父母父母，妻妾殺夫，奴婢殺主，謀故殺人，但犯強盜，印造偽鈔，蠱毒魘魅犯上者不赦外，其餘一切罪犯，咸赦除之。大都、上都、興和三路，差稅免三年，腹裡差發，並其餘諸郡，不納差發去處稅糧，十分為率免二分，江淮以南，夏稅亦免二分。土木工役，除倉庫必合修理外，毋復創造以紓民力。民間在前應有逋欠差稅課程，盡行蠲免。監察御史肅政廉訪司官，並內外三品以上正官，歲舉才堪守令者一人，申達省部，先行錄用。如果稱職舉官，優加旌擢，一任之內，或犯贓私者，量其輕重，黜罰其不該。原免重囚淹禁三年以上，疑不能決者，申達省部詳讞釋放。學校農桑，孝弟貞節，科舉取士，國學貢試，並依舊制。廣海、雲南梗化之民，詔書到日，限六十日內出官與免本罪，許以自新。於戲！肆予沖人，託於天下臣民之上，任大守重，若涉淵冰，尚賴宗王大臣百司庶府，交修乃職，思盡厥忠，嘉與億兆之民，共保承平之治。諮爾多方，體予至意，故茲詔示，想知悉！

　　斯詔下後，又尊皇后卜答失里為皇太后，敕造玉冊玉寶。又皇太后降旨，命作兩宮幄殿車乘供帳，一面告祭南郊，及社稷宗廟。至太后冊寶告成，復敬奉如儀，太后御興聖殿受朝賀。宮廷內外，賞賚有差。還有一樁咄咄怪事，七齡的幼主，居然立起一位皇后。這皇后名叫也忒迷失，也係弘吉剌氏，與幼主年齡，也不相上下。小子有詩記此事道：

　　欲賦桃夭貴及時，成年方始葉婚期，
　　如何七歲沖人子，也詠周南第一詩？

　　欲知立后後如何情形，待至下回表明。

　　有元一代，權奸最多。至燕帖木兒之恃功專寵，可謂極矣；然繼起者尚有伯顏。陳思謙等雖抗直敢言，然豺狼當道，安問狐狸。所傳諫草，無

非徒供後人之覽誦，著書人不忍掩沒，故特志之。至若鄜王之立，於伯顏無甚關係，而於燕帖木兒，則有所顧忌，舍子立姪之議，無怪其不樂贊成。而皇后卜答失里，必導揚末命，不從燕帖木兒之請，彼未能容明宗后，詎轉能愛明宗子乎？是必由明宗帝后，從中示儆可知也，證以四十五回，前後聯貫，閱者應益恍然。

第四十七回　正官方廷臣會議　遵顧命皇姪承宗

第四十八回
迎嗣皇權相懷疑　遭冥譴太師病逝

　　卻說鄜王於十月即位，閱十餘日，即立了一個皇后。同處宮中，兩小無猜，倒也是一段元史奇聞。是時云已隆冬，轉眼間又要殘臘，乃詔群臣會議改元，並先皇帝廟號神主，及升祔武宗皇后等事。議尚未定，小皇帝又罹著絕症，不到數日，又復歸天。

　　諸王大臣統驚異不置，獨燕帖木兒喟然道：「我意原欲立皇子，不知先帝何意，必欲另立鄜王？太后又是拘泥得很，定要勉遵顧命。到底鄜王沒福，即位不過六七十日，便已病逝，此後總應立皇子了。」乃復入宮謁見太后，先勸慰了一番，然後提及繼位問題。

　　太后道：「國家不幸，才立嗣君，即行病歿，真令人可悲可嘆！」燕帖木兒道：「這是命運使然，往事也不必重提了！國家不可一日無君，今日正當繼立皇弟呢。」太后道：「據卿所說，莫非是吾子燕帖古思麼？」燕帖木兒應聲稱是。太后道：「吾子尚幼，不應嗣位，還宜另立為是。」燕帖木兒道：「前日命立鄜王，乃是遵著遺囑，化私為公。現在鄜王已崩，自然皇子應立，此外還有何人？」太后道：「明宗長子妥歡帖睦爾，前居高麗，現在靜江，今年已十三歲了，可以迎立。」（畢竟婦人畏鬼，還不敢立己子。）燕帖木兒道：「先帝在日，曾有明詔，謂妥歡帖睦爾非明宗子，所以前徙高麗，後徙靜江，今尚欲立他麼？」太后道：「立了他再說，待他百年後，再立吾子未遲。」燕帖木兒道：「人心難料，太后優待皇姪，恐皇姪未必記念太后哩。」太后道：「這也憑他自己的良心，我總教對得住先皇，並

第四十八回　迎嗣皇權相懷疑　遭冥譴太師病逝

對得住明宗帝后，便算盡心了。」燕帖木兒尚是搖首，太后道：「太平王，你忘卻王忽察都的故事麼？先皇帝為了此事，始終不安，我也嚇得夠了。我的長子，又因此病逝，現只剩了一個血塊，年不過五六齡，我望他多活幾年，所以寧立皇姪，無論妥懽帖睦爾是否為明宗自出，然明宗總稱他為子，我今又迎他嗣立，陰靈有知，當不再怨我了！」燕帖木兒道：「太后也未免太拘！皇次子出宮後，由臣奉養，並不聞有鬼祟，怕他什麼？」太后道：「太平王，你休仗著膽力！先帝也說你不久呢。」燕帖木兒至此，也暗暗的吃了一驚，又默想了片時，方道：「太后已決議麼？」太后道：「我意已決，不必另議！」燕帖木兒嘆息而出。太后遂命中書右丞闊里吉思，速即馳驛，往廣西的靜江縣，迎立妥懽帖睦爾。嗣主未來，殘年已屆，倏忽間已是元旦，仍依至順年號，作為至順四年。

　　過了數日，由闊里吉思遣使馳報，嗣皇帝將到京師了。太后乃命太常禮儀使，整具鹵簿，出京迎接。文武百官皆往。燕帖木兒病已早癒，亦乘馬偕行。既至良鄉，已接著來駕，各官在道旁俯伏，只燕帖木兒自恃功高，不過下馬站立。妥懽帖睦爾年才成童，前時曾見過燕帖木兒的威儀，至此又復晤著，容貌雖憔悴了許多，但餘威尚在，未免可怕，竟爾掉頭不顧。嗣經闊里吉思在旁密啟道：「太平王在此迎駕，陛下應顧念老臣，特別敬禮。」妥懽帖睦爾聞言，無奈下馬，與燕帖木兒相見。燕帖木兒屈膝請安，妥懽帖睦爾也答了一揖。闊里吉思復宣諭百官免禮，於是百官皆起。妥懽帖睦爾隨即上馬，燕帖木兒也上馬從行。

　　既而兩馬並馳，不先不後。（居然是並肩王。）燕帖木兒揚著馬鞭，向妥懽帖睦爾道：「嗣皇此來，亦知迎立的意思，始自何人？」妥懽帖睦爾默然不答。燕帖木兒道：「這是太后的意旨。從前札牙篤皇帝遇疾大漸，遺命捨子立姪，傳位鄜王，不幸即位未幾，遽爾崩殂。太后承札牙篤皇帝餘意，以弟歿兄存，所以遣使迎駕，願嗣皇鑑察！」妥懽帖睦爾仍是無言。燕

帖木兒道：「老臣歷事三朝，感承厚遇，每思札牙篤皇帝，大公無我，很是敬佩，所以命立鄜王，老臣不敢違命；此次迎立嗣皇，老臣亦很是贊同。」（借太后先皇折到自己前是賓，此是主，無非為希寵邀功起見。）語至此，眼睜睜的瞧著妥歡帖睦爾，不意妥歡帖睦爾仍然不答。燕帖木兒不覺動惱，勉強忍住，復語道：「嗣皇此番入京，須要孝敬太后。自古聖王，統以孝治天下，況太后明明有子，乃甘心讓位，授與嗣皇，太后可謂至慈，嗣皇可不盡孝麼？」（語帶雙敲，明明為著自己。）說至盡孝兩字，不由得聲色俱厲，那妥歡帖睦爾總是一言不發，好似木偶一般。燕帖木兒暗嘆道：「看他並不是傀儡，如何寂不一言！莫非明宗暴崩，他已曉得我等密謀？看來此人居心，很不可測，我在朝一日，總不令他得志，免得自尋苦惱呢？」（計非不佳，奈天不假年何！）乃不復再言，唯與妥歡帖睦爾並駕入都。

　　至妥歡帖睦爾入見太后後，燕帖木兒又復入宮，將途次所陳的言語，節述一遍，復向太后道：「臣看嗣皇為人，年齡雖稚，意見頗深，若使專政柄，必有一番舉動，恐於太后不利！」太后道：「既已迎立，事難中止，凡事只由天命罷！」燕帖木兒道：「先事防維，亦是要著。此刻且留養宮中，看他動靜如何，再行區處。且太后預政有日，廷臣並無間言，現在不如依舊辦理，但說嗣皇尚幼，朝政仍取決太后，哪個敢來反抗呢？」太后猶豫未決，燕帖木兒道：「老臣並非懷私，實為太后計，為天下計，總應慎重方好。」（總是欺人。）太后尚淡淡的應了一聲。燕帖木兒告退。

　　越日，由太史密奏太后，略言迎立的嗣皇，實不應立，立則天下必亂。太后似信非信，召太史面詰，答稱憑諸卜筮。於是太后亦遲疑不決，自正月至三月，國事皆由燕帖木兒主持，表面上總算稟命太后。妥歡帖睦爾留居宮中，名目上是候補皇帝，其實如沒有一般，因此神器虛懸，大位無主。燕帖木兒心尚未愜，總想擠去了他，方得安心，奈一時無從發難，不得已遷延過去。

第四十八回　迎嗣皇權相懷疑　遭冥譴太師病逝

　　前平章政事趙世延，平時與燕帖木兒很是親暱，燕帖木兒亦嘗以心腹相待，日相過從。至此見燕帖木兒愁眉未展，也嘗替他耽憂，因當時無法可施，只好藉著花酒，為他解悶。

　　一日，邀燕帖木兒宴飲，並將他家眷也招了數人，一同列席。又命妻妾等亦出來相陪。男女雜沓，履舄交錯，開瓊筵以坐花，飛羽觴而醉月，任你燕帖木兒如何憂愁，至此也不覺開顏。酒入歡腸，目動神逸，四面一瞧，婦女恰也不少，有幾個是本邸眷屬，不必仔細端詳，有幾個是趙宅後房，前時也曾見過，姿貌不過中人，就使年值妙齡，畢竟無可悅目。忽見客座右首，有一麗姝，荳蔻年華，丰神獨逸，桃花面貌，色態俱佳。當醉眼模糊的時候，襯著這般美色，越覺眼花撩亂，心癢難搔，便顧著趙世延道：「座隅所坐的美婦，係是何人？」世延向座右一瞧，又指語燕帖木兒道：「是否此婦？」燕帖木兒點首稱是。世延不禁微笑道：「此婦與王爺夙有關係，難道王爺未曾認識麼？」這語一出，座隅婦人，已經聽著，嗤嗤的笑將起來。就是列坐的賓主，曉得此婦的來歷，大都為之解頤，頓時闔堂一笑。燕帖木兒尚摸不著頭緒，徐問世延道：「你等笑我何為？」世延忍著笑道：「王爺若愛此婦，盡可送與王爺。」燕帖木兒道：「承君美意，但不知此婦究竟是誰？」世延道：「王爺可瞧得仔細麼？這明明是王爺寵姬，理應朝夕相見，如何轉不認識？」燕帖木兒聞言，復抽身離座，至少婦旁端詳一番，自己也不覺縶然，便對世延道：「我今日貪飲數杯，連小妾鴛鴦，都不相識，難怪座客取笑呢？」（人而無目，宜乎速死。）世延道：「王爺請勿動氣！婦人小子，哪裡曉得王爺苦衷！王爺為國為民，日夕勤勞，雖有姬妾多人，不過後房備數，所以到了他處，轉似未曾相識哩。」（善拍馬屁。）燕帖木兒也對他一笑，盡歡而罷。便挈鴛鴦同輿，循路而歸。

　　是夕留鴛鴦侍寢，自在意中，毋庸細說。（名曰鴛鴦，自應配對。）只燕帖木兒憂喜交集，憂的是嗣皇即位，或要追究前愆；喜的是佳麗充

庭，且圖眼前快樂。每日召集妃妾，列坐宴飲，到了酒酣興至，不管什麼嫌疑，就在大眾面前，隨選一婦，裸體交歡；夜間又須數人兵寢，巫山十二，任他遍歷。看官！你想酒中含毒，色上藏刀，人非金石，怎禁得這般剝削！況且殺生害命，造孽多端，相傳太平王廚內，一宴或宰十二馬，如此窮奢極欲，能夠長久享受麼？俗語說得好，銅山也有崩倒的日子，燕帖木兒權力雖隆，究竟敵不過銅山，荒淫了一二個月，漸漸身子尫瘵，老病復發，雖有參苓，也難收效！運退金失色，時衰鬼來欺，燕帖木兒從未信鬼，至此也膽小如鼷，日夜令人環侍，尚覺鬼物滿前。

一日，方扶杖出庭，徐徐散步，忽大叫一聲，暈倒地上。左右連忙扶起，舁入床中，他卻不省人事，滿口裡胡言誕語，旁人側耳細聽，統是自陳罪狀，悔泣不休。忙從太醫使中，延請了數位名手，共同診治。大眾都是搖首，勉勉強強的公擬一方，且囑王府家人道：「此方照飲，亦只可少延數日，看來精神耗盡，脈象垂絕，預備後事要緊，我等是無可為力了！」

王妃八不罕以下，俱惶急異常。俟進藥後，卻是有些應驗，燕帖木兒溺了一次瘀血，稍覺神氣清醒。但見妃妾等環列兩旁，還有子女數人，一併站著，便喘吁吁道：「我與你等要長別哩。」八不罕接著道：「王爺不要這般說。」燕帖木兒道：「夫人！夫人！妳負泰定帝，我負夫人！彼此咎由自取，尚復何言！」八不罕不禁垂淚，燕帖木兒復道：「人生總有一死；不過我自問生平，許多抱歉，近報在身，遠報在子孫，這是不易至理，悔我前未覺悟哩！」（曉得遲了。）

正在訴別的時候，外面已有無數官員，統來問疾。由燕帖木兒召入，淡淡的談了數語。唯問及太傅伯顏，未見到來，他卻自言自語道：「一生一死，乃見交情，我前時嘗替他出力，目今我病，他即視同陌路，可見生死至交，原是不易得呢！」（暗伏下文。）大眾勸慰一番，告別而去。

燕帖木兒復召弟撒敦，及子唐其勢、塔剌海囑咐後事，教他勤慎保家。尋又自嘆道：「炎炎者滅，隆隆者絕。我、我、……」說了兩個我字，痰已壅上，竟接不下去。須臾面色轉變，兩目雙睜，但聽得二語道：「先皇先后恕臣，臣去，臣去！」言畢遂逝。遠遠聽得一片呼喝聲，號慘聲，陰氣森森，令人發豎。

八不罕等又悲又驚，待驚魂少定，闔家掛孝治喪，不必絮述。唯八不罕身為皇后，曾已母儀八方，為了情根未斷，甘心受辱，竟嫁燕帖木兒為妃；乃歷時未幾，又復守孀，總是一場別鵠離鸞，悔不該再行顛鸞倒鳳！還有必罕姊妹，更不值得。可見婦人以守節為重，既以不幸喪夫，何必另圖改醮呢！（大聲疾呼，有關名教。）小子走筆至此，且暫作一束，綴以俚句一絕云：

《國風》猶憶刺「狐綏」，一念痴迷悔莫追，
盡說回頭便是岸，誰知慾海竟無涯！

燕帖木兒已死，那時妥歡帖睦爾方得乘勢出頭，由太后卜答失里召集群臣，奉他即位，欲知嗣位情形，且看下回便知。

燕帖木兒大詐似忠，始仇泰定而迎二王，繼助文宗以戕明宗，一再弒立，視君如弈棋。董卓、曹操之所不能為者，而燕帖木兒敢為之，一代奸雄，絕無僅有。唯文後初立鄜王，繼立妥歡帖睦爾，皆非燕帖木兒所贊成，彼挾震主之威，肆行無忌，詎不能抗違後命，另立嗣君乎？吾推其意，當鄜王嗣立時，利其年幼，姑暫聽之；至鄜王夭逝，迎立妥歡帖睦爾，並馬徐行，舉鞭指示，而妥歡帖睦爾不答；燕帖木兒遂懷異志，暗中把持，三月無君，假使未死，則妥歡帖睦爾其能免彼暗算耶？乃溺之以酒，蠱之以色，俾其荒淫體羸，溺血以死，是殆天之福善禍淫，而陰奪其魄者？本書歷敘權奸，而於燕帖木兒之生死，記載獨詳，其所以廣戒之意，昭然若揭，餘事已見細評，要無非一儆世也。

第四十九回
履尊擇配後族蒙恩　犯闕稱兵豪宗覆祀

卻說妥歡帖睦爾留宮三月，因燕帖木兒已死，乃由太后與大臣定議，奉他即位，且約以萬歲之後，傳位燕帖古思，如武宗、仁宗故事。諸王宗戚，相率贊成，遂奉上璽綬，於至順四年六月，赴上都即位，又有一道赦詔，其文云：

洪惟我太祖皇帝，受命於天，肇造區夏。世祖皇帝，奄有四海，治功大備。列聖相傳，丕承前烈。我皇祖武宗皇帝，入纂大統，及致和之季，皇考明宗皇帝，遠居沙漠，札牙篤皇帝，戡定內難，讓以天下。我皇考殯天，札牙篤皇帝，復正宸極，治化方隆，奄棄臣庶。今皇太后召大臣燕帖木兒、伯顏等曰：「昔者闊徹、脫脫木兒、只兒哈郎等謀逆，以明宗太子為名，又先為八不沙，始以妒忌妄構誣言，疏離骨月，逆臣等既正其罪，太子遂遷於外。札牙篤皇帝，後知其妄，尋至大漸，顧命有曰：朕之大位，其以朕兄子繼之。」時以朕遠征南服，以朕弟懿璘質班，登大位以安百姓，乃遽至大故。皇太后體承札牙篤皇帝遺意，以武宗皇帝之玄孫，明宗皇帝之世嫡，以賢以長，在予一人，遣使迎還，徵集宗室諸王來會，合辭推戴。今奉皇太后勉進之篤，宗親大臣懇請之至，以至順四年六月初八日，即皇帝位於上都。於戲！唯天唯祖宗，全付予有家，慄慄危懼，若涉淵冰，罔知攸濟。尚賴宗親臣鄰，交修不逮，以底隆平。其赦天下，俾眾周知！

詔書一布，帝位既定，這便是元朝末代皇帝。後來明兵入燕都，元主北去，明太祖以他知順天命，退避朔漠，特加號曰順帝。小子沿例乘便，

第四十九回　履尊擇配後族蒙恩　犯闕稱兵豪宗覆祀

　　從此就稱為順帝了。

　　順帝有親臣，名阿魯輝帖木兒，上言天下事須委任宰相，庶有專責，可望成功；若親目聽斷，必負惡名。（恐由伯顏運動得來。）順帝信為真言，遂命伯顏為太師中書右丞相，監修國史，兼奎章閣大學士，領學士院、太史院回回、漢人司天監事。復置左丞相，令撒敦充任，並加號太傅。唐其勢為御史大夫。

　　燕帖木兒有一女，名答納失里，太后以燕帖木兒遺功卓著，遂將答納失里納入後宮，命順帝冊立為后。順帝此時不敢專擅，自然遵命而行，一切儀注，悉循舊制。冊文有云：

　　天之元統二氣，配莫厚於坤儀；月之道循右行，明同貞於乾耀。若昔帝王之宅後，居多輔相之世勛；蓋選德於亢宗，亦疇庸於先正；造周資任、姒之化，興漢表馬、鄧之功。咨爾皇后欽察氏，雍肅慈惠，謙裕靜淑，乃祖乃父，鳳堅翼亮之心，於國於家，實獲修齊之助，朕纘丕圖之初載，親承太后之睿謨，眷我元臣，簡茲碩媛，相嚴禋而率典，奉慈極以愉顏，用彰褘翟之華，式著旂常之舊，爰授玉冊寶章，命爾為皇后，備成嘉禮，宏貫大猷。於戲！嵩高生賢，予篤懷於良佐，關雎正始，爾勉嗣於徽音。永錫壽康，昭示悠久。（錄冊後文，為下文被鴆張本。）

　　立后以後，錫類推恩，復封撒敦為榮王，食邑廬州；唐其勢襲爵太平王，進階金紫光祿大夫。燕帖木兒的餘蔭，好算千古無兩了。（是謂天奪之鑑。）又封伯顏為秦王，令與榮王左丞相撒敦，統理百官，總治庶政。一面定議改元，以至順四年，改為元統元年。既而上札牙篤皇帝尊謚曰聖明元孝皇帝，廟號文宗，上鄜王尊謚曰沖聖嗣孝皇帝，廟號寧宗。（鄜王廟號寧宗，特為補入，文筆不漏。）唯升祔武宗皇后，議久未決。武宗正后真哥，未有子嗣；明宗母亦乞烈氏，文宗母唐兀氏，雖皆追尊為后，然原本返始，究係武宗妃嬪，太師右丞相伯顏，亦懷疑莫釋，左右兩難，因

問太常博士逮魯曾道：「先朝以真哥皇后無子，不為立主，目今定議配饗，應屬明宗母呢？抑係文宗母呢？」逮魯曾道：「真哥皇后在武宗朝，已膺寶冊，名分已定，非文、明二母所比。文、明二母，位居妃妾，若以真哥皇后無出的緣故，遂將她廢黜，竟以妾母為正，是為臣的人，敢廢先君的嫡母！為子的人，私尊先君的親媵，何以正名？何以傳世？」

伯顏頻頻點首，適集賢學士陳顥，素與魯曾未協，竟出來獻議道：「唐太宗時，嘗冊曹王明母為后，是古時亦有二后的成制；況文、明二母，各產英君，母以子貴，難道不可升祔麼？」（牽強得很。）魯曾正色道：「堯母慶都，係帝嚳庶妃，堯未嘗以配饗，今不法堯舜，偏欲依唐太宗故例，殊不可解！」伯顏莞爾道：「博士言是，我當依言奏聞，升祔真哥皇后便了。」

議既決，奏入照准。乃以真哥皇后，配饗武宗，立主升祔。復上皇太后尊號，再行大赦，並免民租之半。

會左丞相撒敦，因多病辭職，順宗眷念後族，命唐其勢代任，凡有中書省事，仍令撒敦會議。唐其勢就任數日，屢與伯顏齟齬，奏乞罷職。順帝慰留不允，只得仍召撒敦，再命為左丞相，並追贈燕帖木兒公忠開濟弘謨同德翊運佐命功臣，儀同三司太師中書右丞相，加封德王，諡曰「忠武」。其餘廷右各臣，亦多邀封賞。唯奎章閣侍書虞集，謝病乞歸。

集學問贍博，有長者風。先是御史中丞馬祖常，嘗求集薦引鄉人龔伯璲，集不從所請，因此挾嫌。順帝赴上都時，曾召集隨往，祖常使人告集道：「御史已有後言，請公留意。」集知祖常有傾軋意，俟順帝即位後，即託病謝歸。看官！你道祖常如何尋隙，令集聞言即去？原來文宗嘗命集書詔，言妥歡帖睦爾非明宗子，所以祖常乘隙而入，得肆擠排。（不設暗箭，乃用明槍，令虞集歸安故里，我謂馬祖常還是好人。）虞集去後，侍臣猶上啟順帝，謂虞集曾書舊詔，順帝悵然道：「此朕家事，與他何涉？」

第四十九回　履尊擇配後族蒙恩　犯闕稱兵豪宗覆祀

（順帝初政，尚有一隙之明。）說得侍臣失色而退。尋遣使賜他酒幣，召使還朝，集終不起。閱十五年，卒於臨川原籍，賜諡文靖，學者稱為邵庵先生。這且擱過不提。

且說順帝嗣位以後，天災人異，相逼而至。京畿大水，黃河泛濫，兩淮亢旱，徽州、秦州、鳳州的大山，相繼崩裂，至元統二年元旦，汴梁雨血，著衣皆赤。嗣到春季，彰德路雨白毛，繼續似線，土人相率驚詫，或呼作菩薩線，或稱為老君髯。既而民間編成歌謠，分作四句；首二句是「天雨線，民起怨，」次二句是「中原地，事必變」。當時共議為不祥。未幾水旱疾疫，及山崩地震諸怪異，所在迭見，太白星屢晝見經天，經太史接連報聞，順帝只知加恩肆赦，凡所有修省事宜，未聞舉行。時光易過，又是元統三年。順帝欲出獵柳林，御史臺聯銜進奏道：「陛下春秋鼎盛，宜思文皇付託的重任，修德行仁，勉致太平。方今赤縣民生，供給繁勞，農務方興，日不暇給，陛下乃馳騁朔方，既需調發，又防衛樅，恐非上承宗廟，下奠黎庶的至意。」順帝乃收回原議，罷獵不行。

會左丞相撒敦病歿，伯顏獨秉政，唐其勢心甚不平，嘗語密友道：「天下本我家的天下，伯顏何人，位置偏居我上，煞是可恨！」這語傳入伯顏耳中，伯顏心甚不悅，遂繕疏入奏，請以右丞相職位，讓與唐其勢。（又是奸雄手段。）奉詔不允，只命唐其勢為左丞相，唐其勢仍是怏怏。

撒敦弟答里，曾封句容郡王，與諸王晃火帖木兒數相往來。唐其勢貽書答里，極言伯顏專權，順帝昏庸，應入清朝右，且行廢立故事。（才力不及乃父，竟思效乃父故智，無怪弄巧成拙。）答里遂與晃火帖木兒商議，晃火帖木兒也蓄異圖，竟勸答里備兵舉行。答里乃復告唐其勢，約以內外夾應，指日圖功等語，唐其勢遂決意發難。郯王徹徹禿，伺得逆謀，首先密報。有詔召答里入朝，待久不至。順帝乃密告伯顏，預行防備。

至六月晦日，唐其勢伏兵東郊，自率勇士突進宮闕，甫入禁城，衛兵

齊起，伯顏率著完者帖木兒等，大刀闊斧，前來掩殺。唐其勢悒悒進來，總道是出人不意，可以唾手成功，誰知四面八方，統是敵兵，那時叫苦不迭，慌忙抵禦，戰了數合，畢竟寡不敵眾，手下健卒，漸漸死亡。伯顏復下令道：「生擒唐其勢者賞萬金，立即升官！」衛士聞得此令，沒一個不奮力上前，把唐其勢圍住。唐其勢只有進路，沒有出路，也只好拚命死鬥，怎奈雙手不敵四拳，漸漸支持不住，竟被衛士扯落馬下，七打八抬的拖入宮中。（也算闊綽。）

伯顏掃清叛卒，復引兵馳往東郊，唐其勢弟塔剌海，尚未知乃兄被擒，竟挈著伏兵，前來對仗。無如伏兵也是不多，經伯顏麾兵猛擊，一陣驅殺，已將塔剌海手下，殺得東逃西潰。塔剌海也回馬急奔，被衛士射倒馬下，活擒過去。

伯顏既執住唐其勢兄弟，復馳入宮中，請順帝登殿審訊，順帝道：「逆謀已著，何庸再鞫，卿可照律懲辦便了！」伯顏遂命衛士動手，將唐其勢兄弟牽出。唐其勢攀住殿檻，且朗聲道：「陛下曾有明詔，宥臣父子孫九死，為何今日食言？」（補前闕文。）順帝怒叱道：「誰叫你謀逆，興兵犯闕？尚欲保全首領麼？」衛士聞旨，都來牽扯唐其勢，甚至殿檻攀折，方將唐其勢曳出，一刀兩段。還有塔剌海少年膽怯，竟避匿皇后座下，皇后以情關手足，牽裙遮蔽。伯顏喝令衛士，從皇后座下，牽出塔剌海，自己拔劍出鞘，把手一揮，竟將塔剌海殺死，血濺後衣，嚇得皇后答納失里戰兢兢的縮做一團。

伯顏復啟奏道：「皇后兄弟謀逆，皇后亦應有罪；況袒蔽兄弟，顯係黨惡，請陛下割情正法，為將來戒！」順帝尚未回答，伯顏復叱衛士，牽皇后出宮。衛士未敢動手，伯顏大怒，竟走至後前，揪住皇后髮髻，拖落座下。皇后號泣道：「陛下救我！陛下救我！」順帝至此，亦嗚咽道：「汝兄弟為逆，朕亦不能相救。」言未已，伯顏已將皇后牽去，交與衛士。（伯

第四十九回　履尊擇配後族蒙恩　犯闕稱兵豪宗覆祀

顏可惡。）衛士擁后出宮，到了開平民舍，暫令居住。伯顏不肯干休，竟遣人攜了鴆酒，脅皇后飲訖。可憐皇后身入椒房，未滿二載，為了兄弟謀逆，竟被伯顏鴆死！流水無情，落花有恨，這也由命數使然，徒令人嘆息罷了！（這是燕帖木兒害她，不專由她兄弟二人。）逆黨敗奔答里，答里即舉兵抗命。順帝遣使臣哈兒哈倫阿魯灰奉命招諭，答里不從，反將他捆縛起來，用以祭旗。順帝再遣阿弼往諭，又被他殺死，於是命搠思監火兒灰、哈剌那海等，領兵前討。答里亦率黨和尚、剌剌等迎戰，兩軍相遇，酣鬥一場，和尚、剌剌等敗走。答里亦遁，擬往投晃火帖木兒。不意行至中途，閃出了一支人馬，主帥名叫阿里渾察，奉上都差遣，前來夾攻答里。答里正勢窮力蹙，倉猝不及備戰，被阿里渾察衝至馬前，一戟刺下，把他擒住，押送上都，眼見得不能活了。

　　晃火帖木兒聞內外黨羽，俱已敗死，驚得什麼相似。忽又報元將孛羅晃火兒不花，引了萬人，奔殺前來。不得已徵兵數千，出去對陣，可奈兵心未固，遇了敵將，當即棄甲曳兵，紛紛潰散。晃火帖木兒自知難免，遂服毒自殺。

　　還有怯薛官阿察赤，也與唐其勢勾連，欲殺伯顏。經伯顏調查確實，發兵掩捕，執付有司，統共伏辜。一場逆案，化作日出煙消。順帝復將燕帖木兒及唐其勢引用的人員，一併黜逐，並頒下一道諭旨，其文云：

　　曩者文宗皇帝，以燕帖木兒嘗有勞伐，父子兄弟，顯列朝廷，而輒造事釁，出朕遠方。文皇尋悟其妄，有旨傳次於予。燕帖木兒貪利幼弱，復立朕弟懿璘質班，不幸崩殂；今丞相伯顏，追奉遺詔，迎朕於南。既至大都，燕帖木兒猶懷兩端，遷延數月。天隕厥躬，伯顏等同時翊戴，乃正宸極。後撒敦、答里、唐其勢相襲用事，交通宗王晃火帖木兒，圖危社稷。阿察赤亦嘗與謀。伯顏等以次掩捕，明正其罪。元凶搆難，貽我皇太后震驚，朕用兢惕。永唯皇太后後其所生之子，一以至公為心，親挈大寶，畀

予兄弟，跡其定策兩朝，功德隆盛，近古罕比，雖嘗奉上尊號，揆之朕心，猶未為盡，已命大臣特議加禮。伯顏為武宗捍禦北邊，翼戴文皇，茲又克清大憝，明飭國憲，爰賜答剌罕之號，至於子孫，世世永賴，可赦天下，俾眾咸悉！

嗣是秦王伯顏，愈得寵任，遂命他獨任中書右丞相，彷彿與前日燕帖木兒同一寵榮。一面將唐其勢家產，盡行籍沒。小子有詩詠道：

追原禍始是驕盈，人事由來滿必傾；
若使權奸生令子，怎教善惡得分明！

欲知元廷後事，且從下回交代。

燕帖木兒家族之亡，不由順帝之追究前嫌，而由唐其勢之自行謀逆，是正燕帖木兒生時之所不料，實即天道之巧於報應也。燕帖木兒貪淫驕恣，得保全首領以歿，可謂幸矣。厥後子封王，女冊後，烜赫尊榮，一時無匹，乃曾幾何時，子弟族誅，女後被鴆，遺資宿產，悉數籍沒。乃知天之所以福彼者，不啻所以加禍，愚者特不自覺耳！雖然，燕帖木兒之後，尚有伯顏，未鑑前車，復循覆轍，脅主捽后，任所欲為，是殆愚之又愚者。傳曰：其興也暴，其亡也忽。觀於此文益信！

第四十九回　履尊擇配後族蒙恩　犯闕稱兵豪宗覆祀

第五十回
辱諫官特權停科舉　尊太后變例晉徽稱

　　卻說秦王右丞相伯顏，自削平逆黨後，獨秉國鈞，免不得作威作福起來。（小人通弊。）適江浙平章徹里帖木兒，入為中書平章政事，創議停廢科舉，及將學校莊田，改給衛士衣糧等語。（身非武夫，偏創此議，無怪後之頑固將官，痛嫉學校，動議停辦。）小子前述仁宗朝故事，曾將所定科舉制度，一一錄明，嗣是踵行有年，科舉學校，並行不悖。徹里帖木兒為江浙平章時，適屆科試期，驛請試官，供張甚盛。徹里帖木兒心頗不平，既入中書，遂欲更張成制。

　　御史呂思誠等，群以為非，合辭彈劾。奏上不報，反黜思誠為廣西僉事。餘人憤鬱異常，統辭官歸去。參政許有壬也代為扼腕。會聞停罷科舉的詔旨，已經繕就，僅未蓋璽，不禁忍耐不住，竟抽身至秦王邸中，謁見伯顏，即問道：「太師主持政柄，作育人材，奈何把罷除科舉的事情，不力去挽回麼？」伯顏怒道：「科舉有什麼用處？臺臣前日，為這事奏劾徹里帖木兒，你莫非暗中通意不成？」（確是權相口吻。）有壬被他一斥，幾乎說不出話來，虧得參政多年，口才尚敏，略行思索，便朗聲答道：「太師擢徹里帖木兒，入任中書；御史三十人，不畏太師，乃聽有壬指示，難道有壬的權力，比太師尚重麼？」伯顏聞言，卻掀髯微笑，似乎怒意稍解。（奸相）

　　有壬復道：「科舉若罷，天下才人，定多觖望！」伯顏道：「舉子多以贓敗，朝廷歲費若干金錢，反好了一班貪官汙吏！我意很不贊成。」有壬

道：「從前科舉未行，臺中贓罰無算，並非盡出舉子。」伯顏道：「舉子甚多，可任用的人材，只有參政一人。」有王道：「近時若張夢臣、馬伯庸輩，統可大任，就是善文如歐陽元，亦非他人所及。」伯顏道：「科舉雖罷，士子欲求豐衣美食，亦能有心向學，何必定行科舉？」有王道：「志士並不謀溫飽，不過有了科舉，便可作為進身的階梯，他日立朝議政，保國抒才，都好由此進行呢。」

伯顏沉吟半晌，復道：「科舉取人，實與選法有礙。」（本意在此，先時尚欲自諱，至此無從隱蔽，方和盤托出。）有王道：「今通事知印等，天下凡三千三百餘名，今歲自四月至九月，白身補官，受宣入仕，計有七十三人，若科舉定例，每歲只三十餘人，據此核算，選法與科舉，並沒有什麼妨礙；況科舉制度，已行了數十年，祖宗成制，非有弊無利，不應驟事撤除。還請太師明察！」伯顏道：「箭在弦上，不得不發，此事已有定議，未便撤消，參政亦應諒我苦心呢！」（遁辭知其所窮。）有王至此，無言可說，只得起身告辭。

伯顏送出有王，暗想此人可恨，他硬出頭與我反對，我定要當著大眾，折辱他一次，作為儆戒，免得他人再來掣肘。當下默想一番，得了計畫，遂於次日入朝，請順帝將停辦科舉的詔書，蓋了御寶，便把詔書攜出，宣召百官，提名指出許有王，要他列為班首，恭讀詔書。有王尚不知是何詔，竟從伯顏手中，接奉詔敕。待至眼簾映著，卻是一道停辦科舉的詔書，那時欲讀不可，不讀又不可，勉勉強強地讀了一遍，方將此詔發落。

治書御史普化，待他讀畢，卻望著一笑，弄得有王羞慚無地。須臾退班，普化復語有王道：「御史可謂過河拆橋了。」有王紅著兩頰，一言不發，歸寓後，稱疾不出。原來有王與普化，本是要好的朋友，前時嘗與普化言及，定要爭回此舉。普化以伯顏攬權，無可容喙，不如見機自默，作

個仗馬寒蟬。（保身之計固是，保國之計亦屬未然。）有王憑著一時氣惱，不服此言，應即與普化交誓，決意力爭，後來弄到這般收場，面子上如何過得下去？因此引為大恥，只好託稱有疾罷了。

伯顏既廢科舉，復敕所在儒學貢士莊田租改給宿衛衣糧。衛士得了一種進款，自然感激伯顏，唯一般士子，紛紛謗議，奈當君主專制時代，凡事總由君相主裁，就使士子交怨，亦只能飲恨吞聲，無可如何。（這叫做秀才造反。）

這且慢表。唯天變未靖，星象又屢次示異，忽報熒惑犯南斗，忽報辰星犯房宿，忽報太陰犯太微垣，餘如太白晝見，太白經天等現象，又連線不斷，順帝未免懷憂。輒召伯顏商議，伯顏道：「星象告變，與人生無甚關係，陛下何必過憂！」（伯顏似預知西學。）

順帝道：「自我朝入主中夏以來，壽祚延長，莫如世祖。世祖的年號，便是至元，朕既繼承祖統，應思效法祖功，現擬本年改元，亦稱作至元年號，卿意以為何如？」（愚不可及。）伯顏道：「陛下要如何改，便如何改，毋勞下問！」順帝乃決意改元。

這事傳到臺官耳中，大眾又交頭接耳，論個不休。監察御史李好文，即草起一疏，大意言年號襲舊，於古未聞，且徒襲虛名，未行實政，亦恐無益。正在搖筆成文的時候，外面已有人報說，改元的詔旨，已頒下了。好文忙至御史臺省，索得一紙詔書，其文道：

朕祗紹天明，入纂丕緒，於今三年，夙夜寅畏，罔敢怠荒。茲者年穀順成，海宇清謐，朕方增修厥德，日以敬天恤民為務，屬太史上言，星文示儆，將朕德菲薄，有所未逮歟？天心仁愛，俾予以治，有所告戒歟？弭災有道，善政為先，更號紀元，實唯舊典。唯世祖皇帝在位長久，天人協和，諸福咸至。祖述之志，良切朕懷，今特改元統三年，仍為至元元年。通遵成憲，誕布寬條，庶格禎祥，永綏景祚，可赦天下。

好文覽畢,啞然失笑,即轉身返入寓內,見奏稿仍擺在案頭,字跡初乾,硯均尚溼,他憑著殘墨禿筆,寫出時弊十餘條,言比世祖時代的得失,相去甚遠,結束是陛下有志祖述,應速袪時弊,方得仰承祖統云云。屬稿既成,從頭至尾的讀了一遍,自覺言無剩意,筆有餘妍,遂換了文房四寶,另錄端楷,錄成後即入呈御覽。待了數日,毫無音信,大約是付諸冰擱了。

好文愈覺氣憤,免不得出去解悶。他與參政許有王,也是知友,遂乘暇進謁。時有王舊忿已消,銷假視事,既見了好文,兩下敘談,免不得說起國事。好文道:「目今下詔改元,仍復至元年號,這正是古今未有的奇聞。某於數日間曾拜本進去,至今旬日,未見綸音,難道改了『至元』二字,便可與全盛時代,同一隆平麼?」

有王道:「朝政煞是糊塗,這還是小事呢。」好文道:「還有什麼大事?」有王道:「足下未聞尊崇皇太后的事情麼?」好文道:「前次下詔,命大臣特議加禮,某亦與議一二次,據鄙見所陳,無非加了徽號數字,便算得尊崇了。」有王道:「有人獻議,宜尊皇太后為太皇太后,足下應亦與聞?」(此處尊皇太后事,從大臣口中敘出,筆法不致復沓。)好文笑道:「這等乃無稽讕言,不值一哂。」有王道:「足下說是讕言,上頭竟要實行呢!」好文道:「太皇太后,乃歷代帝王,尊奉祖母的尊號,現在的皇太后,係皇上的嬸母,何得稱為太皇太后?」有王道:「這個自然,偏皇上以為可行,皇太后亦喜是稱,奈何!」

好文道:「朝廷養我輩何為?須要切實諫阻。」有王道:「我已與臺官商議,合詞諫諍,臺官因前奏請科舉,大家撞了一鼻子灰,恐此次又蹈覆轍,所以不欲再陳,你推我諉,尚未議決。」好文道:「公位居參政,何妨獨上一本。」有王道:「言之無益,又要被人嘲笑。」(顧上文。)好文不待說畢,便朗聲道:「做一日臣子,盡一日的心力;若恐別人嘲笑,做了

反舌無聲，不特負君，亦恐負己哩！」有壬道：「監察御史泰不華也這般說，他已邀約同志數人，上書諫阻，並勸我獨上一疏，陳明是非。我今已在此擬稿，巧值足下到來，是以中輟。」好文道：「如此說來，某卻做了催租客了。只這篇奏稿，亦不要什麼多說，但教正名定分，便見得是是非非了。」有壬道：「我亦這般想，我去把擬稿取來，與足下一閱。」言畢，便命僕役去取奏稿。不一刻，已將奏稿取到，由好文瞧著，內有數語道：（從好文目中述及許有壬奏稿，又是一種筆法。）

皇上於太后，母子也；若加太皇太后，則為孫矣。且今制封贈祖父母，降父母一等；蓋推恩之法，近重而遠輕，今尊皇太后為太皇太后，是推而遠之，乃反輕矣！

好文閱此數語，便讚著道：「極好！極好！這奏上去，料不致沒挽回了。」說著，又瞧將下去，還有數句，無非是不應例外尊崇等語。瞧畢，即起身離座，將奏稿奉還有壬道：「快快上奏，俾上頭早些覺悟。某要告別了。」

有壬也不再留，送客後，即把奏稿續成，飭文牘員錄就，於次日拜發。監察御史泰不華亦率同列上章，謂祖母徽稱，不宜加於叔母。兩疏畢入，仍是無聲無臭，好幾日不見發落。有壬只諮嗟太息，泰不華卻密探消息，非常注意。

一日到臺辦事，忽有同僚入報道：「君等要遇禍了，還在此從容辦事麼！」泰不華道：「敢是為著太皇太后一疏麼？」那人道：「聞皇太后覽了此疏，勃然大怒，欲將君等加罪，恐明日即應有旨。」言未已，臺中譁然，與泰不華會奏的人員，更是惶急，有幾個膽小的，益發顫起來，統來請教泰不華想一條保全性命的法兒。（挖苦得很。）泰不華神色如故，反和顏慰諭道：「這事從我發起，皇太后如要加罪，由我一人擔當，甘受誅戮，絕不帶累諸公！」於是大家才有些放心。

第五十回　辱諫官特權停科舉　尊太后變例晉徽稱

越日，也不見詔旨下來，又越一日，內廷反頒發金幣若干，分賜泰不華等，泰不華倒未免驚詫，私問宮監，宮監道：「太后初見奏章，原有怒意，擬加罪言官，咋日怒氣已平，轉說風憲中有如此直臣，恰也難得，應賞賜金幣，旌揚直聲，所以今日有此特賞。」泰不華至此，也不免上書謝恩。（許有壬不聞蒙賞，未免晦氣。）只是太皇太后的議案，一成不變，好似金科玉律一般，沒人可以動搖，當由禮儀使草定儀制，交禮部核定，呈入內廷，一面飭制太皇太后玉冊玉寶。至冊寶告成，遂恭上太皇太后尊號，稱為贊天開聖徽懿宣詔貞文慈佑儲善衍慶福元太皇太后，並詔告中外道：

欽唯太皇太后，承九廟之託，啟兩朝之業，親以大寶付之眇躬，尚依擁佑之慈，恪遵仁讓之訓。爰極尊崇之典，以昭報本之忱，用上徽稱，宣告中外。

是時為至元元年十二月，距改元的詔旨，不過一月。小子前於改元時，未曾敘明月日，至此不能不補敘，改元詔書，乃是元統三年十一月中頒發，史家因順帝已經改元，遂將元統三年，統稱為至元元年。或因世祖年號，已稱至元，順帝又仍是稱，恐後人無從辨別，於至元二字上，特加一「後」字，以別於前，這且休表。（上文敘改元之舉，不便夾入，至此才行補筆，亦是銷納之法。）

且說太皇太后，於詔旨頒發後，即日御興聖殿，受諸王百官朝賀。自元代開國以來，所有母后，除順宗後弘吉剌氏外，（見三十三回。）要算這會是第二次盛舉，重行曠典，增定隆儀，殿開寶翣，仰瞻太母之豐容；樂奏仙璈，不啻鈞天之逸響。這邊是百僚進謁，冠履生輝；那邊是群女添香，珮環皆韻。太皇太后喜出望外，固不必說，就是宮廷內外，也沒一個不踴躍歡呼，非常稱慶。唯前日奏阻人員，心中總有些不服，不過事到其間，未便示異，也只有隨班趨蹌罷了。（插寫每為下文削去尊號，故作反筆。）

慶賀已畢，又由內庫發出金銀鈔幣，分賞諸王百官，連各大臣家眷，亦都得有特賜。獨徹里帖木兒異想天開，竟將妻弟阿魯渾沙兒，認為己女，冒請珠袍等物。

　　一班御史臺官，得著這個證據，樂得上章劾奏，且敘入徹里帖木兒平日嘗指斥武宗為「那壁」。看官！你道「那壁」二字，是什麼講解？就是文言上說的「彼」字。順帝覽奏，又去宣召伯顏，問他是否應斥。伯顏竟說是應該遠謫，乃將徹里帖木兒奪職，謫置南安。相傳由徹里帖木兒漸次驕恣，有時也與伯顏相忤，因此伯顏袒護於前，傾排於後。正是：

　　貴賤由人難自主，諂諛無益且招殃。

　　畢竟後事如何，且看下回分解。

　　科舉之得失，前人評論甚詳，即鄙人於三十回中，亦略加論斷，毋容贅說。唯伯顏之主停科舉，實有別意。一則因徹里帖木兒之言，先入為主；二則朝綱獨擅，無非欲攬用私人，若規規於科舉，總不無掣肘之虞，故決議罷免之以快其私，非關於得失問題也。其後若改元，若尊皇太后為太皇太后，俱事出創聞，古今罕有，伯顏下行私，上欺君，逢迎矇蔽，借邀主眷，權奸之所為，固如是哉！此回敘元廷政事，除罷免科舉外，似與伯顏無涉，實則暗中皆指斥伯顏。項莊舞劍，意在沛公，閱者體會入微，自能知之。

第五十回　辱諫官特權停科舉　尊太后變例晉徽稱

第五十一回
妨功害能淫威震主　竭忠報國大義滅親

　　卻說元順帝寵用伯顏，非常信任，隨時賞給金帛珍寶，及田地戶產，甚至把累朝御服，亦作為特賜品。伯顏也不推辭，唯奏請追尊順帝生母，算是報效順帝的忠忱。順帝生母邁來迪，出身微賤，小子於前冊中，已略述來歷。（見四十四回。）此次伯顏奏請，正中順帝意旨，遂令禮部議定徽稱，追尊生母邁來迪為貞裕徽聖皇后。（追尊所生，未始非報本之意，唯出自伯顏奏請，不免貢諛。）順帝以伯顏先意承旨，越加寵眷，復將「塔刺罕」的美名，給他世襲，又敕封伯顏弟馬札兒台為王。馬札兒台夙事武宗，後侍仁宗，素性恭謹，與乃兄伯顏謙傲不同，此時已知樞密院事，聞寵命迭下，竟入朝固辭。順帝問以何意，馬札兒台道：「臣兄已封秦王，臣不宜再受王爵，太平故事，可作殷鑑，請陛下收回成命！」（善鑑前車，故不懼亡。）順帝道：「卿真可謂小心翼翼了！」馬札兒台叩謝而退。順帝尚是未安，仍命為太保，分樞密院往鎮北方。

　　馬札兒台只好遵著，出都蒞任，蠲徭薄賦，頗得民心。唯伯顏怙惡不悛，經馬札兒台屢次函勸，終未見從，反且任性橫行，變亂國法，朝野士民，相率怨望。廣東朱光卿，與其黨石崑山、鐘大明聚眾造反，稱大金國，改元赤符。惠州民聶秀卿等，亦舉兵應光卿。河南盜棒胡，又聚眾作亂，中州大震。（此為順帝時代亂禍四起之肇始。）元廷命河南左丞慶童往討，獲得旗幟宣敕金印，遣使上獻。

　　伯顏聞報，即日入朝，命來使呈上旗幟宣敕等物。順帝瞧著道：「這

第五十一回　妒功害能淫威震主　竭忠報國大義滅親

等物件，意欲何為？」（瘋皇帝。）伯顏奏道：「這皆由漢人所為，請陛下問明漢官。」參政許有壬正在朝列，聽著伯顏奏語，料他不懷好意，忙出班跪奏道：「此輩反狀昭著，陛下何必下問，只命前敵大臣，努力痛剿便了！」順帝道：「卿言甚是！漢人作亂，須漢官留意誅捕，卿係漢官，可傳朕諭，命所有漢官等人，講求誅捕的法兒，切實奏聞，朕當酌行。」（誅捕漢賊，責成漢官，若誅捕蒙逆，必責成蒙官，此乃自分畛域，適足召亡。）許有壬唯唯遵諭。順帝即退朝還宮。伯顏不復再奏，怏怏趨出。看官！你道伯顏寓何意思？他料漢官必諱言漢賊，可以從此詰責，興起大獄；孰意被有壬瞧透機關，竟爾直認，反致說不下去，以此失意退朝。

嗣聞四川合州人韓法師，亦擁眾稱尊，自號南朝越王，邊警日有所聞。當由元廷嚴飭諸路督捕，才得兵吏戮力，漸次蕩平。各路連章奏捷，並報明誅獲叛民姓氏，其間以張、王、劉、李、趙五姓為最多。伯顏想入非非，竟入內廷密奏，請將五姓漢人，一律誅戮。虧得順帝尚有知覺，說是五姓中亦有良莠，不能一律盡誅，於是伯顏又不獲所請，負氣而歸。

轉眼間已是至元四年，順帝赴上都，次八里塘。時正春夏交季，天忽雨雹，大者如拳，且有種種怪狀，如小兒環玦獅象等物，官民相率驚異，謠諑紛紛。未幾有漳州民李志甫，袁州人周子旺，相繼作亂，騷擾了好幾月，結果是同歸於盡，訛言方得少息。順帝又歸功伯顏，命在涿州、汴梁二處，建立生祠。嗣復晉封大丞相，加元德上輔功臣的美號，賜七寶玉書龍虎金符。（元無大丞相名號，伯顏得此，可稱特色。）

伯顏益加驕恣，收集諸衛精兵，令黨羽燕者不花，作為統領，每事必稟命伯顏。伯顏偶出，侍從無算，充溢街衢。至如帝駕儀衛，反日見零落，如晨星一般。天下但知有伯顏，不知有順帝，因此順帝寵眷的心思，反漸漸變做畏懼了。

會伯顏以郯王徹徹禿，頗得帝眷，與己相忤，暗思把他摔去，免做對

頭；遂誣奏徹徹禿隱蓄異圖，須加誅戮。順帝默忖道：「從前唐其勢等謀變，徹徹禿先發逆謀，當時尚不與逆黨勾結，難道今反變志？此必伯顏陰懷嫉忌的緣故，萬不可從。」乃將原奏留中不發。

次日伯顏又入內面奏，且連及宣讓王帖木兒不花，威順王寬徹普化，請一律誅逐。順帝淡淡的答道：「這事須查有實據，方可下詔。」伯顏恰說了許多證據，大半是捕風捉影，似是而非，說得順帝無言可答，只是默然。（順帝慣作此狀。）

伯顏見順帝不答，忿忿的走了出去。順帝只道他掃興回邸，不復置念，誰知他竟密召黨羽，捏做一道詔旨，傳至郯王府中，把徹徹禿捆挷出來，一刀了訖。復偽傳帝命，勒令宣讓王、威順王兩人，即日出都，不准逗留。待至順帝聞知，被殺的早已死去，被逐的也已撐出，不由得龍心大怒，要將伯顏加罪，立正典刑。怎奈順帝的權力，不及伯顏，投鼠還須忌器，萬一不慎，連帝位都保不住，沒奈何耐著性子，徐圖良策。然而惡人到頭，終須有報，任你位高權重的大丞相，做到惡貫滿盈的時候，總有人出來擺布，教他自去尋死。（儆世名言。）

這位大丞相伯顏的了局，說來更覺可奇，他不死在別人手中，偏偏死在他自己的姪兒手裡，正是天網難逃，愈弄愈巧了。看官聽著，他的姪兒，名叫脫脫，（一作托克托。）就是馬札兒台的長子。先是唐其勢作亂時，脫脫嘗躬與討逆，以功進官，累升至金紫光祿大夫，伯顏欲令他入備宿衛，偵帝起居，嗣因專用私親，恐幹物議，乃以知樞密院事汪家奴，及翰林院承旨沙剌班，與脫脫同入禁中。脫脫得有所聞，從前必報知伯顏，尋見伯顏攬權自恣，也不免憂慮起來。

時馬札兒台尚未出鎮，脫脫曾密稟道：「伯父驕縱日甚，萬一天子震怒，猝加重譴，那時吾族要滅亡了，豈不可慮！」馬札兒台道：「我也曾慮及此事，只我兄不肯改過，奈何！」脫脫道：「總要先事預防方好哩。」馬

第五十一回　妨功害能淫威震主　竭忠報國大義滅親

札兒台點頭稱是。至馬札兒台奉命北去，脫脫無可稟承，越加惶急，暗思外人無可與商，只有幼年師事的吳直方，氣誼相投，不妨請教。

當下密造師門，謁見直方，問及此事，直方慨然道：「古人有言，大義滅親，汝但宜為國盡忠，不要專顧什麼親族！」脫脫拜謝道：「願受師教！」言畢辭歸。

一日，侍帝左右，見順帝愁眉不展，遂自陳忘家殉國的意思。順帝尚未見信，私下與阿魯、世傑班兩人述及脫脫奏語，令他密查。阿魯、世傑班，算是順帝心腹，（做了數年皇帝，只有兩人好算心腹，危乎危乎！）至此奉順帝命，與脫脫交遊，每談及忠義事，脫脫必披膽直陳，甚至唏噓涕泣，說得兩人非常欽佩。遂密報順帝，說是靠得住的忠臣。

會郯王被殺，宣讓、威順二王被逐，順帝敢怒不敢言，隻日坐內廷，咄咄書空。脫脫瞧著，便跪請為帝分憂。順帝太息道：「卿固懷忠，但此事不便命卿效力，奈何！」脫脫道：「臣入侍陛下，總期陛下得安，就使粉骨碎身，亦所不恨。」順帝道：「事關卿家，卿可為朕設法否？」脫脫道：「臣幼讀古書，頗知大義，毀家謀國，臣不敢辭！」順帝乃把伯顏跋扈的情跡，詳述一遍，並且帶語帶哭，脫脫也為淚下，遂奏對道：「臣當竭力設法，務報主恩！」順帝點頭。

脫脫退出。復去稟告吳直方，直方道：「這事關係重大，宗社安危，在此一舉，但不知汝奏對時，有無旁人聽著。」脫脫道：「恰有兩人，一為阿魯，一為脫脫木兒，想此兩人為皇上親臣，或不致漏洩機密。」直方道：「汝伯父權焰熏天，滿朝多係黨羽，若輩苟志圖富貴，竟洩祕謀，不特汝身被戮，恐皇上亦蹈不測了。」脫脫聞了此語，未免露出慌張情形。直方道：「時刻無多，想尚不致遽洩，我尚有一計，可以挽回。」脫脫大喜，當即請教。直方與他附耳道：「如此如此！」（此處為省文起見，所以含渾。）喜得脫脫歡躍而出，忙去邀請阿魯及脫脫木兒至家，治酒張樂，

殷勤款待，自晝至夜，始終不令出門。自己恰設詞離座，出訪世傑班，議定伏甲朝門，俟翌晨伯顏入朝，拿他問罪。當下密戒衛士，嚴稽宮門出入，螭𪩘統為置兵，待曉乃發。

　　脫脫暫歸，天尚未明，伯顏已遣人召脫脫，脫脫不敢不去。及見伯顏，竟遭詰責，說是宮廷內外，何故驟行加兵？（消息真靈。）那時脫脫心下大驚，勉強鎮定了神，徐徐答道：「宮廷為天子所居，理宜小心防禦；況目今盜賊四起，難保不潛入京師，所以預為戒嚴！」伯顏又叱道：「你何故不先報我？」脫脫惶恐，謝罪而去。料知事難速成，又去通知世傑班，教他緩圖。果然伯顏隱有戒心，於次日入朝時，竟帶衛卒至朝門外候著，作為保護。及退朝無事，又上一奏疏，請順帝出畋柳林。

　　是時脫脫返家，已與阿魯、脫脫木兒約為異姓兄弟，誓同報國。忽來宮監宣召，促脫脫入議，脫脫與二人相偕入宮。順帝即將伯顏奏章，遞與脫脫。脫脫閱畢，便啟奏道：「陛下不宜出畋，請將原奏留中為是。」順帝道：「朕意也是如此，只伯顏圖朕日急，卿等務替朕嚴防！」言未已，宮監又呈進奏牘，仍是伯顏催請出獵。順帝略略一瞧，即語脫脫道：「奈何？他又來催朕了。」脫脫道：「臣為陛下計，不妨託疾，只命太子代行，便可無慮。」順帝道：「這計甚善，明晨就可頒旨，勞卿為朕草詔便了。」脫脫遵諭，即就順帝前領了筆墨，寫就數行，復呈順帝親覽。由順帝蓋了御寶，於次日頒發出去。自此脫脫等留住禁中，與順帝密圖方法，三個縫皮匠，比個諸葛亮，這遭伯顏要墮入計中了。

　　伯顏接詔後，暗思太子代行，事頗尷尬，但詔中命大丞相保護，又是不好不去。默默的思索多時，竟想出廢立的一條計策來，擬乘此出畋時候，挾了太子，號召各路兵馬，入闕廢君。（又蹈唐其勢覆轍，這正是暗中報應。）計畫已定，便點齊衛士，請太子啟行，簇擁出城，竟赴柳林去訖。

第五十一回　妨功害能淫威震主　竭忠報國大義滅親

　　看官！這太子卻是何人，原來就是文宗次子燕帖古思。從前順帝嗣位，曾奉太后諭旨，他日須傳位燕帖古思，所以立燕帖古思為太子。（應四十九回。）

　　伯顏既奉太子出都，脫脫即與阿魯等密謀，悉拘京城門鑰。命所親信布列城下，黍夜奉順帝居玉德殿，召省院大臣，先後入見，令出五門聽命。一面遣都指揮月可察兒，授以祕計，令率三十騎至柳林，取太子還都。又召翰林院中楊瑀、范匯二人，入宮草詔，詳數伯顏罪狀，貶為河南行省左丞相。命平章政事只兒瓦歹，齎赴柳林。脫脫自服戎裝，率衛士巡城。俟諸人出城後，闔了城門，登陴以待。

　　說時遲，那時快，不到數時，月可察兒已奉太子回來，傳著暗號，由脫脫開城迎入，仍將城門關住。原來柳林距京師，只數十里，半日可以往返。月可察兒自二鼓起程，疾馳而去，至柳林，不過夜半。當時太子左右，已由脫脫派著心腹，使為內應，及與月可察兒相見，彼此不待詳說，即入內挈了太子，與月可察兒一同入都。

　　伯顏正在睡鄉，哪裡曉得這般計畫。至五鼓後，睡夢始覺，方由衛士報聞太子已歸，急得頓足不已。正驚疑間，只兒瓦歹又到，宣讀詔敕。伯顏聽他讀畢，還仗著前日勢力，不去理睬，竟出帳上馬，帶著衛士，一口氣跑至都門。

　　時已天曉，門尚未闢，只見脫脫劍佩雍容，踞坐城上，他即厲聲喝著，大呼開城。（威權已去，厲聲何益！）城上坐著的脫脫，起身答道：「皇上有旨，黜丞相一人，諸從官等皆無罪，可各歸本衛！」伯顏道：「我即有罪，被皇上黜逐，也須陛辭皇上，如何不令我入城？」脫脫道：「聖旨難違，請即自便！」伯顏道：「你是我姪兒脫脫麼？你幼年的時候，我曾視若己子，如何撫養，你今日怎得負我？」脫脫道：「為國家計，只能遵著大義，不能顧著私恩；況伯父此行，仍得保全宗族，不致如太平王家，禍及

滅門，還算是萬幸呢！」（確是萬幸。）

　　伯顏尚欲再言，不意脫脫已下城自去。及返顧侍從，又散去了一大半，弄到沒法可施，不得已回馬南行。道出直定，人民見他到來，都說丞相伯顏，也有今日。有幾個樸誠的父老，改恨為憫，奉進壺觴。伯顏溫言撫慰，並問道：「爾等曾聞有逆子害父的事情麼？」父老道：「小民等僻處鄉野，只聞逆臣逼君，不曾聞逆子害父！」伯顏被他一駁，未免良心發現，俯首懷慚。旋與父老告別，狼狼南下，途次又接著廷寄，略稱伯顏罪重罰輕，應再行加罰，安置南恩州陽春縣。看官！你想南恩州遠在嶺南，鎮日裡煙瘴薰蒸，不可向邇，如這位養尊處優的大丞相伯顏，此時被充發出去，受這麼苦，哪裡禁當得起！他亦明知是一條死路，今日挨，明日宕，及行抵江西隆興驛，奄奄成病，臥土炕中。那驛官又勢利得很，還要冷譏熱諷，任情奚落，就使不是病死，也活活的氣死了。（爭權奪利者，其鑑諸。）

　　伯顏既貶死，元廷召馬札兒台還朝，命為太師右丞相，脫脫知樞密院事，餘如阿魯、世傑班等，俱封賞有差。嗣復加封馬札兒台為忠王，賜號答剌罕。馬札兒台固辭，且稱疾謝職。御史臺奏請宣示天下以勸廉讓，得旨允從。（臺官又來拍馬。）乃詔令馬札兒台，以太師就第，授脫脫為右丞相，錄軍國重事。脫脫乃悉更伯顏舊政，復科舉取士法，雪郯王徹徹禿冤誣，召還宣讓、威順二王，使居舊藩，又弛馬禁，減鹽額，蠲宿逋，並續開經筵，慎選儒臣進講，中外翕然，稱為賢相。小子也有詩詠脫脫道：

春秋書法本森嚴，公義私恩不兩兼，
鴆死叔牙誅子厚，忠臣法古有誰嫌？

　　脫脫秉政後，元廷忽又發生一種奇聞。欲知詳細情形，且待下回再表。

　　伯顏以平唐其勢功，敢弒順后，目無尊長，至專政以後，日益鴟張，

生殺予奪，任所欲為，迨弒郯王，逐宣讓、威順二王，矯制罪人，不法蓋已極矣，僅加貶逐，尚為失刑。然非脫脫之以公滅私，恐貶逐猶非易事也。脫脫大義滅親，為《麟經》所特許，固無待言；但天嫉伯顏之專擅，獨假手於其猶子以報之，何其巧歟！本回依次鋪敘，好似無數精采，隨筆而下，其實不過一敘事文而已。然讀《元史》至伯顏、馬札兒台、脫脫諸傳，不如讀此一回文字，較有興味，是非用筆之長，曷克臻此，閱者寧得徒以小說目之！

第五十二回
逐太后兼及孤兒　用賢相併徵名士

　　卻說順帝既放逐伯顏，好似摔掉了一個大蟲，非常喜悅，所有宮禁中一切近臣，俱給封賞，自不消說。唯順帝是個優柔寡斷的主子，每喜偏信近言，（優柔寡斷四字，是順帝一生註腳。）前此伯顏專政，順帝無權，內廷一班人物，專知趨奉伯顏，買動歡心，每日向順帝前，歷陳伯顏如何忠勤，如何煉達，所以順帝深信不疑，累加寵遇。到了伯顏貶死，近臣又換了一番舉動，只曲意逢迎順帝。適值太子燕帖古思不服順帝教訓，順帝未免忿懟，近臣遂乘隙而入，都說燕帖古思的壞處，且奏稱他不應為儲君。順帝礙著太皇太后面子，不好猝然廢儲，常自猶豫未決。偏近臣等搖唇鼓舌，助浪生風，更把那太皇太后故事，及文宗當日情形，一古腦兒搬將出來，又添了幾句誣陷話兒，不由順帝不信。但順帝雖是信著近臣，終因太皇太后內外保護，得以嗣位，意欲宣召脫脫，與他解決這重大問題。近臣恐脫脫進來，打斷此議，又奏請此事當由宸衷獨斷，不必與相臣商量。並且說太皇太后離間骨肉，罪惡尤重，就是太皇太后的徽稱，也屬古今罕有，天下沒有嬸母可做祖母的事情，陛下若不明正罪名，反貽後世惡謗。因此順帝被他激起，竟不及與脫脫等議決，（為脫脫解免，似有隱護賢相意。）只命近臣繕就詔旨，突行頒發，宣告中外。其詔云：

　　昔我皇祖武宗皇帝，升遐之後，祖母太皇太后惑於憸憸，俾皇考明宗皇帝出封雲南。英宗遇害，正統寢偏，我皇考以武宗之嫡子，逃居朔漠，宗王大臣，同心翊戴。於是以地近先迎文宗，暫總機務。繼知天理人倫所

在，假讓位之名，以寶璽來上。皇考推誠不疑，即授以皇太子寶。文宗稔惡不悛，當躬迓之際，乃與其臣月魯不花、也里牙、明里董阿等謀為不軌，使我皇考飲恨上賓。歸而再御宸極，又私圖傳子，乃構邪言，嫁禍於八不沙皇后，謂朕非明宗之子，遂俾出居遐陬，祖宗大業，幾於不繼。內懷愧慊，則殺也里牙以杜口。上天不佑，隨降殞罰，叔嬸卜答失里，怙其勢焰，不立明考之塚嗣，而立孺稚之弟懿璘質班。奄復不年，諸王大臣，以賢以長，扶朕踐位。每念治必本於盡孝，事莫先於正名，賴天之靈，權奸屏黜，盡孝正名，不容復緩，永惟鞠育罔極之恩，忍忘不共戴天之義？既往之罪，不可勝誅，其命太常脫脫木兒，撤去文宗圖帖睦爾在廟之主。卜答失里本朕之嬸，乃陰構奸臣，弗體朕意，僭膺太皇太后之號。跡其閨門之禍，離間骨肉，罪惡尤重，揆之大義，削去鴻名，徙東安州安置。燕帖古思昔雖幼沖，理難同處，朕終不陷於覆轍，專務殘酷，唯放諸高麗。當時賊臣月魯不花、也里牙已死，其以明里董阿等，明正典刑。以示朕盡孝正名之至意！此詔。

這詔頒發，廷臣大嘩，公舉脫脫入朝，請順帝取消前命。脫脫卻也不辭，便馳入內廷，當面諫阻。順帝道：「你為了國家，逐去伯父。朕也為了國家，逐去叔嬸；伯父可逐，難道叔嬸不可逐麼？」（數語調侃得妙，想是有人教他。）說得脫脫瞠目結舌，幾乎無可措詞。旋復將太皇太后的私恩，提出奏陳，奈順帝置諸不理！（又做啞子了。）脫脫只好退出，眾大臣以脫脫入奏，尚不見從，他人更不待言，一腔熱忱，化作冰冷。太皇太后卜答失里，又沒有什麼能力，好似廟中的城隍娘娘一般，前時鑄像裝金，入廟升殿，原是莊嚴得很，引得萬眾瞻仰，焚香跪叩，不幸被人侮弄，舁像投地，一時不見什麼靈效，遂彼此不相敬奉，視若芻狗，甚至任意蹴踏，取快一時，煞是可嘆！（此附確切。）且說文宗神主，已由脫脫木兒撤出太廟，復由順帝左右奉了主命，逼太后母子出宮。太后束手無

策，唯與幼兒燕帖古思相對，痛哭失聲。怎奈無人憐惜，反且惡語交侵，強行脅迫，太后由悲生忿，當即草草收拾，挈了幼兒，負氣而出。一出宮門，又被那一班狐群狗黨，扯開母子，迫之分道自去，不得同行。古人有言，生離甚於死別，況是母子相離，慘不慘呢！適為御史崔敬所見，大為不忍，忙趨入臺署中，索著紙筆，繕就一篇奏牘，大旨說的是：

文皇獲不軌之愆，已撤廟祀；叔母有階禍之罪，亦削鴻名，盡孝正名，斯亦足矣。唯念皇弟燕帖古思太子，年方在幼，罹此播遷，天理人情，有所不忍；明皇當上賓之日，太子在襁褓之間，尚未有知，義當矜憫！蓋武宗視明、文二帝，皆親子也，陛下與太子，皆嫡孫也，以武皇之心為心，則皆子孫，固無親疏，以陛下之心為心，未免有彼此之論。臣請以世俗喻之：常人有百金之產，尚置義田，宗族困阨者為之教養，不使失所，況皇上貴為天子，富有四海，子育黎元，當使一夫一婦，無不得其所。今乃以同氣之人，置之度外，適足貽笑邊邦，取辱外國！況蠻夷之心，不可測度，倘生他變，關係非輕，興言至此，良為寒心！臣願殺身以贖太子之罪，望陛下遣近臣迎歸太后母子，以全母子之情，盡骨肉之義。天意回，人心悅，則宗社幸甚！

繕就後，即刻進呈，並不聞有什麼批答，眼見得太后太子，流離道路，無可挽回。太后到了東安州，滿目淒涼，舊有女侍，大半分離，只剩了老媼兩三名，在旁服役，還是呼應不靈，氣得肝膽俱裂，即成癆疾。臨歿時猶含淚道：「我不聽燕太師的言語，弄到這般結果，悔已遲了！」嗣復倚榻東望道：「我兒！我兒！我已死了！你年才數齡，被讒東去，料也保不全性命，我在黃泉待你，總有相見的日子！」言至此，痰喘交作，奄然而逝。（閱至此，令人嗚咽，然複閱四十四回鴆殺八不沙皇后時，則斯人應受此苦，反足稱快！）此時的燕帖古思，與母相離，已是半個死去，並且前後左右，沒人熟識，反日日受他喝斥，益發啼哭不休。監押官月闊

察兒，凶暴得很，聞著哭聲，一味威喝。無如孩童習性，多喜撫慰，最怕痛罵，況前為太子時，何等嬌養，沒一人敢有違言，此時橫遭慘虐，自然悲從中來。月闊察兒罵得愈厲，燕帖古思哭得愈高，及行到榆關外面，距都已遙，天高皇帝遠，可恨這月闊察兒，竟使出殘酷手段，呵叱不足，繼以鞭撻，小小的金枝玉葉，怎禁得這般蹂躪，幾聲長號，倒地斃命！（慘極！）月闊察兒並不慌忙，命將兒屍瘞葬道旁，另遣人馳報關中，捏稱因病身亡。順帝本望他速死，得了此報。暗暗喜歡，還去究詰什麼？從此文宗圖帖睦爾的後嗣，已無孑遺了。（害人者必致自害，閱者其鑑諸！）順帝既逐去文后母子，並殺了明里董阿等人，尚是餘怒未息，再將文宗所增置的官屬，如太禧宗禋等院，及奎章閣藝文監，皆議革罷，翰林學士丞旨巙巙。（一作庫庫。）奏言人民積產千金，尚設有家塾，延聘館師，堂堂天朝，一學房乃不能容，未免貽譏中外。順帝不得已，乃改奎章閣為宣文閣，藝文監為崇文監，餘悉裁去。（褊窄至此，宜其亡國。）一面追尊明宗為順天立道睿文智武大聖孝皇帝，親祼太室。既而臘鼓頻催，歲星又改，順帝復想除舊布新，敕令改元。當由百官會議，把至元二字的年號，留一至字，易一正字。（改元為正，有何益處？）議既定，於次年元旦下詔道：

　　朕唯帝皇之道，德莫大於克孝，治莫大於得賢。朕早歷多難，入紹大統，仰思祖宗付託之重，戰兢惕厲，於茲八年。慨念皇考久勞於外，甫即大命，四海觖望，夙夜追慕，不忘於懷。乃以至元六年十月初四日，奉玉冊玉寶，追上皇考曰順天立道睿文智武大聖孝皇帝，被服袞冕，祼於太室，式展孝誠。十有一月六日，勉徇大禮慶成之請，御大明殿，受群臣朝賀。憶自去春疇諮於眾，以知樞密院事馬札兒台為太師右丞相，以正百官，以親萬民，尋即陛辭，養疾私第。再三諭旨，勉令就位，自春徂秋，其請益固。朕憫其勞日久，察其至誠，不忍煩之以政，俾解機務，仍為太

師,而知樞密院事脫脫,早歲輔朕,克著忠貞,乃命為中書右丞相;宗正札魯忽赤、帖木兒不花,嘗歷政府,嘉績著聞,為中書左丞相,並錄軍國重事。夫三公論道,以輔予德,二相總政,以弼予治,其以至元七年為至正元年,與天下更始。（前錄改元詔,見順帝之喜誇;此錄改元詔,見順帝之無恆。）

　　自是順帝乾綱獨奮,內無母后,外乏權臣,所有政務,俱出親裁。起初倒也勵精圖治,興學任賢,並重用脫脫,大修文事。特詔修遼、金、宋三史,以脫脫為都總裁官,中書平章政事鐵木兒塔識,中書右丞太平御史中丞張起岩,翰林學士歐陽玄,侍御史呂思誠,翰林侍講學士揭傒斯為總裁官。先是世祖立國史院,曾命王鶚修遼、金二史,及宋亡,又命史臣通修三史。至仁宗、文宗年間,復屢詔修輯,迄無所成。脫脫既奉命,飭各員搜檢遺書,披閱討論,日夕不輟。又以歐陽玄擅長文藝,所有發凡起例,論贊表奏等類,俱令屬稿,略加修正,先成遼史,後成金、宋二史,中外無異辭。脫脫又請修至正條格,頒示天下,亦得順帝允行。

　　順帝嘗幸宣文閣,脫脫奏請道:「陛下臨御以來,天下無事,宜留心聖學,近聞左右暗中諫阻,難道經史果不足觀麼?如不足觀,從前世祖在日,何必以是教裕皇!」順帝連聲稱善。脫脫即就祕書監中,取裕宗所受書籍,進呈大內,又舉薦處士完者圖、執理哈琅、杜本、董立、李孝光、張樞等人,有旨宣召。完者圖、執理哈琅、董立、李孝光就徵到京,詔以完者圖、執理哈琅為翰林待制,立為修撰,孝光為著作郎。唯杜本隱居清江,張樞隱居金華,固辭不至。（不沒名儒。）順帝聞二人不肯就徵,很加嘆息。

　　既而罷左丞相帖木兒不花,改用別兒怯不花繼任,別兒怯不花與脫脫不協,屢有齟齬,相持年餘,脫脫亦得有羸疾,上表辭職。順帝不許,表至十七上,順帝乃召見脫脫,問以何人代任。脫脫以阿魯圖對。阿魯圖係

第五十二回　逐太后兼及孤兒　用賢相併徵名士

世祖功臣博爾術四世孫，曾知樞密院事，襲爵廣平王，至是以脫脫推薦，乃命他繼任右丞相。另封脫脫為鄭王，食邑安豐，賞賚巨萬，俱辭不受。阿魯圖就職後，順帝命他為國史總裁，阿魯圖以未讀史書為辭，偏順帝不准所請。幸虧脫脫雖辭相位，仍與聞史事，所以遼、金、宋三史，終得告成。

至正五年，阿魯圖等以三史進呈，順帝與語道：「史既成書，關係甚重，前代君主的善惡，無不俱錄。行善的君主，朕當取法，作惡的君主，朕當鑑戒，這是朕所應為的事情。但史書亦不止做勸人君，其間兼錄人臣，卿等亦宜從善戒惡，取法有資。倘朕有所未及，卿等不妨直言，毋得隱蔽！」（如順帝此言，雖歷代賢君無以過之，奈何有初鮮終，行不顧言耶！）阿魯圖等頓首舞蹈而出。

會翰林學士承旨巙巙卒於京，順帝聞訃，嗟悼不已。巙巙幼入國學，博覽群書，嘗受業於許衡，得正心修身要旨。順帝初年，曾為經筵官，日勸順帝就學。順帝欲待以師禮，巙巙力辭不可。一日，侍順帝側，順帝欲觀畫，巙巙取比干剖心圖以進，且言商王紂不聽忠諫，以致亡國。順帝為之動容。又一日，順帝覽宋徽宗畫圖，一再稱善，巙巙進奏道：「徽宗多能，只有一事不能。」順帝問是何事，巙巙道：「獨不能為人君！陛下試思徽宗當日，身被虜，國幾亡，若是能盡君道，何致如此！可見身居九五的主子，第一件是須能為君，外此不必留意。」（巙巙隨事箴規，可謂善諫，其如順帝之亦蹈前轍何？）順帝亦悚然道：「卿可謂知大體了。」（後來如何失記？）至正四年，出拜江浙平章政事，次年，復以翰林院承旨召還。適中書平章闕員，近臣欲有所薦引，密為奏請。順帝道：「平章已得賢人，現在途中，不日可到了。」近臣知意在巙巙，不敢再言。巙巙到京，遇著熱疾，七日即歿。旅況蕭條，無以為殮，順帝聞知，賜賻銀五錠，並令有司取出罰布，代償巙巙所負官錢，又予謚文忠，這也不在話下。

且說左丞相別兒怯不花，與阿魯圖同掌國政，彼此很是親暱，有時隨駕出幸，每同車出入。時人以二相協和，可望承平，其實統是別兒怯不花的詭計。別兒怯不花欲傾害脫脫，不得不聯繫阿魯圖作為幫手。待至相處既洽，遂把平日的私意，告知阿魯圖。阿魯圖偏正色道：「我輩也有退休的日子，何苦傾軋別人！」這一語，說得別兒怯不花滿面懷慚，當下惱羞成怒，暗地裡風示臺官，教他彈劾阿魯圖。阿魯圖聞臺官上奏，即辭避出城，親友均代為不平。阿魯圖道：「我是勳臣後裔，王爵猶蒙世襲，偌大一個相位，何足戀戀！去歲因奉著主命，不敢力辭，今御史劾我，我即宜去。御史臺係世祖所設，我抗御史，便是抗世祖了。」言訖自去，順帝也不復慰留，竟擢別兒怯不花為右丞相。所有左丞相一職，任用了鐵木兒塔識。別兒怯不花也偽為陛辭，至順帝再行下詔，乃老老實實的就了右相的位置，大權到手，讒言得逞，故右相脫脫一家，免不得要遘禍了。正是：

　　黜陟無常只自擾，賢奸到底不相容。

　　欲知脫脫等遘禍情形，待小子下回續表。

　　是回敘順帝故事，活肖一庸柔之主，忽而昧，忽而明，明後而復昧；庸柔者之必致覆國，無疑也！太后卜答失里，雖未嘗無過，然既自悔前愆，捨子立姪，又始終保護順帝，俾正大位。人孰無良，乃竟忘德思怨，驟行遷廢耶！且上撤廟主，下戮皇弟，反噬不仁，莫此為甚，其所為忍而出此者，由有浸潤之譖，先入為主也。改元至正，與民更始，觀其任賢相，召儒臣，勉阿魯圖之交儆，惜巎巎之遽歿，亦若有一隙之明。乃天日方開，陰霾復集，可見小善之足陳，卒無補於大體，特揭錄之以垂炯戒，俾後世知一節之長，殊不足道云。

第五十二回　逐太后兼及孤兒　用賢相併徵名士

第五十三回
寵女侍僭加後服　聞母教才罷彈章

　　卻說別兒怯不花執政，以與脫脫有宿憾，遂一意排擠，屢入內廷，密陳脫脫過失。順帝尚疑信參半，嗣由別兒怯不花，陳請脫脫父馬札兒台，佯稱就第養疾，意實結黨營私，暗圖不軌。於是順帝轉疑為信，竟下了一道嚴諭，放逐馬札兒台，安置西寧州。馬札兒台奉詔欲行，脫脫願隨父同往，即拜疏上陳，力請與俱。得旨准奏，乃整裝出都，時馬札兒台已老，狀態龍鍾，起居服食，隨在需人。虧得脫脫隨著，寸步不離，朝視寒，夕問暖，一切供應，俱小心監察，極至膏車秣馬，亦必親自檢點，因此出都以後，沿途奔走，雖未免風雨交侵，獨馬札兒台一人，毫不覺苦，竟安安穩穩的到了西寧。（書此以見脫脫之孝。）

　　別兒怯不花聞馬札兒台父子，安抵戍地，心中尚是未快，復唆使省臺各員，上書告變，牽及馬札兒台。順帝時已著迷，不辨真偽，竟接連下詔，徙馬札兒台至西域，地名撒思，乃是一個著名的苦地。馬札兒台父子，不敢違旨，又只好冒險起行！到了途中，復接詔召回甘州，免他遠戍。原來別兒怯不花專政後，河決地震的變異，時有所聞；河南、山東，盜賊蔓延；江淮一帶，亦多暴徒，四出劫掠；湖廣又遭傜亂。有幾個剛正不阿的臺官，劾奏宰輔非人，以致調燮失宜，亂端屢見等語，別兒怯不花也覺不安，入朝辭職。有詔令以太師就第，御史大夫亦憐真班趁著這個機會，保奏脫脫父子；略稱馬札兒台謙讓可風，脫脫為國宣勞，有功無過，奈何謫戍遠方，迫入險地！於是順帝稍稍覺悟，又有召回甘肅的諭旨。

第五十三回　寵女侍僭加後服　聞母教才罷彈章

（屛主寡斷，於此益見。）

　　馬札兒台從中道折回，途次不免受些感冒，及抵甘州，病日加劇，脫脫衣不解帶，服侍了好幾日，畢竟天定勝人，壽難再借，苟延數夕，竟爾去世。脫脫經此變故，悲憤交集，恨不得將朝右佞臣，一概除滅，抵那老父的生命。（暗伏後來報怨事。）

　　可巧別兒怯不花又遭臺官彈擊，貶戍渤海，得病而死。（這也是冥中報應。）左丞相鐵木兒塔識，也歿於任中，元廷用了朵兒只一作多爾濟。為右丞相，太平為左丞相。朵兒只係元勛木華黎六世孫，即故丞相拜住從弟，初為御史大夫，因鐵木兒塔識病歿，升任左丞相，旋即調任右丞相，性頗寬簡，務存大體。太平本姓賀，名唯一，至正四年，為中書平章政事，六年，超拜御史大夫。元制重蒙輕漢，凡省院臺三署正官，非國姓不得授，唯一援例固辭，順帝不允，特賜國姓，並改名太平。太平與脫脫父子，本來是沒甚友誼，因聞馬札兒台身死甘州，不能歸葬，未免存一兔死狐悲的觀念，遂上疏力請，令脫脫奉柩歸都，以全孝道。疏入不報，太平竟入廷面奏道：「脫脫盡忠王室，大義滅親，今父已病歿，不許歸葬，將來忠臣義士，寧不灰心？乞陛下特恩赦還，為善者勸！」順帝躊躇不答，太平又道：「陛下曾亦記及雲州故事麼？」順帝不待說畢，便道：「非卿言，朕幾忘懷。脫脫確係忠臣，卿即傳朕面諭，遣使召歸。」太平叩謝而出。

　　看官！這雲州故事，前文未曾敘及，此次突由太平口中說出，轉令閱者無從捉摸，諸君不要性急，待小子補敘出來。（藉此一段文字補敘宮闈事實，即是文中銷納處。）原來元統三年，順帝后欽察氏答納失里，因兄弟謀逆，被遷出宮，鴆死民舍。（應四十九回。）答納失里無出，越二年，改冊皇后弘吉剌氏，名伯顏忽都，係真哥皇后姪孫女，父名孛羅帖木兒，曾封毓德王。后既冊立，旋生一子，名真金，二歲而殀。

　　先是徽政院使禿滿迭兒，曾進高麗女子奇氏入宮，作為服役。奇氏名

完者忽都，秀外慧中，善伺主意，順帝愛她秀媚，又因她善於烹茗，命司飲料，（好似一個黨家奴。）她遂日夕侍側，眉目傳情，引得順帝欲心漸熾，竟與她同入龍床，做一對鸞交鳳友。（酒色二字，本係相連，不意司茶女亦邀王眷。）事為正宮皇后欽察氏所悉，怒召奇氏，箠辱了好幾次。（答納失里之不得令終，於此事亦有關係。）至後被鴆死，順帝已欲立奇氏為繼后。（大約是憐她箠辱耳。）偏偏大丞相伯顏，硬行諫阻，（又是一個奇氏對頭。）弄得順帝沒法，只得改立弘吉剌后。這位弘吉剌后與前后大不相同，性本節儉，量獨寬宏，不願與奇氏爭夕，所以奇氏仍得專寵。時來福湊，又產下一個麟兒，取名愛猷識理達臘，（一作阿裕錫哩達喇。）益得順帝歡心。那時奇氏因寵生驕，因驕成妒，除皇后弘吉剌氏無所嫌怨，不與計較外，凡內如太后母子，外如權相伯顏，俱視若眼中釘，嘗在順帝前說他短處。後來伯顏被黜，太后母子被逐，雖有種種原因牽涉，然大半由奇氏暗中媒蘖，所以先後發生變端，幾致出人意外。（加罪奇氏，不特補前文所未及，且足發正史所未明。）

奇氏私願既償，遂與嬖臣沙剌班祕密商量，欲乘此升為皇后。不過因皇后待她有恩，恩將仇報，未免心懷不忍，因此不能決議。（奇氏還是好良心。）沙剌班情急智生，猛記起先代皇后曾有數人，此時援著祖制，奏請一本，何人敢有異言！（祖宗貽謀不臧，轉使若輩藉口。）當下稟知奇氏，奇氏大喜，便命他即日上奏。果然數語入陳，綸音立下，即命冊立奇氏為第二皇后。大禮已成，奇氏居然像服委佗，安居興聖西宮。

轉眼間，皇子愛猷識理達臘已離懷抱，漸漸的長大起來，順帝愛母及子，輒令皇子隨侍，凡有巡幸，亦令偕行。時脫脫尚秉國鈞，為順帝所親信，所以脫脫入內廷時，順帝曾飭皇子拜他為師，並命他隨時教育。脫脫受命不忘，特別注意，有時皇子出遊脫脫家，一留數日，稍遇疾病，脫脫即親為煎藥，先嘗後進。

第五十三回　寵女侍僭加後服　聞母教才罷彈章

　　一日，順帝幸上都，皇子隨行，脫脫亦從駕。道過雲州，猝遇烈風暴雨，山水大至，車馬人畜，多被漂溺，順帝不及提攜皇子，只顧著自己性命，即登山避水。脫脫見順帝自去，忙涉水至御輦旁，抱出皇兒，負在背上，跣著足奔上山岡。順帝正繫念皇子，在山盼望，但見脫脫負子而來，好似得了活寶貝一般，即趨前抱下皇子，一面慰撫脫脫道：「卿為朕子，勤勞至此，朕必不忘！」（未必未必。）脫脫當即謝恩，誰知過了一兩年，順帝竟信了讒言，將脫脫父子謫戍，所以太平為之不平，提出雲州故事，教順帝自己反省。順帝被他一說，也自悔食言，遂命脫脫奉父柩還葬。

　　脫脫既還京師，葬父畢，拜表謝恩，復得旨命為太子太傅，綜理東宮事宜。脫脫受命後，默唸此次起復，定是有人從中調停，不可不密圖酬報。湊巧來了侍御史哈麻，（一作哈瑪爾。）由脫脫延入，與談年餘闊別情狀，甚是歡洽。看官！你道這哈麻是何等人物？他是寧宗乳母的兒子，父名圖嚕，受封冀國公。哈麻與母弟雪雪，早備宿衛，兩人均得主寵，唯哈麻口材尤捷，益為順帝所褻幸，累次超擢，得任殿中侍衛史。（亡元者哈麻之力，故出名時不嫌求詳。）當脫脫為首相時，哈麻日事過從，曲意趨附，至脫脫罷職，隨父出戍，哈麻在順帝前，稍稍替他緩頰。至是與脫脫敘舊，自然把前日營護的功勞，一一說明，且添了許多詭話，說是如何記念，如何排解，（小人專會搗鬼。）脫脫秉性忠厚，總道他語語是真，非常感激。哈麻說一句，脫脫謝一聲，至哈麻去後，脫脫還稱他是第一個好人。獨太平秉公辦事，把保奏脫脫的事情從未提起，所以脫脫全然不知。

　　會太平以哈麻在宮，導帝為非，意欲將他驅逐，商諸御史大夫韓嘉納。嘉納很是贊成，便授意監察御史沃呀海壽，教他彈劾哈麻，歷陳罪狀。第一款，是在御幄後僭設帳房，犯上不敬。第二款，是出入明宗妃子脫忽思宮闈，越分無禮。還有私受饋遺，妄作威福諸條款，亦列入奏中。

尚未拜發，偏已漏洩消息，傳入哈麻耳中，哈麻即至順帝前哭訴，略稱太平、韓嘉納有意構陷，唆使海壽出頭，將臣劾奏，即乞解臣職以謝二人等語。順帝摸不著頭緒，只說是並無奏章，何必著急，哈麻復稱海壽已繕就奏牘，明日即要進呈。看官！你想臺官的疏奏尚未上陳，那哈麻已先聞知，預為哭訴。若使明白的主子，見哈麻如此狡黠，定要疑他潛布爪牙，暗通聲氣，所以事前偵悉，先使機詐。這種鬼蜮伎倆，一加斥責，便無遁形。怎奈順帝昏饋得很，平時甚寵愛哈麻，擲骰擊毬，聯為狎侶，此次聞他辭職，如何肯依，免不得溫語慰留。

次日視朝，果然由韓嘉納代呈奏章，內係沃呼海壽署名，劾哈麻數大罪，順帝不待瞧畢，便擲諸案上，悻悻退朝。韓嘉納料知不佳，忙與太平計議。太平到了此時，也不禁氣憤道：「有哈麻，無太平，有太平，無哈麻，明晨當入朝面奏。」

翌日昧爽，即偕韓嘉納入朝，俟順帝登殿，便直陳哈麻兄弟，盤踞宮禁，權傾內外的罪狀。順帝徐徐答道：「哈麻罪狀，當不至此。」太平道：「歷代以來的奸臣，若非顯行構逆，定是獻媚貢諛，表面上很是愛君，暗地裡都是罔上，齊桓公寵用三豎，終致亂國，宋徽宗信任六賊，遂以喪身。陛下試借鑑前車，便可知哈麻兄弟，實兆禍階，理應即日黜逐！」（太平有識。）順帝默然不答，韓嘉納復出班叩首道：「左相太平的奏請，關係國家興亡，幸陛下採納施行。」順帝艴然道：「卿何量狹，不肯容這哈麻兄弟！」（明是左袒哈麻，偏說的量狹難容，令人一嘆。）嘉納復頓首道：「臣非為一身計，實為天下國家計；似哈麻兄弟欺君誤國，所以請陛下斥逐。陛下果立斥哈麻兄弟，臣亦甘心受罪，以謝哈麻！」（嘉納有膽。）順帝尚是不悅，太平復啟奏道：「陛下如信用哈麻兄弟，臣願解職歸田！」順帝道：「朕知道了，卿毋多言！」說畢，拂袖還宮。

是時哈麻已詳聞消息，復至順帝前籲請罷官，惹得順帝厭煩起來，索

第五十三回　寵女侍僭加後服　聞母教才罷彈章

性一概黜退。當命侍臣擬定兩道詔旨，一道是免哈麻及雪雪官職，出居草地；一道是罷左丞相太平，降為翰林學士承旨，出御史大夫韓嘉納，為江浙行省平章政事，謫沃呼海壽為陝西廉訪副使。詔既下，朵兒只亦不安於位，奏請免官。順帝准奏，遣他出鎮遼陽。仍任脫脫為右丞相，賜上尊名馬，襲衣玉帶，復令他管理端本堂事。端本堂係皇子肄業處，順帝曾命李好文為諭德，歸暘為贊善，教導皇子，開堂授書。

脫脫既兼握大權，尊榮如舊，聞哈麻兄弟被黜，未免代為扼腕。（脫脫丞相，私心萌矣。）適哈麻至脫脫處辭行，並訴太平攻訐狀，脫脫勸慰道：「我若在朝，必不使若輩得志！你且出居數日，得有機會可乘，便當代請復官，幸勿過憂！」哈麻歡謝而去。脫脫遂將中書省內屬員，一一稽考，查得參政孔思立等，俱由太平薦拔，竟不問賢否，坐罪黜退，改用烏古孫良楨、龔伯遂、汝中柏等為僚屬。汝中柏係左司郎中，素與太平有隙，至是即入語脫脫，捏稱太平罪惡，並言太平子也先忽都，僭娶宗女，勾結諸王，覬覦要職等情。

脫脫正私憾太平，遂將汝中柏所言，列入奏稿。正待拜發，適為老母薊國夫人所見，即語脫脫道：「我知太平是好人，你何故謊言誣奏，指善為惡？」脫脫道：「是由郎中汝中柏所言，想係調查確實，不致說謊。」薊國夫人道：「無論是真是假，盡可聽他自由，他與你何嫌何怨，必欲將他加害！」脫脫被母一詰，轉有些囁嚅起來。薊國夫人怒道：「你如不聽吾言，從此休認母了！」脫脫本具孝思，見老母含有怒色，忙跪稱不敢。薊國夫人復取了奏稿，信手撕毀，於是一場彈案，化作冰消。（不沒賢母。）

不意太平、嘉納等人，正交晦運，一降一謫，尚似未足，不到半年，又有嚴諭頒下，削沃呼海壽官，流韓嘉納於尼嚕罕，並放太平歸里。太平即襆被出都，故吏田復，勸他自裁，太平道：「我本無罪，當聽天由命；若無故自盡，轉似畏罪而死，死亦蒙羞。」言已，即躑躅而去，徑歸奉元

原籍。韓嘉納秉性剛直，未免叢怨，被戍詔下，又經仇人誣奏贓罪，加杖一百，才令起行，途中受了無數苦楚，杖瘡復潰爛不堪，竟致殞命。小子有詩詠道：

　　千秋忠骨瘞荒原，地下猶含不白冤，
　　休怪盈廷多仗馬，由來亂世莫危言。

　　當時廷臣等還疑脫脫主使，其實內中尚有隱情，不得歸咎脫脫。欲知詳細，請閱下回。

　　元季賢相，莫若脫脫，著書人於脫脫多譽辭，非輕祖脫脫也。自古忠臣必出於孝子之門，脫脫隨父出戍，盡心侍奉，其孝可知；厥後擬劾奏太平等人，卒以老母一言，撤消奏牘，非夙具孝思者其能若是乎？或謂哈麻為佞人之尤，而脫脫信之，汝中柏為讒夫之尤，而脫脫暱之，至若皇子愛猷識理達臘，為奇氏所出，脫脫乃竭力保護，取悅寵妃。是而謂賢，孰非賢臣？不知賢者未嘗無過，觀過益足以知仁。脫脫之信哈麻，暱汝中柏，實為老父被戍而起，父謫遠方，因而病歿，脫脫以為終天之恨，而太平等適當其衝，太平有德於脫脫，脫脫固未之聞也，未聞太平之有德，反疑太平之不仁，於是哈麻之佞，汝中柏之讒，得以乘隙而入。雖曰比之匪人，然略跡原心，尚堪共諒。若謂皇子為寵妃所出，不應視若儲君，似矣；然欽察后無子，弘吉剌后有子而殀，當時順帝膝下，只有此兒，奉命教養，自應效忠，安能遽論嫡庶乎？故本回所敘，實以脫脫為主，餘人皆賓也，借賓定主，而他事皆藉此銷納。尤見其天衣無縫云。

第五十三回　寵女侍僭加後服　聞母教才罷彈章

第五十四回
治黃河石人開眼　聚紅巾群盜揚鑣

　　卻說太平歸田，韓嘉納貶死，沃呀海壽削職為民，這事從何而起？原來由脫忽思皇后泣訴帝前，致有此詔。脫忽思皇后，係明宗妃，即順帝庶母。順帝嗣位，嘗尊稱脫忽思為皇后，海壽奏劾哈麻時，曾說他出入無忌，越分無禮。（應上次。）此語被脫忽思皇后聞知，（想是由哈麻報聞。）哪裡禁受得起，況哈麻復被遷謫，更覺與之有嫌，（卿試自問，曾與哈麻相暱否？）當下入白順帝，只說海壽等挾嫌誣控，含血噴人，一面說著，一面流淚。（婦人常態。）順帝見她淒楚情狀，自然怒上加怒，遂頒發一道嚴厲的詔敕，這且按下不提。

　　且說右丞相脫脫，仍執朝政，復經順帝親信，其弟也先帖木兒，亦得任御史大夫。兄弟同據要津，一班大小臣工，免不得又來迎合。適中統、至元等鈔幣，流通日久，致多偽鈔，脫脫欲另立鈔法，吏部尚書偰哲篤，遂建言更造至正交鈔，以鈔為母，以錢為子。（是之謂巧於迎合。）脫脫集臺省兩院諸臣，共議可否，眾皆唯唯如命。獨國子祭酒呂思誠道：「錢為本，鈔為輔，母子並行，奈何倒置？且人民皆喜藏錢，不喜藏鈔，今如歷代錢，為至正錢，及中統鈔，至元鈔，交鈔分為五項，錢鈔相等，民尚喜錢惡鈔；如更增新鈔一種，鈔愈多，錢愈少，下必病民，上必病國。」偰哲篤道：「至元鈔多偽，所以改造。」思誠道：「至元鈔何嘗是偽？乃是奸人牟利仿造，以致偽鈔日多。公試思舊鈔流通有年，人已熟睹，尚有偽鈔攙雜，若驟行新鈔，人未及識，偽且滋多，豈不可慮！」偰哲篤道：「錢

第五十四回　治黃河石人開眼　聚紅巾群盜揚鑣

鈔兼行，便無此弊。」思誠正色道：「錢鈔兼行，輕重不論，何者為母？何者為子？汝不明財政，徒然搖唇鼓舌，取媚大臣，如何使得！」（議正詞嚴，為《元史》中所僅見。）偰哲篤被他駁斥，由羞成憤道：「汝有何議？」思誠道：「我只知有三個大字。」偰哲篤復問何字？思誠卻厲聲道：「行不得！行不得！」脫脫在座，見兩人爭論起來，便出為解勸，但說是容後緩圖，思誠乃退。

脫脫弟也先帖木兒道：「呂祭酒的議論，也有是處；但在廟堂中厲聲疾色，未免失體。」脫脫也為點頭。臺官瞧著脫脫情形，遂於會議散班後，草就一篇奏牘，竟於次日進呈，奏劾思誠狂妄。（畢竟直道難行。）有旨遷思誠為湖廣行省左丞。未幾，即造至正新鈔，頒行全國。鈔多錢少，物價騰踴，至逾十倍，所在郡縣，均以物質相交易，由是公私所積的鈔幣，一律壅滯，幣制大壞，國用益困。（近今亦有此弊，恐將循元覆轍。）

會黃河屢決，延及濟南、河間，大為民害。脫脫復集群臣會議。大眾議論紛紛，莫衷一是，獨工部郎中賈魯，方授職都水監，探察河道，留意要害。至是便議稱塞北疏南，使復故道，方可無虞。看官！這賈魯所說的黃河故道，究在何處？小子欲詳敘巔末，很覺煩雜，只好臚舉大略，俾人人一覽瞭然，方不至辭煩義晦，取厭諸君呢。原來黃河發源崑崙山。曲折東流，入中國甘肅境，道出長城，由北趨東，由東折南，成一大麴，名為河套，自是南下，行壺口、龍門兩山谷中，為山西、陝西兩省的界線，復東折入潼關，經砥柱山麓，直入河南省，始由高地陡落平原，地勢散漫，遷流無定。從古時大禹治河以後，河不為患，約八百年，殷代已屢有河患，嗣後屢次橫決，忽北忽南，總計自殷、周起，至元朝順帝年間，河流變遷，不可勝紀，唯大變遷共有五六次。大禹治水，就大陸以北，分為九河，合於天津入海。大陸即今直隸省西北的寧晉泊。至周定王五年河徙，

由運河達天津入海。新莽始建國三年又徙,由徒駭達利津入海,宋仁宗慶曆八年又徙,又由今運河達天津入海。金章宗明昌五年又徙,分為南北兩派,北派合濟水入海,南派合淮水入海。元世祖至元二十五年又徙,兩派河流,總合淮水入海,就是今江蘇省內的淤黃河。(以上所述今字,俱就著本書時立說,蓋至清季咸豐五年,河道又徙入山東,合大清河入海,咸豐以前之河流出海,實在江蘇省東北舊淮安府境內,至今陳跡猶留,稱為淤黃河。)世祖後,河又屢決,累歲築防,終乏成效。順帝至元元年,河決開封,至正四年,河決曹州,未幾又決汴梁,五年又決濟陰,乃立山東、河南等處行都水監,一意治河。賈魯所說的塞北疏南,使復故道,就是要河流仍合淮水,照前出海的意思。(元元本本,殫見恰聞。)但欲依議而行,必須大興工役,方可成事。脫脫令賈魯估算,需用兵民二十萬人,倒也未免吃驚。遂遣工部尚書成遵,與大司農禿魯,先行視河,考核以聞。成遵等自京出發,南下山東,西入河南,沿途履勘,悉心規劃,所有地勢的高下,與水量的淺深,統已測量明白,繪就略圖,附加臆說,於是相偕還都,徑入相府,來見脫脫。脫脫立即延入,問明河道情形。成遵開口,便說河流故道,斷不可復,賈魯計議,斷不可行。脫脫問是何故?成遵即將圖說呈上,由脫脫閱了一周,置諸案上,(大約是莫名其妙。)淡淡的答道:「汝等沿途辛苦,且休息一天,明日至中書省中核議便了。」兩人辭去,翌晨,即赴省署中候著,不一時,脫脫到來,賈魯亦隨入,餘如臺省兩院各官,亦先後會集。當下開議,成遵與賈魯兩人,意見互歧,彼此各主一說,免不得爭論起來。各官吏等未曾親歷,兼以平日在都,也不暇留意河防,只好眼睜睜的看他辯論。(一班行屍走肉的人物,樂得揶揄數語。)自辰至午,兩人爭議未決,方由各官勸解,散坐就膳。膳畢,復行核議,仍是雙方扞格。脫脫乃語成遵道:「賈友恆的計畫,實為一勞永逸起見,公何固執若是?」成遵道:「河流故道,可復不可復,尚不暇

第五十四回　治黃河石人開眼　聚紅巾群盜揚鑣

辯；據國計民生上立論，府庫日虛，司農仰屋，若再興大工，尤恐支絀！（是顧及國計。）且如山東一帶，連歲歉收，百姓困苦已極，倘調集二十萬眾，騷擾民間，（是顧及民生。）將來禍變紛乘，比河患還怕加重哩！」脫脫變色道：「汝謂百姓將反麼？」成遵道：「恐防難免！」（半語不讓，恰也倔強。）各官見成遵執性，竟與丞相鬥起嘴來，未免不雅，遂將成遵勸開，令他歸去。（禿魯何在，如何噤不一言。）脫脫餘怒未息，復語眾官道：「主上視民如傷，做大臣的應為主分憂。明知河流湍急，最不易治，但或遷延過去，他時為禍尤大；譬如人有疾病，遷延不治，終致斃命。黃河為中國大病，我欲將它治癒，偏有人硬來攔阻，奈何！」眾官聞言，齊聲答道：「傅相首秉國鈞，這事但憑鈞裁，何庸他顧！」脫脫又道：「好在今日得了賈友恆，使他治河，必能奏功。」原來友恆係賈魯別字，脫脫契重賈魯，所以稱字不稱名。（補筆不漏。）眾官又齊聲贊成。（樂得逢迎。）賈魯獨上前固辭。脫脫道：「此事非汝不辦，明日入奏便了。」言已，命駕而去，眾官陸續散歸。

次日入朝，成遵亦到，有幾個參政大員，與遵為友，密語遵道：「丞相已決計修河，且已有人負責，公此後幸毋多言。」成遵道：「腕可斷，議不可易！」（硬漢子。）既而隨班入朝。及順帝升殿，脫脫即奏言賈魯才可大用，令他治河，必能勝任。順帝大悅，便宣召賈魯。魯奏對稱旨，當命他退朝候敕。成遵不便出奏，只好一同退班。越宿有詔頒發，罷成遵官，出為河間鹽運使，特授賈魯為工部尚書，充總治河防使，進秩二品，賞給銀章，發大河南北兵民十七萬，令歸節制，便宜興繕。原來脫脫退朝後，又將賈魯計畫，詳奏一本，並有成遵恇怯無能，大非魯比等語，所以有此詔旨。

成遵奉詔，交卸原職，出都就任，自不消說。唯賈魯受職治河，倒也竭誠行事，不敢少懈，當日出都就道，到了山東，一面徵集工役，一面巡

視堤防，某處派萬人繕修，某處派萬人增築，統是主張障塞，不使泛溢。（是塞北河。）自山東馳入河南，由黃陵岡起，南達白茅，直抵黃固、哈只等口，見有淤塞地方，浚之使通，遇有曲折地方，導之使直，隨地派工，鍬鍤兼施。又自黃陵岡西至楊青村，在北加防，在南施鑿，通計修治地段，共二百八十里有奇。這位敏達幹練的賈尚書，整日裡往來跋涉，僕僕道旁，入夜又估工考績，閱簿稽財，真是耐勞任怨，不憚勤勞；元廷雖派了中書右丞玉樞虎兒吐華，與知樞密院事黑廝，率兵彈壓，作為賈尚書幫手，怎奈若輩只袖手旁觀，不能為力，所以一切興繕，全要賈尚書主持。（歸功賈魯，亦是平允之論。）至正十一年四月興工，七月疏鑿告竣，八月洩水故河，九月舟楫通行。十一月諸掃堤亦成，河復故道，南匯淮水，東流入海。賈魯以河平入告，順帝歡慰異常，即遣使報祭河伯，並召魯還都。魯至京入朝，由順帝溫言慰諭，面授魯為集賢大學士。並因脫脫薦賢有功，賜號答剌罕，令他世襲。他如從魯治河各官，俱特旨遷賚。復敕翰林學士承旨歐陽玄，制河平碑，旌揚脫脫丞相，及賈尚書魯功績。真是一夫創議，萬夫臚歡。

　　脫脫方私下告慰，不意河流方順，兵變迭興，有元一百數十年江山，（一百數十年，指自太祖開國而言。）竟從此土崩瓦解，化作烏有子虛。說也奇怪，那元代滅亡的應兆，偏似從賈魯治河，開釁起來。（語有分寸。）先是至正十年，河南北已有童謠道：「石人一隻眼，挑動黃河天下反！」當時有人聞著，大都不解所謂，及賈魯治河，督工開鑿黃陵岡，果從地下崛起一個石人，眼睛只有一隻，作啟視狀，役夫相率驚訝，報知賈魯，魯出瞧石人，也覺暗暗稱奇。只面上恰毫不動容，命役夫用鋤擊碎，搬開了案。嗣後功成返京，全未提及，偏偏汝、潁亂起，應著童謠。小子欲歷敘亂事。因頭緒紛煩，只好編列一表，說明如左：

　　（一）潁州人劉福通奉韓山童子林兒為主，倡亂潁州。

第五十四回　治黃河石人開眼　聚紅巾群盜揚鑣

韓山童係欒城人，其祖父以白蓮會燒香惑眾，謫徙永平，傳至山童，詭言天下大亂，彌勒佛出世，河南及江淮間愚民，信為真言。潁州人劉福通，與其黨杜遵道、羅文素、盛文郁、王顯忠、韓咬兒等，復詭稱山童係宋徽宗後裔，當為中國主，乃集眾設誓，起亂京畿，地方官即飭兵搜捕，擒住山童，福通挈山童妻楊氏，及其子林兒，遁入河南，號召黨羽，至數萬人，均以紅巾為號，稱為紅巾賊，橫行河南。

（二）蕭縣人李二，倡亂徐州。

李二亦一無賴子，嘗燒香聚眾，聯結黨人趙均用、彭早住等，攻陷徐州，作為盤踞地。李二綽號芝麻李。

（三）羅田人徐壽輝，倡亂蘄水。

徐壽輝係一商人，素販布。有僧彭瑩玉，好言妖異，見壽輝以狀貌魁奇，稱為貴相，遂與黨人鄒普勝、倪文俊等奉壽輝為主，攻陷蘄水及黃州路，亦以紅巾為號，時人也稱為紅軍。

這三路寇亂，騷擾河南及江淮間，《元史》上稱為汝、潁妖寇。有先時發難的方國珍，後時響應的郭子興、張士誠，倒也鼎鼎名，小子也應把他來歷，略述於下。

（一）臺州人方國珍作亂，在至正八年十一月間。

方國珍素販鹽，浮海為業。時有蔡亂頭為海盜，經有司緝捕，或告國珍亦嘗通寇，國珍懼，遂航海為亂，劫掠漕運，執江、浙參政朵兒只班，脅使奏聞元廷，赦罪授官。詔授國珍為定海尉，國珍嫌官卑祿微，不肯受命，尋進攻溫州，猖獗日甚。

（二）定遠人郭子興作亂，在至正十二年二月間。

郭子興少有俠氣，喜與壯士結交，及見汝、潁兵起，亦與其黨孫德崖等，舉兵作亂，自稱元帥，攻陷濠州。

（三）泰州人張士誠作亂，在至正十三年三月間。

張士誠與弟士德、士信等，皆以操舟運鹽為業，富家多視為賤役，動加侮弄，弓手邱義，窘辱尤甚。士誠大怒，率壯士十八人，殺邱義及諸富家；遂招集鹽丁，占據泰州。嗣復陷高郵，戕知府李齊，自稱誠王。

　　寇氛擾擾，戰鼓鼕鼕，警報似雪片般飛達元廷，順帝大驚，連忙調發兵馬，分道出征。正是：

　　勝、廣揭竿秦社覆，竇、楊起釁隋廷亡。

　　畢竟勝敗如何，容俟下回再表。

　　秦亡於漁陽之戍，唐亡於桂林之卒，元亡於開河之役，論者多歸咎賈魯及脫脫，其實未然！元之亂，由上下宴逸所致，並不繫於河之開不開。且治河所以保民，賈魯塞北疏南之議，亦非全無識見，唯當時山東一帶，連歲饑饉，何弗以工代賑，為一舉兩得之計，而乃徒發兵役，多至十七萬人，未蘇民困，轉耗民食，此不得為無咎，而治河之得失無與焉。石人開眼，童謠本屬無稽，賈魯鑿河，適與童謠相應，安知非草澤之徒，隱為埋藏，藉此以圖煽惑耶？本回敘治河事，詞不厭詳，而下語多有分寸，至於群盜之起，僅列表以明之，蓋前應化簡為繁，後應刪繁就簡，作者之著意在此，閱者之醒目亦在此，毋視為尋常鋪敘也！

第五十四回　治黃河石人開眼　聚紅巾群盜揚鑣

第五十五回
失軍心河上棄師　逐盜魁徐州告捷

卻說順帝迭聞警報，很是焦灼，忙與首相脫脫商議。脫脫道：「中州為全國腹心，今紅巾賊起，適在中州，（中州即河南。）實是腹心大患。臣擬先發大兵，剿紅巾賊，肅清腹地，然後依次進兵，討平餘寇。」順帝道：「各處亦統來告急，奈何！」脫脫道：「各地非無守將，請陛下分道頒詔，令他就近赴援，剿撫兼施，一俟中州平定，餘寇自然瓦解。這是目前最要的計策。」順帝道：「何人可遣？」脫脫道：「臣受恩深重，督師平寇，報答皇恩。」順帝道：「卿係朕股肱耳目，不可一日相離，朕聞卿弟亦有才名，何妨遣他討賊。」脫脫道：「臣弟可去，但必須添一臂助。」順帝道：「衛王寬徹哥何如？」脫脫道：「宸衷明鑑，諒必得人。」（脫脫議先剿河南，計非不是，唯乃弟素不知兵，如何說是可去？）

計議已定，便命御史大夫也先帖木兒知樞密院事，與衛王寬徹哥，率諸衛兵十餘萬，出討河南妖寇，一面頒詔各路就近剿撫。也先帖木兒奉命，即日會同衛王，調兵出都。

他本是個矜才使氣的人物，握著了這麼大權，益發趾高氣揚，目無全虜。（反射下文。）到了上蔡，城已為寇黨韓咬兒所據，當即在城下紮營，安排攻具，晝夜圍城。韓咬兒登陴守禦，見元兵四面攢聚，好似蜂蟻一般，頓吃了一大驚，怎奈事已到此，無可如何，只得帶領黨羽，勉強守著。元兵圍了好幾日，尚是不能攻入，也先帖木兒大怒，嚴申軍令，限日破城，逾限立斬。將士聞命，相率驚惶，幸上蔡城池卑狹，寇黨不過數千

第五十五回　失軍心河上棄師　逐盜魁徐州告捷

人，城外又無餘寇接應，但教合力進攻，不難得手；當下將士效命，互約進行，四面布著雲梯，冒死登城。韓咬兒顧此失彼，頓被元兵殺入，劈開城門，招納大兵，與韓咬兒巷戰起來，兩下廝殺多時，把寇黨大半屠戮，剩了韓咬兒孤身，還有什麼伎倆，自然被元兵擒住。

也先帖木兒大喜，便遣使報捷，並將韓咬兒囚解至京。順帝誅了韓咬兒，傳旨獎賞，頒給鈔幣數千錠。也先帖木兒得此快事，越加驕倨，（小小一個孤城，且圍攻了多日，方得幸勝，如何便驕倨起來？）不但虐待軍士，就是同行的衛王，也看他與傀儡相似，不屑協議，所有一切軍政，統是獨斷獨行。衛王以下，無人敬服，不過因受了主命，一時不便解散，沒奈何隨他前進。

劉福通聞咬兒被擒，忙分派死黨，嚴守所得要害，阻住元兵。也先帖木兒麾下，雖有十多萬人，大都觀望不前，任你也先帖木兒如何嚴厲，總是不肯出力，或且潛行逃避，因此也先帖木兒無威可逞，只好逗留中道，待賊自斃。

偏偏殺運方開，寇焰愈熾。劉福通猖獗如故，固不必說；他如芝麻李等，亦相率橫行；最厲害的莫如徐壽輝。壽輝據蘄水後，居然自稱皇帝，僭號天完國，改元治平；以鄒普勝為太師，出兵江西，攻陷饒州、信州，另派部將丁普郎等，溯江而上，連陷漢陽、興國、武昌等處，威順王寬徹普化，及湖廣平章政事和尚，棄城遁去。轉陷沔陽，推官俞述祖被擒，怒罵壽輝，被他磔死。復陷安陸府，知府醜驢陣亡。壽輝又派別將歐祥等寇九江，沿江各兵，聞風宵遁。江州總管李黼，傳檄兵民，募集丁壯，與寇眾血戰數仗，水陸獲勝，嗣因附近城堡，多被陷落，寇眾四集城下，晝夜環攻，平章禿堅不花，又縋城潛走，中外援絕，勢難再守，李黼猶力捍數日，至寇入東門，尚揮劍斫數十人，與從子秉昭，一同殉難。（不沒忠臣。）

江州既陷，袁州、瑞州等，接連失守，元廷連日聞警，免不得又開廷議。當由脫脫等議定各路進兵，責成統帥，以覘後效。其時授詔討賊的官員，約有數處：

　　四川行省平章政事咬住，率兵徇荊襄。

　　江西行省左丞相亦憐真班，率兵守江東西關隘。

　　知樞密院事也先帖木兒，與陝西行省平章政事月魯帖木兒，討南陽、襄陽賊。

　　刑部尚書阿魯，討海寧賊。

　　江西右丞火爾赤，與參知政事朵罕，討江西賊。

　　江西右丞兀忽失等，討饒信等處賊。

　　分派既定，宮廷少安。嗣聞方國珍兄弟，忽降忽叛，浙東道宣慰使都元帥泰不華戰歿，（泰不華見第五十回。）乃復飭江浙左丞左答納失里往討國珍。

　　原來國珍入海，攻掠沿海州郡，官軍多不戰自潰。元廷遣大司農達什帖木兒等，南下黃巖，招之使降，國珍居然受命，挈二弟登岸羅拜道旁。達什帖木兒喜甚，遽授以官，國珍兄弟，歡躍而去。獨浙東宣慰使泰不華，料其狡詐，夜訪達什帖木兒，擬命壯士襲殺國珍。達什帖木兒不從，且斥泰不華違詔喜功，計遂不行。及達什帖木兒還都，國珍果復率黨羽，入海剽掠。泰不華遣義士王大用往諭，被國珍羈住，另遣戚黨陳仲達報聞，如約願降。泰不華乃率部下數十人，偕仲達乘舟，張受降旗，乘潮而前。舟觸沙不能行，猛見國珍鼓棹前來，急呼仲達與伸前議，仲達目動氣索，泰不華知有異謀，手刃仲達，即前搏國珍船，射死賊目五人。國珍船中盡藏伏兵，至是齊起，躍登泰不華舟，泰不華奪刀亂揮，復斃賊數人。賊攢槊競刺，中泰不華頸，鮮血直噴，猶直立不僕，卒被賊投屍海中，餘眾皆戰死。事聞於朝，追封魏國公，謚忠介，命左丞左答納失里剋日進

第五十五回　失軍心河上棄師　逐盜魁徐州告捷

討，不得違慢。左答納失里也奉命去訖。（此段為說明文，亦為銷納文，因欲明泰不華之忠，方國珍立狡，所以插入。）

元廷又頒下詔旨，令各路統帥，便宜行事。滿望他旗開得勝，馬到成功，不意第一路注意人馬，竟無端潰散，自沙河退駐朱仙鎮，幾不成軍。看官欲問這統帥姓氏，就是脫脫丞相的母弟，叫做也先帖木兒。（加入脫脫丞相母弟六字，句中有刺。）他自上蔡得勝後，進至沙河，駐紮了兩三月，未曾對仗。忽軍中自起訛言，競稱劉福通糾合眾寇，前來劫營，累得也先帖木兒日夕防備，連寢食都是不安。忙亂了好幾日，並不見有一寇到來，頓時懊惱得很，把所有軍官，斥辱一番，並令此後不得妄言，違令者斬。（不把軍官立斬，還算仁恕，但也虧有此著，才得逃命。）一班軍官，本已心懷怨望，又被他嚴加訓斥，索性一鬨而散，黃夜逃去。也先帖木兒並未預聞，到了日上三竿，升帳檢閱，只有親兵數百名，兀自守著，其餘不知去向。慌忙去請衛王，衛王也騎馬走了。那時也先帖木兒倉皇失措，也只好上馬急奔，行了三十六策中的第一策。奔至朱仙鎮，方遇衛王寬徹哥，帶著一半散卒，在鎮紮營。他尚莫名其妙，及與衛王相見，欲問底細，衛王又模模糊糊的說了數語，沒奈何上書奏聞。嗣得詔敕，遣中書平章政事蠻子（一作曼濟。）代為統帥，召他還京。他即將兵符繳與衛王，即日北歸。

既到京師，仍受命為御史大夫。西臺御史範文，抱著一腔忠憤，聯繫劉希曾等十二人，上書奏劾，說他喪師辱國，罪無可原。中臺御史周伯琦，反劾范文等越俎上言，沽名釣譽。兩篇奏章，先後進呈。順帝竟從伯琦言，斥責范文等十二人，統降為各郡判官。又加罪西臺御史大夫朵爾直班，說他授意屬僚，好為傾軋，外徙為湖廣平章政事。（真是憒憒。）朵爾直班素感風疾，及出都門，老病復發，行至黃州，又奉詔令他司餉，各路統帥，日來絮聒，（總是迎合當道。）卒至憂憤填胸，嘔血而死。（脫脫

不能辭其咎。）

　　盈廷人士，從此噤不敢言。唯脫脫雖多矇蔽，心終憂國，默唸各路已有重兵，只徐州被李二占據，尚未克復，決意自請出征，規復徐州。遂入朝面請，奉旨特許，命以答剌罕太傅右丞相，分省於外，總制各路軍馬，爵賞誅殺，悉聽便宜行事。並命知樞密院事咬咬，中書平章政事搠思監，也可札魯忽赤（此六字係元代官名。福壽，坊間小說有赤福壽，想係福壽以上誤添一赤字，遂致以訛傳訛。）從脫脫出師。脫脫臨行時，復奏請哈麻兄弟，可以召用。（恩怨太明，反致自誤。）順帝自然准奏，立召哈麻為中書右丞，雪雪為同知樞密院事。兩人星夜進京，來送脫脫，脫脫以國事相託，教他盡職效忠。（看錯了人。）兩人唯唯聽命。脫脫便麾兵出都，渡河而南，直抵徐州，於西門外安營。

　　李二本是劇盜，聞丞相脫脫親自到來，便號召群盜，一齊殺出，衝突過去；虧得脫脫軍律嚴明，一些兒不見慌忙，各自攜械抵禦。正交戰間，但聽李二陣內，梆聲一響，飛箭便應聲射來。元兵前隊未曾預防，被射死了數十名。脫脫恐中軍驚退，忙策馬向前，領兵殺上，說時遲，那時快，脫脫所乘的馬首，已中著一箭，箭鏃甚長，飾以鐵翎，這馬負著痛楚，幾乎支持不住，衛士忙來扶住脫脫。脫脫叱開衛士，下馬易騎，仍舊麾旗前進。麾下見主帥拚命，哪個還敢退後，一陣衝殺，竟將李二部眾，逼回城中；李二忙令閉城，方闔半扉，元兵已如潮湧入，勢不可當。幸徐州尚有內城，外郭雖破，內城尚可自保。李二急呼眾奔入，閉門固守。

　　脫脫乘勝攻城，城上矢石如雨，眼見得一時難下，方命各軍休養一宵，越日復督軍圍攻，喊聲如雷，震動天地。那李二恰也厲害，把平日積貯的守具，盡行取出，對付元兵。一連數日，相持未下，脫脫以李二負嵎，持久非計，遂令軍士撤退西南，專攻東北，日間命他猛擊，夜間更迭退休。城內的趙均用、彭早住二人，見元兵如此舉動，遂向李二獻計道：

第五十五回　失軍心河上棄師　逐盜魁徐州告捷

「元兵遠來，攻戰數日，必致疲乏，所以銳氣漸衰，撤圍自固。我等可乘夜出兵，掩殺過去，必可獲勝。」李二道：「今夜已來不及了，明天夜半，我率眾出南門，你兩人率眾出西門，左右夾攻，尤為妙計。」趙、彭二人鼓掌稱善。（計固妙矣，奈城內無人何。）

到了次日，城上下攻守如舊，二更時候，李二與趙、彭二人，分頭出城，竟來掩襲元營。營外有元兵站著，見李二等併力殺來，一聲吶喊，紛紛四走，李二等便搗入營中，來擒脫脫，誰知營內只有燈燭，並無人馬。至此才知中計，忙令退兵，忽聽炮聲四響，元兵盡行殺到，把李二等困在垓心。李二此時，也顧不及趙、彭二人，只好拚命殺出，奔回南門，舉頭一望，叫苦不迭。看官，你道何故？原來城樓上面，萬炬齊明，火光中現出一位紫袍金帶，八面威風的元丞相。（突如其來，令人叫絕。）驚得這個芝麻李，魂飛天外，回馬急逃。元兵又復追至，殺得李二手下，七零八落，李二已無心戀戰，只管奪路奔走。元軍尚欲追趕，但聞城內已經鳴金，遂相率勒馬，由他自去。此時彭、趙二盜，料無可歸，早殺開血路，逃出外城，向濠州去訖。至李二出外城，二人已去得很遠。李二垂頭喪氣，徑投沔陽，後來不知下落，想是窮途致死了。（芝麻變油，成了流質，所以無從稽考。）天已大明，各元將入城獻功，斬首約數千級，並獲得黃傘旗鼓等，由脫脫一齊檢閱，錄功行賞有差。脫脫復下令屠城，福壽上前諫阻道：「劇盜如李二等，傅相尚不欲窮追，百姓何辜，偏令屠戮？」脫脫道：「汝但知其一，不知其二。我圍城數日，但見盜賊人民，齊心守禦，料是不易攻入，所以我撤圍西南，故意示懈，令他前來掩襲。我先授諸將密計，四處埋伏，截住他的歸路，以便我乘隙入城。我入城時，百姓還來抗拒，被我殺退，嗣見李二等出走，尚有百姓隨著，我恐城中再擾，所以鳴金收軍。看來此等頑民，不便再留，一律屠戮，才無後慮。」（攻城之計，從脫脫口中自敘，又開一補述文法。）福壽不便再言，當由眾將奉令，把

城中老少男女，盡行殺訖。然後上書告捷。（脫脫之罪，莫如此舉。）

　　順帝聞報，立遣平章政事普化等，頒賞至軍，且加封脫脫為太師，召使還朝，並改徐州為武安州，立碑表功。脫脫班師北歸，由順帝遣使郊迎，入見後，賞給上尊珠衣白玉寶鞍，一面賜宴私第，命皇太子親去陪宴，這正是異數寵榮，一時無兩。（盛極必衰。）

　　脫脫因東南盜起，漕運為難，復請於京畿立分司農司，自領大司農事，令右丞悟良哈臺，左丞烏克孫良楨兼大司農卿，作為襄辦。西至西山，東至遷民鎮，南至保定、河間，北至檀順州，均導引水利，立法耕種，不到一年，居然禾麥芃芃。收入京倉，可充食俸。順帝以宰輔得人，一切國政，委他處理，自己恰日居宮中，恣情酒色，於是貢諛獻媚的哈麻，又在宮中日夕伺候，想出了一條極樂的法兒，導帝肆淫。小子有詩詠道：

　　得人興國失人亡，況復宮廷已色荒；
　　莫謂誤君由嬖倖，君昏何自望臣良？

　　欲知哈麻所獻何術，容待下回表明。

　　本回敘寫戰事，獨於脫脫兄弟之出征，演述較詳，其他隨筆敘過，概行從簡；非詳於此而略於彼也；文法有賓主，上文已備言之。若不問主賓，依事類敘，徒使閱者眩目，毫無興味，何足觀乎？且不特法分賓主已也，又有賓中主，主中賓之法，如本回前半，敘也先帖木兒事，主中賓也，而脫脫實為賓中主；後半敘脫脫事，似為主文，然亦一主中賓，所足稱賓中主者，實為順帝。由是類推，則雖為夾敘之文，亦有主賓之分，與主中賓、賓中主之分，在閱者默揣而得耳。若論脫脫兄弟之策略，則乃弟遠不及乃兄，文已敘明，毋庸贅說。唯著書人頗重視脫脫，故雖不掩脫脫之短，而獨喜述脫脫之長。意者其亦善善從長之意乎？然元代賢相，絕無僅有，如脫脫者，固不容盡沒甚功也。

第五十五回　失軍心河上棄師　逐盜魁徐州告捷

第五十六回
番僧授術天子宣淫　嬖侍擅權丞相受禍

卻說哈麻兄弟，得脫脫薦引，復召回重用，適順帝厭心國事，尋樂解憂，哈麻遂引進一個番僧，日侍左右；這番僧無他技能，只有一種演揲兒法，獨得祕傳。什麼叫做演揲兒？譯作華文，乃是大喜樂的意義。大喜樂三字，尚是含糊，小子從《元史》上考查，實是一種運氣的房術。順帝正考究此道，得了番僧，如獲聖師，當即授職司徒，令他在宮講授，悉心練習，到了實地試行的時候，果然比前不同，就是六宮三院的妃嬪，也暗中欣慰。

哈麻有一妹婿，名叫禿魯帖木兒，曾為集賢院學士，出入宮禁，甚得帝寵，至是亦密奏順帝道：「陛下雖貴為天子，富有四海，其實不過一儲存現世罷了。臣聞黃帝以御女成仙，彭祖以採陰致壽，陛下若熟習此術，溫柔鄉里，樂趣無窮，並且上可飛昇，下足永年。」順帝不待說畢，便道：「你難道不聞演揲兒麼？朕已粗得此訣了。」禿魯帖木兒道：「尚有一雙修法，比演揲兒尤妙，演揲兒僅屬男子，雙修法並及婦女，陛下試想房中行樂，陽盛陰不應，上行下不交，還是沒甚趣味。」（雙修法得此解釋，足補元史音注之闕。）順帝喜道：「卿善此術否？」（前稱汝，後即稱卿，其意可知。）禿魯帖木兒道：「臣且不能，現有西僧伽璘真，（一作結琳沁。）頗善此術。」（郎舅俱能薦賢，好算是順帝功臣。）順帝道：「卿速為朕宣召，朕當拜他為師。」（可謂屈尊盡禮。）

禿魯帖木兒奉旨，立召伽璘真入宮。順帝接見畢，敬禮有加，便命他

傳授祕訣。伽璘真道：「這須龍鳳交修，方期完美。」順帝道：「朕的正后，素性迂拘，不便學習，（忽都皇后，史稱其賢，所以借順帝口中代為解免。）其他后妃，或可勉學，但一時也恐為難呢。」伽璘真道：「普天下的子女，何一非陛下的臣妾，陛下何必拘定后妃，但教採選良家女子，入宮演習，自多多益善了。」順帝大喜，便面授為大元國師。一面親受祕傳，一面命禿魯帖木兒督率宦官，廣選美女入宮，演習種種祕術。

　　伽璘真一團和氣，藹然可親，入宮數日，宮娥綵女們，無不歡迎。（是謂無量歡喜佛。）就是前次入宮的西番僧，也與他往來莫逆，聯為知交。順帝各賜他宮女三、四人，令供服役，稱作供養。二僧日授祕密法，夜參歡喜禪，無拘無束，逍遙自在。他又想出一法，令宮女學為天魔舞。每舞必集宮女十六人，列成一隊，各宮女垂髮結辮，首戴象牙佛冠，身披纓絡大紅銷金長裙，雲肩鶴袖，錦帶鳳鞋，手中各執樂器，帶舞帶敲，逸韻悠揚，彷彿月宮雅奏；霓裳蕩漾，渾疑天女散花。臨舞時先宣佛號，已舞後再唱曼歌，樂得順帝心花怒開，趁著興酣的時候，就隨抱宮女數人，入祕密室，為雲為雨，親試這演揲兒法及雙修法。（佛法無邊，樂何如之。）兩僧也樂得隨緣，左擁右抱，肉身說法，還有一個親王八郎，是順帝兄弟行，乘這機會，也來竊玉偷香。又由禿魯帖木兒聯結少年官僚八九人，入宮伺候，分嘗禁臠。（禿魯帖木兒也來偷香，不怕哈麻妹子吃醋麼？）順帝賜他美號，叫做「倚納」。倚納共有十人，（連八郎在內。）得入祕密室。祕密室的別名，叫做「色濟克烏格」。（一作皆即幾該。）色濟克烏格五字，依華文譯解，係事事無礙的意思。後來愈加放恣，不論君臣上下，統在一處宣淫，甚至男女裸體，公然相對，豔話淫聲，時達戶外。兩僧又私引徒侶，出入禁中，除正宮皇后外，統是一塌糊塗，不明不白。（佛經所謂「皆大歡喜」者意在斯乎？）

　　順帝復敕造清寧殿，及前山、子月宮諸殿宇，令宦官留守也速迭兒，

及都少水監陳阿木哥等監工。日夕趕造，窮極奢華。工竣後，遂於內苑增設龍舟，自制樣式，首尾長一百二十尺，廣二十尺，上有五殿，龍身並殿宇俱五採金裝，用水手二十四人，皆衣金紫，自後宮至前宮，山下海子內，往來遊戲。舟一移椗，龍首及口眼爪尾，無不活動，栩栩如生。又制宮漏高六七尺，闊三四尺，造木為匱。藏壺其中，運水上下，匱上設西方三聖殿，匱腰設玉女，捧腰刻籌，時至輒浮水上升，左右列二金甲神，一懸鐘，一懸鉦，夜間由神人司更，自能按更而擊，不爽毫釐。鳴鐘鉦時，左獅右鳳，自能翔舞。匱東西又有日月宮，設飛仙六人，序立宮前，遇子午時，又自能耦進，度仙橋，達三聖殿，逾時復退立如前，真是窮工極巧，異想天開。（目今西人雖巧，尚不能有此奇制，不知順帝從何處學來？豈西僧所教如演撮兒法及雙修法中亦有此祕傳耶？）皇子愛猷識理達臘，日漸長成，見宮中如此荒淫，恨不將這班妖僧淫賊，立加誅逐，可奈權未到手，力不從心，整日間忐忑不定，乃潛出東宮，往訪太師脫脫。適脫脫自保定還京，得與皇子相見，敘過寒暄，即由皇子談及宮闈近況。脫脫嘆息道：「某為屯田足食起見，往來督察，已無暇晷；近且寇氛不靖，汝、穎、江、淮，日見糜爛，每日調遣將士，分守各處，尚且警報頻來，日夜焦煩，五中如焚，所以並宮禁事情，無心過問了。」皇子道：「現在亂事如何？」脫脫道：「劉福通出沒汝穎，徐壽輝擾亂江淮，方國珍剽掠溫臺，張士誠盤踞高郵，劇盜如毛，剿撫兩難。近聞池州、太平諸郡，又被賊黨趙普勝等陷沒，江西平章星吉，與戰湖口，兵敗身死。（趙普勝作亂，星吉殉節事，從脫脫敘出，亦為省文計耳。）某正擬上奏，再出督師，如何宮禁中鬧得這般情形，難道哈麻等日侍皇上，竟不去規諫麼？」皇子道：「太師休提起哈麻，他便是禍魁亂首哩。」脫脫大為驚異，復由皇子申述淫亂原因。脫脫道：「哈麻如此為惡，不特負皇上，並且負某，某當即日進諫，格正君心。」皇子道：「全仗太師！」脫脫道：「食君祿，

第五十六回　番僧授術天子宣淫　嬖侍擅權丞相受禍

盡君事，這是人臣本分呢。」（脫脫著元史，恃有此心。）皇子申謝而別。脫脫還未免懷疑，再去私問汝中柏。汝中柏極陳哈麻不法，惱動了脫脫太師，立即命駕入朝。原來汝中柏得脫脫信用，由左司郎中，入為中書省參議。（應五十三回。）他仗著脫脫權力，遇事專斷，平章以下，莫敢與抗，獨哈麻不為之下，屢與齟齬。（一恃相權，一恃主寵，安能協和？）汝中柏啣恨已久，遂乘機發洩，極力指斥哈麻，這且不必絮述。

且說脫脫盛氣入朝，至殿門下輿，大著步趨入內廷，不料被司閽的宦官，出來阻住。脫脫怒叱道：「我有要事奏聞皇上，你為何阻我進去？」宦官道：「萬歲有旨，不准外人擅入！」脫脫道：「我非外人，不妨入內。」宦官再欲有言，被脫脫扯開一旁，竟自闖入。這時候的元順帝，正在祕密室演法，忽由禿魯帖木兒報道：「不好了！丞相脫脫來了！」順帝喘著道：（用一喘字妙。）「我（句）我無暇見他！司閽（句）司閽何在？如何令他擅入！」（順帝行淫，禿魯帖木得以入報，是回應事事無礙語。）禿魯帖木兒道：「他是當朝首相，威焰熏天，何人敢來攔阻？」（只此三語，脫脫已是死了。）順帝道：「罷了！罷了！我便出來，你速去阻住，教他在外候著！」禿魯帖木兒出去，順帝方收了雲雨，著了冠裳，慢騰騰的出來。只見脫脫怒目立著，所有禿魯帖木兒以下，俱垂頭喪氣，想已受脫脫訓責，所以致此。當下出問脫脫道：「丞相何事到此？」脫脫聽著，便收了怒容，上前叩謁。順帝命他立談，脫脫起身，謝過了恩，遂啟奏道：「乞陛下傳旨，革哈麻職，逐西番僧及禿魯帖木兒等，以杜淫亂！」順帝道：「哈麻等有何罪名？」脫脫道：「古時所說的暴君，莫如桀紂，桀寵妹喜，禍由趙梁，紂寵妲己，禍由費仲，今哈麻等導主為非，也與趙梁、費仲相類，若陛下還要信任，不加誅逐，恐後世將比陛下為桀紂哩。」順帝道：「哈麻係卿所舉薦，如何今日反來糾劾？」（此語頗問得厲害。）脫脫道：「臣一時不明，誤薦匪人，乞陛下一律加罪！」順帝道：「這卻不必！朕思人

生幾何，不妨及時行樂，況軍國重事，有卿主持，朕可無虞，卿且讓朕一樂罷！」脫脫道：「變異迭興，妖寇日熾，非陛下行樂之時，陛下亟宜任賢去邪，崇德遠色，方可撥亂致治，易危為安，否則為禍不遠了！」順帝道：「丞相且退，容朕細思。」脫脫乃趨出內廷，守候數日，並不見有什麼詔旨。只各省警報，復陸續到來。先是張士誠據高郵，脫脫命平章政事福壽，發兵招討，嗣得福壽稟報，士誠負固不服，且轉寇揚州，殺敗達什帖木兒軍。於是脫脫上疏自請出兵，並再劾宮中嬖倖，冀清君側。順帝只左調哈麻為宣政使，餘人不問。一面下詔命脫脫總制各路軍馬，剋日南征。脫脫奉命即行，途次會齊各路來兵，次第南下。這番出師，比前番還要烜赫，所有省臺院部諸司聽選官屬，一律隨行，稟受節制。還有西域西番，亦發兵來助，旌旗蔽天，金鼓震野，數百里卷雲掃霧，十萬眾掣電追風，真個是無威不揚，無武不耀。（全為下文反射。）脫脫到了濟寧，遣官詣闕裡祀孔子，過鄒縣又祀孟子。及達高郵，張士誠已遣兵抵禦，兩下不及答話，便即開仗，脫脫的兵將，彷彿如虎豹出山，蛟龍攪海，任你百戰耐勞的強寇，也是抵擋不住，戰了數合，士誠兵已是敗退。脫脫率軍進逼，直抵城下，士誠復自行出戰，奮鬥半日，也不能支持，退守城中。脫脫一面攻城，一面分兵西出，規復六合，絕他援應。士誠恐城孤援絕，如入阱中，千方百計的謀解重圍，或率銳出鬥，或縋師夜襲，都被脫脫麾兵殺退，急得士誠驚惶萬狀，無法可施。

　　脫脫正擬策勵將士，指日破城，忽聞京中頒下詔敕，命河南行省左丞相太不花，中書平章政事月闊察兒，知樞密院事雪雪，代統脫脫所部兵。脫脫正在驚異，帳外守卒，又報宣詔使到來，軍中參議龔伯遂，料知此詔必加罪脫脫，忙向脫脫密稟道：「將在外，君命有所不受，丞相只管一意進討，休要開讀詔書；若詔書一開，大事去了！」脫脫道：「天子有詔，我若不從，便是抗命；我只知有君臣大義，生死利害，在所不計。」言畢，

第五十六回　番僧授術天子宣淫　嬖侍擅權丞相受禍

遂延入宣詔使，跪聽詔命。（與宋時之岳忠武大致相同。）詔中略稱丞相脫脫，勞師費財，不勝重任，著即削去官爵，安置淮安。將吏聞詔皆驚，獨脫脫面不改色，且頓首道：「臣本至愚，荷天子寵靈，委臣軍國重事，早夜兢兢，懼弗能勝，今得釋此重負，皇恩所及，也算深重了！」言畢而起，送歸宣詔使。

當下召集將士，令各率所部，聽後任統帥節制。又命出兵甲及名馬三千，作為分賜。各將士一律垂淚，客省副使哈剌答，奮身躍起道：「丞相此行，我輩必死他人手中，今日寧死相公前，借報知遇。」言至此，即拔劍在手，向頸上一橫。脫脫忙出座攔阻，已是不及，只見頸血四濺，倒僕地上。脫脫撫屍大慟，眾將亦不勝悲感，哭聲如雷。（讀至此我亦淚下。）

嗣命將屍首安葬，並把軍符封固，遣送太不花，自率數十騎徑赴淮安。途次聞母弟也先帖木兒也削職出都，安置寧夏，雖是意料所及，究不免愁上加愁，況復時當歲暮，四野蕭條，寒風慘慘，雨雪霏霏，（百忙中敘入景色，殊有關係，不應作閒文看。脫脫被貶在至正十四年十二月中，故特書以揭之。）人孰無情，誰能遣此！驛館中過了除夕，至正月初始到淮安，才閱數日，又接到廷寄，命徙甘肅行省亦集乃路。脫脫又不能不行，甫啟程，復來了一道嚴厲的詔敕，不但命他轉徙雲南，並將他弟也先帖木兒移徙四川，他長子哈剌章，充戍肅州，次子三寶奴，充戍蘭州，所有家產，盡籍沒入官。脫脫聞命太息道：「罷罷！哈麻，哈麻！你也太惡毒了。」（就脫脫口中敘出哈麻，是行文過脈處。）原來哈麻左遷，聞係由脫脫劾奏，氣得三屍暴跳，七竅生煙，暗思脫脫如此可惡，定要將他處死，才肯干休。於是一面聯結寵后奇氏，一面囑託臺官袁賽因不花，教他內外交譖，構陷脫脫全家，順帝沉湎酒色，已是昏迷得很，且因前次脫脫強諫，暗懷忿怒。（打斷歡情，宜乎動氣。）至此內惑女蠱，外信憸言，

如火添油，越加沸烈，遂不問是非，迭下亂命。（補敘情由，言簡而賅。）

脫脫轉徙雲南，行次大理騰衝，遇著知府高惠，殷勤接見，盛筵款待，酒過數巡，高惠啟口道：「公係國家柱石，偶遭晦塞，轉瞬間就要光明，還請勿憂。」脫脫道：「某無狀，已負國恩，皇上不賜某死，令某安置此方，尚稱萬幸。」高惠道：「這是太謙了。」

正談話間，忽屏後有一妙年麗姝，冉冉出來，柳眉半蹙，杏臉微酡，（此八字含有無數情緒，閱者接讀下文，自知妙處。）縮縮捏捏的，至高惠座旁站住。高惠命拜見脫脫，驚得脫脫連忙離座，答了半禮，一面忙問高惠道：「這是公家何人？」高惠道：「就是小女；因公不是常人，所以令小女拜謁。」脫脫愈覺懷疑，口中只連稱不敢。

高惠乃令女入內，復請脫脫就座，再行斟酒道：「公此來不挈眷屬，一切起居，諸多不便，小女蓬門陋質，雖不值一盼，然奉侍巾櫛，倒還可以使用，鄙意擬即獻納，望勿卻為幸！」脫脫驚答道：「某一罪人，何敢有屈名媛！」高惠不待說畢，便道：「公今日到此，明日即當起復，此後鴻毛遇順，無可限量，鄙人等俱要託庇哩。」（原來為此，不然，一知府女兒，何必下嫁罪人耶！）

脫脫搖首道「某自知得罪當道，區區生命，尚恐難保，還望什麼顯榮？」高惠道：「不妨！當為公築一密室，就使有人加害，有我在此，定可無虞。」脫脫只是固辭。（教他金屋藏嬌，尚不肯允，毋乃太愚。）高惠不禁憤憤，俟脫脫別後，竟派鐵甲軍監察行蹤，至阿輕乞地方，竟將他驛舍圍住。（是不中抬舉之故。）脫脫心中已橫一死字，倒也沒甚驚慌，怎禁得都中密詔又飛驛遞到雲南，這一番有分教：

巨棟自摧元室覆；大星陡落滇地寒。

欲知密詔內容，且看下回分解。

番僧進，房術行，上下宣淫，恬不知恥，脫脫在朝，寧無聞知，而

《元史‧脫脫列傳》中，不聞其有進諫之舉，是脫脫固未足道者，何以死後留名，即鄉曲婦孺，亦嘖嘖稱道之？且〈列傳〉言脫脫信汝中柏之譖，改哈麻為宣政使，若僅緣此生隙，哈麻雖惡，度亦不過排擠出外，至於安置遠方而止，胡心置諸死地，且敢冒大不韙之舉，竟傳矯詔乎？本回演述史事，已覺渲染生妍，至插入脫脫進諫一段，尤足補史之闕。揆情度理，應有此文，不得以虛偽少之。

第五十七回
朱元璋濠南起義　董搏霄河北捐軀

　　卻說脫脫流徙滇邊，忽又接到密詔，竟是要他的性命，還有一樽特賜的珍品。看官道是何物？乃是加入鴆毒的藥酒，原來這道詔敕，實是哈麻假造出來，他此時已接連升官，進為左丞相，因脫脫未死，總是不安，所以大著膽子，假傳上命，賜脫脫鴆酒，令他自盡。（餘少時閱坊間小說，至英烈傳中載脫脫自盡事，由丞相撒敦及太尉哈麻主使，其實當時只有哈麻，並無撒敦，正史俱在，不應臆造一人。）脫脫只知君命，辨什麼真偽，竟遙向北闕再拜，接過鴆酒，一飲而盡，須臾毒發，嗚呼哀哉！年僅四十二。（強仕之年，正可為國出力，乃為賊臣害死，令人憤嘆。）

　　脫脫儀狀雄偉，器宇深沉，輕貨財，遠聲色，好賢下士，不伐不矜，且始終不失臣節，尤稱忠藎，唯為群小所惑，急復私仇，報小惠，後來竟被構陷，流離致死，都人士相率嘆惜。逮至正二十三年，監察御史張沖等，上書訟冤，乃詔復脫脫官爵，並給復家產，召哈剌章、三寶奴還朝，只也先帖木兒已死，無從召歸。至正二十六年，臺官等復上言奸邪構害大臣，以致臨敵易將，中國家兵機不振從此始，錢糧耗竭從此始，盜賊縱橫從此始，生民塗炭從此始；若使脫脫尚在，何致大亂到今，乞加封功臣後裔，並追賜爵諡，以慰忠魂。順帝聞言，也覺追悔，立授哈剌章、三寶奴官職，且命廷臣擬諡。事尚未行，明師已至，連逃避都來不及，還有何心顧著此事，所以脫脫丞相的諡法，竟無著落！（著書人深惜脫脫，所以詳述始末。）

第五十七回　朱元璋濠南起義　董搏霄河北捐軀

　　閒文休提。單說河南行省左丞相太不花，本無軍事知識，至代為統帥，尤驕蹇不遵朝命。部下兵士，看主帥如此怠玩，樂得四出劫掠，搶些子女玉帛，取快目前，還想奪什麼徐州。臺官因劾他慢功虐民，應即黜退，另易統帥。順帝乃命平章政事答失八都魯，往代太不花，又削太不花官職，令他在軍效力。軍中一再易帥，頭緒紛繁，自然無心攻賊，外如各路招討的大員，也大半膽小如鼠，一些兒沒有功績。於是亂黨愈熾，勢益燎原。

　　河南盜劉福通，居然奉韓林兒為小明王，僭稱皇帝，建都亳州，國號宋，改元龍鳳，以林兒母楊氏為太后，自為丞相。當下分兵四出，焚掠河南郡縣，大為民害。元廷即命答失八都魯，引軍往援。答失八都魯奉命西行，馳至許州，適遇劉福通派來的兵隊，一陣廝殺，竟大敗虧輸，逃得無影無蹤。

　　答失先已遁去，到了中牟，潰卒方稍稍還集，忽又有一路兵馬到來。慌忙著人探聽，乃是都中遣來的援師，統領叫做劉哈剌不花。（還好，還好。）答失方才少慰，出營接見，敘及敗潰情狀。劉哈剌不花頗有些忠勇氣象，便道：「連年征戰，並沒有一處平靖，我輩身為將帥，寧不羞死！明日決去一戰，我為前茅，公為後勁，若得著勝仗，還可為我輩吐氣哩。」答失八都魯也只好依從。

　　翌晨，劉哈剌不花誓師出營，仗著一股銳氣，往撲敵寨。敵寨不及防備，猛被元兵攻入，車馳馬驟，掃了一個精光。答失八都魯麾軍趨至，已是不見一敵，只覺水碧山清。當下兩軍並進，從汴梁直達太康，劉福通自行出戰，又被劉哈剌不花殺退，乘勝抵亳州，晝夜攻擊，嚇得韓林兒魂膽飛揚，與劉福通僭開後門，遁走安豐。

　　劉哈剌不花等入城，即飛章告捷。元廷以亳州既破，召劉哈剌不花還都，猛將既去，寇眾復張，劉福通又四處馳檄，勾結各路梟雄，作為犄角。於是潛龍起蟄，鳴鳳朝陽，濠州大陸，竟出了一位不文不武，亦文亦

武的真人，撥亂致治，誕膺天命。這位真人姓甚名誰？就是大明太祖朱元璋。（敘明太祖，下筆不苟。）

元璋先世居沛，再徙泗州，及父世珍復徙濠州，居鍾離縣。至無璋年十七，父母相繼去世，孤苦無依，乃入皇覺寺為僧，遊食諸州，尋復還寺。至郭子興起兵濠州，民間不得安居，相率趨避。元璋亦思避難，卜諸神，去留皆不吉，不禁嬉笑道：「莫非要我做皇帝不成？」再卜得吉占，遂決意棄僧投軍。徑入濠州謁郭子興。子興見他狀貌魁奇，留為親兵。會元將徹里不花，引兵來攻，元璋隨子興出戰，特別奮勇，竟將元兵殺敗。嗣元廷復遣賈魯進圍，城幾被陷，虧得元璋募集死士，出城衝殺，才把賈魯擊退。子興大喜，署為鎮撫，復將養女馬氏，給與元璋為妻。後來妻隨夫貴，竟做了明朝第一代的皇后，這真所謂天生佳耦了。（同是出身微賤，所以稱為佳耦。）

時李二餘黨趙均用、彭早住，奔投子興，所部暴橫，幾乎喧賓奪主。元璋以子興懦弱，不足與共大事，乃自率裡人徐達、湯和等，南略定遠，計降驢牌寨民兵三千。復東行，夜襲張知院於橫岡山，收降卒三萬人，道遇定遠人李善長，與語大悅，遂用為謀士，進拔滁州。旋聞子興為趙均用所困，以計救免，迎子興入滁。另遣將張天佑攻陷和州，子興即命元璋往守，總制諸軍。

既而子興病歿，子天敘嗣，得劉福通檄文，令為都元帥，張天佑及元璋為左右副元帥，元璋不受。繼念偽宋主韓林兒，氣焰方盛，暫可倚借，乃用龍鳳年號，號令軍中。（就劉福通事折入朱元璋，就朱元璋事帶過郭子興，此是文中綰合法。唯元璋為開國英雄，而敘次如此簡略，蓋由詳細情形，應入《明史演義》中，故本文只從簡略而已矣。）忽聞懷遠人常遇春來歸，元璋忙令延入，見他燕頸豹領，相貌堂堂，立擢為帳下總兵，接連復報聞巢湖渠帥，有書到來，願率水師千艘，前來投誠。元璋閱書畢，大

第五十七回　朱元璋濠南起義　董搏霄河北捐軀

喜道：「我正慮渡江無舟，今巢湖帥廖永忠、俞通海等，願來歸附，真是天賜成功了！」當下率兵至巢湖，與廖、俞等人相見，推誠接待，彼此歡洽。留駐三日，揚帆出發，至銅城閘，遇元中丞蠻子海牙軍，阻住要口，舟不得出。會天雨水漲，得從小港縱舟，出襲元兵，一鼓退敵，遂順風直抵牛渚。牛渚南岸有採石磯，向稱要隘，與牛渚為犄角，兩岸統有元兵紮住，刀槍森列，壁壘謹嚴。元璋命先攻牛渚，後攻採石磯，眾將士應聲齊出，爭登牛渚渡。元兵也齊來抵禦，禁不住這邊奮勇，漸漸倒退。常遇春徒步揮戈，殺死元兵無數，元兵遂一律逃去。牛渚既下，復攻採石，採石磯高出水面，約有丈餘，眾將士艤舟進攻，都被矢石擊退。常遇春左手持盾，右手持矛，一躍而登，刺死守磯頭目老星卜喇，單身直入。各將士見遇春登磯，自然隨勢擁上，霎時間攻破採石，掃蕩元兵，遂乘勝進拔太平，元總管靳義赴水死節。眾將迎元璋入城，乃置太平興國翼元帥府，自領元帥事。召當塗人陶安參議戎幕，進耆儒李習為知府，揭榜安民，嚴申軍禁，民心大悅。（太平路真太平了。）

休息數月，復率兵進侵集慶，連破元將大營，直逼城下。此時元將福壽為江南行臺御史大夫，奉命守集慶路，屢督兵出戰，終未獲勝。至城陷，百司皆潰，福壽獨踞床高坐，為亂兵所殺。（不沒忠臣。）

元璋入城，慰撫吏民，改集慶路為應天府，自稱吳國公。一面遣將四出，分徇鄰郡，鎮江、廣德等處，相繼攻下。

這時候的劉福通，招集亡命，勢焰日張，分兵略地。遣毛貴出山東，李武、崔德出陝西，關先生、破頭潘、馮長舅、沙劉二、王士誠出晉、冀，白不信、大刀敖、李喜喜出秦隴，自居河南排程，節制各軍。毛貴頗有智勇，率眾東趨，連陷膠州、萊州、益都、般陽諸郡縣。濟南路飛章告急，順帝遣知樞密院事卜蘭奚，率同董搏霄等，兼程往援。

援軍既發，御史張楨，上書陳十禍，語語剴切，字字蒼涼，好算元末

一位大手筆。小子曾閱《元史·張楨列傳》，尚能約略記述。所說根本上禍端，記有六條：一曰輕大臣，二曰解權綱，三曰事安逸，四曰杜言路，五曰離人心，六曰濫刑獄，這統是根本上的關係。所說征討上禍端，計有四條：一是不慎排程，二是不資群策，三是不明賞罰，四是不擇將帥；這統是征討上的關係。他又逐條分釋，每條數百言，內有事安逸的禍源，及不明賞罰的禍源，最說得淋漓痛快，小子試略錄如下：

臣伏見陛下以盛年入纂大統，履艱難而登大寶；因循治安，不預防慮，寬仁恭儉，漸不如初。今天下可謂多事矣，海內可謂不寧矣，天道可謂變常矣，民情可謂難保矣，是陛下警省之時，戰兢惕厲之日也。陛下宜臥薪嘗膽，奮發悔過，思祖宗創業之難，而今日墜亡之易，於是而修實德，則可以答天意；推至誠，至可以回人心。凡土木之勞，聲色之好，宴安鴆毒之戒，皆宜痛撤勇改，有不盡者，亦宜防微杜漸，而禁於未然。黜宮女，節浮費，畏天恤人，而陛下乃安焉處之，如天下太平無事，此所謂根本之禍也。（以上言事安逸。）臣又見調兵六年，初無紀律之法，又無激勸之宜，將帥因敗為功，指虛為實，大小相謾，上下相依，其性情不一，而邀功求賞則同。是以有覆軍之將，殘民之將，怯懦之將，貪惏之將，曾無懲戒；所經之處，雞犬一空，貨財俱盡，及其面訐遊說，反以克復受賞。今克復之地，悉為荒墟，河南提封三千餘里，郡縣星羅棋布，歲輸錢穀數百萬計，而今所存者，封邱、延津、登封、偃師三四縣而已；兩淮之北，大河之南，所在蕭條。夫有土有人有財，然後可望軍旅不乏，饋餉不竭。今寇敵已至之境，固不忍言，未至之處，尤可寒心，即使天雨粟，地湧金，朝夕存亡，且不能保，況以地方有限之費，供將帥無窮之慾哉！潁上之寇，始結白蓮，以佛法誘眾，終飾威權，以兵抗拒，視其所向，駸駸可畏，其勢不至於亡吾社稷，燼吾國家不已也。堂堂天朝，不思靖亂，而反階亂，其禍至慘，其毒至深，其關係至大，有識者為之扼腕，有志者為之痛心，此征討之禍也。（以上言不明賞罰。）

第五十七回　朱元璋濠南起義　董摶霄河北捐軀

奏入不報，權臣恨他多言，反劾他市直沽名，出為山南道廉訪僉事。看官，你想順帝如此糊塗，還能保得住一座江山麼。

卜蘭奚到了山東，遣董摶霄援濟南，自赴益都路。摶霄提兵急進，連敗寇眾於濟南城下。寇眾卻退，詔命為山東宣慰使都元帥。此時太尉紐的該，方總諸軍守禦東昌，聞濟南已靖，促摶霄從徵益都。摶霄道：「我去，濟南必不保；且我適有疾，不如令我弟昂霄前往。」乃將此意奏聞元廷，順帝准奏，授昂霄為淮南行院判官，調赴益都。

未幾復有朝旨，命摶霄移守長蘆，摶霄不得已北行，誰知毛貴已乘隙而入，進陷濟南，且率精銳躡摶霄後。摶霄才到南皮縣，望見毛貴率大隊趕來，紅巾迷目，鐵騎揚氛。摶霄部下的將士，驚告摶霄道：「彼眾我寡，營壘未完，奈何！」摶霄道：「我受命到此，只有以死報國，此外尚有何言！」遂拔劍出營，督軍奮戰，殺死敵眾多名。怎奈敵人前仆後繼，反張了兩翼，圍裹摶霄，自午至暮，摶霄兵傷亡過半，寇眾突至摶霄前，刺摶霄下馬，叱問道：「汝係何人？」摶霄瞋目道：「我就是董老爺！汝何為？」言未畢，寇眾用矛攢刺，但見數道白氣，沖入空中，凝作一團，向天而去。屍身上並不見有血跡，連寇眾都是駭愕，驚以為神。是日，益都兵亦敗，昂霄亦戰死。（不求同年同月同日生，但願同年同月同日死，可為董氏兄弟註腳。）事聞於朝，追封摶霄為魏國公，諡忠定，昂霄為隴西郡侯，諡忠毅。

毛貴已破董軍，遂由河間趨直沽，陷薊州，略柳林，逼畿甸。樞密副使達國珍戰歿，元廷大震，廷臣紛議遷都。（只有此策。）虧得同知樞密院事劉哈剌不花，（又復出現。）督率禁軍，直趨柳林，與毛貴酣鬥一場，殺得毛貴大敗而逃，逐出畿輔，京師稍安。毛貴退回濟南，氣焰漸衰，後被趙均用殺死。均用又被續繼祖所殺。了毛貴。唯李武、崔德趨陝西，破商州，攻武關，直逼長安，分掠同華諸州。白不信、李喜喜等趨秦隴，據

鞏昌,陷興元,入圍鳳翔。關先生、破頭潘等趨晉、冀,分兵二道:一出絳州,一出沁州,逾太行山,焚上黨郡,攻破遼州,專掠遼陽,進陷上都,把元朝祖宗歷代經營的宮闕,付諸一炬,盡變作烏焦巴弓!(趣語!)劉福通乘這機會,攻入汴梁,逐去守將竹貞,迎偽宋帝韓林兒居住,大河南北,袤延萬里,幾無一塊乾淨土。那時復出了一個著名人物,為元效力,轉戰東西,竟將所失各地,克復了一大半。(想是回光反照。)正是:

八方搶攘無寧日,一將馳驅得勝時。

未知此人為誰,待小子下回宣告。

是回前敘朱元璋事,後敘劉福通事,兩兩相對,似元璋之勢力,遠不及福通,不知貴人出世,必別有二三揭竿之徒,為之先驅:秦無勝、廣,不足以亡秦而啟漢;隋無寶、李,不足以亡隋而啟唐,韓、劉揭竿,正為朱氏先驅之兆,猶之勝、廣、寶、李等也。唯敘朱元璋事,概從簡略,已見細評。至於毛貴陷山東時,獨錄入張楨奏疏,百忙中敘及此奏,所以明元季之失政,以致將驕卒惰,盜賊四起,禍由自召,一疏盡之,若董摶霄之殉,雖獨有白光之異,且兄弟同日戰死,尤為難得,故敘述亦較他人為詳,可見下筆時具有斟酌,非率爾操觚者比也。

第五十七回　朱元璋濠南起義　董摶霄河北捐軀

第五十八回
掃強虜志決身殲　弒故主行凶逞暴

　　卻說劉福通奉了韓林兒，分道出兵，正在猖獗得很，其時有一潁州沈邱人，名叫察罕帖木兒，募集子弟，仗義討賊。他本是闊闊臺後裔，闊闊臺收河南時，留家潁州，所以子孫相傳，未嘗他徙。會潁州盜起，遂募子弟數百人，與羅山人李思齊，同設奇計，襲破寇眾，平定羅山。元廷聞報，授察罕帖木兒為汝寧府達魯花赤，（達魯花赤係元代官名。）李思齊知府事。於是所在義士，統率兵來會，得萬餘人，自成一軍，轉戰南北，所向無前，潁上群盜，與戰輒敗，因此威名大震，莫敢爭鋒。

　　嗣因劉福通遣兵西出，攻據陝州，知樞密院事答失八都魯方入河南，節制諸軍，（見上次。）聞陝州被陷，急檄察罕帖木兒、李思齊赴援。察罕帖木兒聞命獨行，至陝州，見城堅不可拔，便想了一計，就營中焚著馬矢，如炊煙狀，作為疑兵，自率軍夜襲靈寶。靈寶與陝州，倚為唇齒，此時亦被寇所陷，守城的寇黨，毫不防備，被察罕帖木兒驅眾登城，逐去守賊，還攻陝州。陝寇聞風遠颺，復由察罕帖木兒追殺數十里，斃賊無算，以功加河北行樞密院事。

　　至寇黨李武、崔德等逼長安，分掠同、華諸州，陝西行臺長官為豫王阿剌忒納失里，用侍御史王思誠言，移書察罕帖木兒，求發援兵。察罕帖木兒新復陝州，得書大喜，遂提輕兵五千，與李思齊倍道往援。李武、崔德等已聞察罕帖木兒大名，不敢輕敵，當下挑選健卒，前來對壘。察罕帖木兒與李思齊分隊夾攻，人自為戰，如鷹驅雀，似獺祭魚，當鋒者死，逃

命者生，霎時間寇卒四散，李武、崔德阻遏不住，只得敗陣退走。察罕帖木兒與李思齊追至南山，殺獲無數，方才回軍。豫王忙拜表告捷，歸功兩人，詔擢察罕帖木兒為陝西左丞，李思齊為四川左丞，協守關陝，並許便宜行事。（了李武、崔德。）

過了數月，白不信、李喜喜等，復自鞏昌窺鳳翔。察罕帖木兒偵悉，先分兵入守鳳翔城，俟白不信等進薄城下，立率鐵騎數千，貪夜趨至。將近敵營，分軍為左右兩翼，掩殺過去，城中守兵，亦鼓譟出來，內外合擊，呼聲震天地，嚇得白不信等抱頭鼠竄，不知下落，餘黨自相踐踏，死傷數萬人，只有命不該死的幾個毛賊，逃生去了。（了白不信、李喜喜等。）

關、隴方定，四川復亂。隨州人明玉珍，初投徐壽輝部下，隨壽輝黨倪文俊攻破沔陽，留守城中。嗣見蜀中空虛，遂率舟師五十艘，進襲重慶，右丞完者都出走，城被陷沒。完者都走至嘉定，會集平章朗革歹，參政趙資，招集散卒，謀復重慶，不期玉珍兵又復猝至，三人措手不及，各被擒去。玉珍脅降，皆不屈遇害，蜀人稱為三忠。自是蜀中郡縣，多為玉珍所據。（隨手敘入明玉珍及四川亂事，亦一銷納法也。）

察罕帖木兒得知此信，擬開關西出，往討玉珍，忽接京中飛敕，因毛貴內犯京畿，命他入衛，他即遣部將關保等，分屯關陝要口，自率重兵東行。至山西，聞關先生、破頭潘等，正從塞外大掠，飽載而歸，不禁忠憤填膺，投袂而起，忙麾兵趨聞喜、絳陽，截住關先生等歸路，並遣別將伏南山要隘，堵塞間道。兩下裡安排妥當，專待寇至，好來祭刀。（所謂磨厲以須。）關先生等卻也小心，偵得察罕帖木兒屯兵要路，不敢前來冒犯，只得舍了大道，潛行僻徑。方入南山，炮聲四響，前後左右，統豎起陝西左丞的旗幟，一隊隊的雄師猛將，分頭殺來。關先生忙令部眾棄去輜重，遁入山谷，這輜重真是不少，遺棄道旁，阻礙出入，伏兵雖是得勢，

未免為所牽羈，只殺了數百人，即便休戰，各搬輜重而回。察罕帖木兒聞寇黨入山，恐他復出，急分軍三道，阻住賊蹤。一軍屯澤州，塞盜子城；一軍屯上黨，塞吾兒谷；一軍屯并州，塞井陘口。果然寇兵屢出，血戰了五六次，統由屯兵殺敗，斬首數萬級，餘黨遠遁，河東又平。（了關先生、破頭潘等。）

順帝聞他連捷，擢為陝西行省右丞，兼行臺侍御史，扼守關陝、晉冀，鎮撫漢沔、襄陽，便宜行閫外事。（統錄頭銜，名副其實。）察罕帖木兒益練兵訓農，志平中原，休養了半年，即大發秦、晉人馬，直搗汴梁。

是時韓林兒自安豐入汴，名目上算做皇帝，卻事事為劉福通所制，在外諸將，又不服劉福通，弄得上下解體，內外離心，各路兵馬，多半敗歿，河南諸郡，旋得旋失，因此汴梁一城，已陷入孤危。驚聞察罕帖木兒提著大兵，水陸齊下，韓林兒等，都抖做一團。還是劉福通有些膽力，招集全城丁壯，登陴守禦，自督軍出城逆戰，列陣以待。察罕帖木兒麾兵馳至，迎頭痛擊，差不多似泰山壓頂，所當輒碎。福通勉強支持，殺了數十回合，究竟敵他不過，只好勒馬退回。察罕帖木兒見福通敗退，忙躍馬前進，緊追福通。福通方入城門，策馬回顧，收束部隊，不防察罕帖木兒也到門限，那時閉城不及，只好捨命相搏，再行廝殺。可奈察罕帖木兒的兵將，一擁齊上，眼見得門不能閉，戰亦無益，忙命兵民棄了外城，馳入內城。察罕帖木兒尚欲追入，內城門已經闔住，不能進去。於是環城設壘，悉力圍攻，劉福通嬰城固守。察罕帖木兒督攻數日，終不能下，乃夜於城南設伏，至天明，遣苗軍略城而東。守卒出追，伏發多死，又佯令老弱立柵外城，守卒復出城來爭，因縱鐵騎突擊，把守卒悉數擒住。嗣是屢誘不出，相持多日，城中糧食將盡，劉福通正擬出走，猛聽得城頭鼎沸，喊殺連天，料知外兵已入，忙挈偽主韓林兒，從東門竄去，復返安豐，守卒不及隨逃，多棄械乞降。（福通亦未了將了。）

第五十八回　掃強虜志決身殲　弒故主行兇逞暴

　　察罕帖木兒下令安民，即馳書奏捷，詔進察罕帖木兒為河南平章兼知行樞密院事。察罕帖木兒再修車船，繕甲兵，厲兵秣馬，謀復山東。忽由冀寧遞到急報，大同鎮將孛羅帖木兒，自石嶺關進兵，徑來攻城了。（此孛羅帖木兒與忽都皇后父同名異人，閱後便知。）察罕帖木兒道：「冀寧一帶，由我手定，何物孛羅，敢來掩擊！」當下調遣人馬，倍道往援。看官到此，必要問這孛羅帖木兒究係何人？小子查明《元史》，就是答失八都魯的兒子。答失八都魯在河南統軍，屢戰屢敗，元廷頗加詰責，答失憂恚而死。其子孛羅帖木兒，曾任四川左丞，隨父在軍，父歿後所遺部眾，歸他代領，頗得勝仗，克復曹、濮諸州。至察罕帖木兒移軍河南，孛羅帖木兒恰奉命移鎮山西，駐紮大同，令衛京師，他想並據晉冀，擴充權力，所以發兵掩擊冀寧，（坐實孛羅帖木兒罪狀。）察罕帖木兒怎肯干休，自然調兵拒戰。（為將帥不和之始。）元廷聞兩帥互爭，忙遣參知政事也先不花等，往與調停，令孛羅帖木兒守石嶺關以北，察罕帖木兒守石嶺關以南，兩下各遵約退兵。不意隔了數日，又有旨命孛羅守冀寧，（真是憒憒。）孛羅帖木兒即出兵趨冀寧城下，守兵不納，察罕帖木兒亦派兵往襲孛羅帖木兒，彼此混戰一場，互有殺傷。（自殘同類。適以召亡。）嗣是搆兵數月，又經元廷遣使諭解，方各罷兵還鎮。

　　察罕帖木兒以宿怨已解，一意東征，自陝抵洛，大會諸將，與議師期；發并州兵出井陘，遼沁軍出邯鄲，澤潞兵出磁州，懷衛軍出白馬，汴洛軍出孟津，五道並進，水陸俱下。當時山東群盜，自相攻殺，唯偽宋將田豐，據守濟寧，王士誠據守東平，最稱強悍。察罕帖木兒渡河而東，大纛所經，相率披靡，復了冠州，降了東昌，將乘勢攻濟寧、東平。養子擴廓帖木兒，（一作庫庫特穆爾。凡《元史》上所稱帖木兒三字，《通鑑輯覽》俱改作特穆爾。）請諸父前，以大軍攻濟寧，自率偏師搗東平。察罕帖木兒即撥兵五萬，佐以關保、虎林赤等良將，令擴廓帖木兒統兵自行。擴廓

本姓王，小字保保，係察罕帖木兒的外甥，察罕帖木兒愛他驍勇，養為己子，時已受職為副詹事。他領著五萬人馬，踴躍前進，途次遇著敵眾，奮力衝殺，如拉枯朽，斬首萬餘級，直抵城下。王士誠出戰又敗，勢漸窮蹙，忙遣人求救田豐，誰知田豐已歸降察罕帖木兒。那時士誠孤立無援，也只好開城請降。原來察罕帖木兒因田豐久據濟寧，頗得民心，先貽書詳陳利害，勸他投誠，田豐料知難敵，所以出降。

　　濟寧、東平既復，只有濟南、益都一帶，尚有悍寇占住。察罕帖木兒遂自將大軍逼濟南，另派別將攻益都。濟南城守堅固，經察罕帖木兒費盡心力，至三閱月乃下。瀕海諸郡，望風送款，獨益都孤城不能拔。元廷進察罕帖木兒為中書平章政事，餘職如故。察罕帖木兒復移兵圍益都，大治攻具，諸道並進，寇眾悉力拒守，忽天空白氣如索，長五百餘丈！自危宿起，直掃紫微垣，軍中相率驚異，察罕帖木兒毫不為意，降將田豐，請他閱營，諸將以天象示儆，爭來諫阻。察罕帖木兒慨然道：「吾推心待人，人將自服；若變生意外，也是命數使然，何能預防？」諸將復請多帶衛士，察罕帖木兒又不許，只命十一騎從行，甫入豐營，帳下伏甲突出，一將挺槍猛刺，貫入察罕帖木兒腹中。察罕帖木兒從馬上躍起，大叫一聲而亡。（悲哉痛哉！）

　　這行刺的將官，究是何人？乃是降將王士誠。原來益都賊目，叫做陳猱須，本與田豐、王士誠等一氣勾通，及城圍已急，復遣人密來引誘，啗以重賄，田豐、王士誠利令智昏，又復謀變，遂設計刺死察罕，察罕既歿，全軍失主，幸有擴廓帖木兒代為支持，軍心復固。擴廓帖木兒含哀舉喪，正在發訃，京使已到，齎傳詔旨，說是天變恐應在山東，戒勿輕舉。擴廓奉詔大慟，當與京使說明禍變，京使匆匆去訖。

　　越數日，又有詔敕頒到，追封察罕帖木兒為潁川王，諡忠義，所有各軍，令擴廓代父職守，襲有全權。擴廓拜命後，誓師復仇，攻城益急。田

第五十八回　掃強虜志決身殲　弒故主行凶逞暴

豐、王士誠已入城中，助賊協禦。城外百計攻撲，城內亦百計守備，相持數月，仍不能下。擴廓大憤，密令人掘穿道地，以重賞募死士，從道地入城，自率大軍從城外猱登，守賊只防外敵，擲射矢石，不意城中鑽出健卒，縱起火來。（若在《封神傳》中，定說是土行孫、哪吒等舉法。）頓時全城駭亂，大軍一半登城，一半尚在外兜圍，登城的軍士，殺入城內，擒住賊目陳猱須，並其下悍寇二百餘人。兜圍的軍士，正在城門旁伏著，巧遇田豐、王士誠兩人出逃，一聲鼓響，奮起兜拿，兩人中捉住一雙。（設伏襲人，自己亦中伏被擒，正是天道好還。）擴廓掃盡賊寇，便設起香案，供父牌位，推田豐、王士誠至案前，洗剝上衣，剖心致祭。祭畢，復將陳猱須等二百餘人，檻送闕下，然後再遣兵略定餘邑。山東悉平，乃引兵歸河南去了。

　　這是至正十六年起，至二十一年間事。（點醒年月，萬不可少。）唯這四五年間，北方一帶，原是兵戎倥傯，南方一帶，恰亦擾亂不已。小子只有一枝筆，不能並敘，所以將北方事總敘一段，稍有眉目，才好說到南方。南方的徐壽輝，自僭據江西後，遣倪文俊陷沔陽，（應五十五回及本回全文。）進破中興路。元統帥朵兒只班戰死。文俊復轉拔漢陽，迎壽輝入居，據為偽都。沔陽人陳友諒，粗知文墨，初投文俊麾下，為簿書掾，尋亦自領一軍，幾與文俊相埒。文俊佯奉壽輝，暗思行逆，被友諒察覺，襲殺文俊，並有其眾，自稱平章政事。（盜賊行徑，大率類是。）一面親督水師，順流而下，直搗安慶。淮南行省左丞餘闕，正奉詔守安慶城，號令嚴明，防戍慎固，江淮推為保障。至是督軍堵禦，屢敗友諒軍。友諒忿甚，飛召饒州黨魁祝寇，巢湖黨魁趙普勝，水陸畢集，直逼城下。闕徒步提戈，開城血戰，殺斃敵兵無數，闕亦身中十餘槍，方入城暫憩，西門已被攻入，火焰沖天，自知事不可為，引刀自刎。妻耶卜氏，子德生，女福童，皆赴井死。守臣韓建，亦闔門被害。居民誓不從賊，多被焚死。友諒

又進陷龍興，殺死平章政事道童，再派悍將王奉國，引兵寇信州。江東廉訪副使伯顏不花的斤，自衢州往援，與守兵內外夾擊，戰退奉國，既而友諒弟友德，又前來接應奉國，再行攻城，日夜鏖戰，不分勝負。嗣因城中食盡，至殺老弱以餉士卒，軍心雖未渙散，卒因乏力支持，竟被奉國等攻入，伯顏不花的斤及守將海魯丁等，皆戰死。（死事諸臣多半錄入，以表孤忠。）

友諒既略地千里，亦思南面自尊，稱孤道寡，適壽輝欲徙都龍興，引兵東下。至江州，友諒設伏城西，自服橐鞬出迎。及壽輝入城，門閉伏發，竟將壽輝所部親兵，盡行殺死。只饒了壽輝，及文吏數人與之東行，仗著戰艦數十艘，攻入太平。太平係朱元璋所略地，留守花雲，及養子朱文遜等，力戰被擒，不屈而死。

友諒志益驕縱，急謀僭竊，進據採石磯，募壯士數人，佯使白事壽輝前，俟壽輝接見，由壯士袖出鐵錘，奮力猛擊，撲塌一聲，壽輝的頭顱，化作兩截，腦漿迸流，死於非命。（想做皇帝的趣味。）友諒遂以採石五通廟為行殿，稱皇帝，國號漢，改元大義，仍以鄒普勝為太師，張必先為丞相。方擬排班行禮，忽然天昏似墨，石走沙飛，似車輪般的旋風，從大江吹來。小子有詩詠道：

莫言天命本無常，盜賊終難作帝王。
試看颶風江上卷，怒威我已仰穹蒼。

欲知後事如何，且至下文說明。

察罕帖木兒起自潁邱，仗義討賊，一戰而破羅山，二戰而定河北，三戰而復陝州，四戰而下汴梁，五戰而入山東，出奇制勝，所向必克，何其智且勇也！雖與孛羅互鬥，似犯蚌鷸相爭之忌，然孛羅實為禍始，不得盡為察罕咎，唯田豐詐降，禍生不測，以智勇之察罕帖木兒，竟為小丑謀斃，良將亡，胡運終矣！若徐壽輝僭號蘄水，起訖共十年，卒斃命於陳友

諒之手，盜性靡常，何知仁義，以視田豐、王士誠輩，狡黠相似，而凶暴尤過之。然察罕帖木兒之死，似屬可悲；徐壽輝之死，殊不足惜。觀此回之用筆，不特一詳一略，隱寓機緘，而一可悲一不足惜之意，亦流露於楮墨間。文生情耶！情生文耶！即文見情，是在閱者。

第五十九回
阻內禪左相得罪　入大都逆臣伏誅

　　卻說陳友諒僭稱帝制，適狂風驟至，江水沸騰，繼以大雨傾盆，連綿不已，弄得這班亡命徒，統是拖泥帶水，狼狽不堪。大眾在沙岸稱賀，不能成禮，連友諒一團高興，也變做懊喪異常。忽接朱元璋麾下康茂才來書，促他速攻應天，願為內應。茂才與友諒，相識有年，至是奉元璋命，來誘友諒。友諒大喜，遂引兵東下，到江東橋，四面伏兵齊起，殺得友諒落花流水，單舸遁還。元璋復進兵奪江州，降龍興，略定建昌、饒、袁各州，聲勢大震，自稱吳王。

　　友諒遁至武昌，日漸衰敝。明玉珍本事徐壽輝，聞壽輝為友諒所害，未免憤恨，遂整兵守夔關，拒絕友諒，不與交通，因此友諒益成孤立。玉珍復遣兵陷雲南，據有滇、蜀，僭稱帝號，立國號夏，改元天統。（朱元璋、明玉珍事，俱從陳友諒事帶出。）減賦稅，興科舉，蜀民咸安。元末盜賊橫行，專事淫掠，彼此比較，還算明玉珍稍得民心，唯偏據一方，已斷胡元左臂。還有方國珍、張士誠等，出沒江浙，元廷屢遣使招撫，畢竟狼子野心，反覆無常，忽降忽叛，始終不服元命。其餘跳梁小丑，乘亂四出。江西平章政事星吉，戰死鄱陽湖，江東廉訪使褚不華，戰死淮安城，二人係元朝良將，身經百戰，畢命疆場，於是東南半壁，捍守無人，只有那草澤英雄，自相爭奪。（南方一帶，亦大略表明，下文接敘內政。）

　　元廷雖時聞寇警，反若習以為常，順帝昏迷如故，任他天變人異，雜沓而來，他是個全然不管，一味荒淫，所有左右丞相，不是諂佞，就是平

庸；所以外患未消，內亂又熾。(健筆凌雲。)

　　先是哈麻為相，其弟雪雪，亦進為御史大夫，國家大柄，盡歸他兄弟二人。哈麻忽以進番僧為恥，(何故天良發現，想是要變死耳。)告父圖嚕，謂妹婿禿魯帖木兒在宮導淫，實屬可恨。我兄弟位居宰輔，理應劾佞除奸，且主上沉迷酒色，不能治天下，皇子年長聰明，不若勸帝內禪，尚可易亂為治云云。圖嚕也以為然，適其女歸寧，遂略述哈麻言，並囑他轉告女夫，速令改過。

　　禿魯帖木兒得了此信，暗思皇子為帝，必致殺身，忙去報知順帝。順帝驚問何故，禿魯帖木兒道：「哈麻謂陛下年老，應即內禪。」順帝道：「朕頭未白，齒未落，何得謂老？諒是哈麻別有異圖，卿須為朕效勞，除去哈麻！」禿魯帖木兒唯唯而出，即去授意御史大夫搠思監，教他劾奏哈麻。搠思監自然樂從，即於次日馳入內廷，痛陳哈麻兄弟罪惡。順帝偏說哈麻兄弟待朕日久，且與朕弟寧宗同乳，姑行緩罰，令他出征自效。(隔了一宵，又變宗旨，極寫順帝昏庸。)搠思監默唸道：「這遭壞了！」飛步退出，奔至右丞相第中。

　　是時右丞相為定住，見他形色倉皇，問為何事？搠思監道：「皇上欲除去哈麻，密令禿魯帖木兒授意與我，教我上書劾奏。我思上書不便，不如入內面陳，誰知皇上偏諭令緩罰，倘被哈麻聞知，豈不要挾嫌生釁，暗圖陷害？我的性命，恐要送掉了！」定住笑道：「你弄錯了主見，沒有奏章，如何援案處罰？」(順帝之意，未必如是。)搠思監道：「如此奈何？」定住道：「你不要怕，有我在此，保你無事！」搠思監還要細問，經定住與他密談數語，方喜謝而去。定住遂與平章政事桑哥失裡，聯銜會奏，極言哈麻兄弟不法狀。果然奏牘夕陳，詔書晨下，將哈麻兄弟削職，哈麻充戍惠州，雪雪充戍肇州。兩人被押出都，途次忤了監押官，活活杖死。宮廷不加追究，想總是相臣授意，令他如此。(上文密談二字，便已寓意，然

亦可為脫脫洩憤。）

　　順帝即拜搠思監為左丞相，已而定住免官，搠思監調任右相，這左丞相一職，仍起復故相太平，令他繼任。搠思監內媚奇后，外諂皇子，獨太平秉正無私，不肯阿附。時皇子愛猷識理達臘已正位青宮，因見順帝昏迷不悟，常以為憂，前聞哈麻倡議內禪，心中很是贊成，及哈麻貶死，內禪輟議，不禁轉喜為悲，密與生母奇皇后商議，再圖內禪事宜。奇皇后恐太平不允，乃遣宦官樸不花，先行諭意，令他勉從，太平不答，嗣又召太平入宮中，賜以美酒，復申前旨。可奈太平堅執如前，雖經奇皇后曉諭百端，總是拿定主意，徒把那依違兩可的說話，支吾過去。奇后母子，緣是生嫌，左丞成遵，參知政事趙中，皆太平所擢用，皇太子令監察御史買住等，誣劾他受贓違法，下獄杖死。太平知不可留，稱疾辭職，順帝加封太保，令他養疾都中。

　　會陽翟王阿魯輝帖木兒擁兵抗命，將犯京畿，順帝命少保魯家，引兵截擊，未分勝負。皇太子稟諸順帝，請飭太平出都督師，順帝照准。太平知皇子圖己，立即奉命出都。可巧陽翟王兵敗，其部將脫驩縛王以獻，太平不受，令生致闕下，正法伏誅，於是太平幸得無事。嗣後上表求歸，順帝命為太傅，賜田數頃，俾歸奉元就養，太平拜謝而歸。

　　既而順帝欲相伯撒里，伯撒里面奏道：「臣老不足任宰相，若必以命臣，非與太平同事不可。」順帝道：「太平方去，想尚未到原籍，卿可為傳密旨，飭他留途聽命。」伯撒里連聲遵旨；退朝後，亟遣使截住太平，太平自然中止。不料御史大夫普化，竟上書彈劾太平，說他在途觀望，違命不行。這位昏頭磕腦的元順帝，也忘卻前言，竟下詔削太平官。（並非貴人善忘，實係精血耗竭，因此昏昏。）搠思監又受奇后密敕，再誣奏太平罪狀，有旨令太平安置土蕃。太平被徙，行至東勝州，復遇密使到來，逼他自裁，太平從容賦詩，服藥而死，年六十有三。（太平之死，與脫脫相類。）

第五十九回　阻內禪左相得罪　入大都逆臣伏誅

　　太平子也先忽都，尚為宣政院使，搠思監陽為勸慰，陰謀加害，遂釀成一場大獄，鬧出漫天禍祟，擾得宮闕震驚，一古腦兒送入冥途，連有元百年的社稷，也因此滅亡。（一鳴驚人。）原來奇后身邊，有一宦官，與奇后幼時同裡，及奇后得寵，遂召這宦官入宮，大加愛幸，如漆投膠，這宦官叫做何名，就是上文所說的樸不花。樸不花內事嬖後，外結權相，氣焰燻灼，炙手可熱，宣政院使脫歡，（與上文脫驩異。）曲意趨附，與他同惡相濟，為國大蠹。監察御史傅公讓等，聯銜奏劾，被奇后母子聞知，擱起奏摺，把傅公讓等一律左遷，惱動了全臺官吏，盡行辭職。（彷彿同盟罷工。）

　　治書侍御史陳祖仁上書太子，直言切諫，太子雖是不悅，奈已鬧成大禍，不得不據實奏聞。順帝方才得悉，令二人暫行辭退。祖仁猶強諫不已，定要將二豎斥逐，同臺御史李國鳳，亦言二豎當斥，順帝接連覽奏，怒他絮聒，竟欲將陳、李二人加罪。御史大夫老的沙，係順帝母舅，力言臺官忠諫，不應摧折，乃僅命將二人左調。唯奇后母子，懷恨不已，竟譖及老的沙。順帝尚不忍加斥，封為雍王，遣令歸國。（尚有渭陽情。）一面命樸不花為集賢大學士。老的沙憤憤西去，知樞密院事禿堅帖木兒，素與老的沙友善，且與中書右丞也先不花有隙，至是亦隨了老的沙西赴大同。

　　大同鎮帥孛羅帖木兒與禿堅帖木兒，又是故友，遂留他二人在軍。搠思監偵知消息，竟誣老的沙等謀為不軌，並將太平子也先忽都也加入在內。（注意在此。）此外在京人員，稍與未協，即一網牽連，鍛鍊成獄。也先忽都等貶死，又遣使至大同，索老的沙等。孛羅帖木兒替他辨誣，拒還來使，搠思監與樸不花遂並劾孛羅帖木兒私匿罪人，逆情彰著，順帝頭腦未清，立下嚴旨，削孛羅帖木兒官爵，使解兵柄歸四川。

　　看官！你想孛羅帖木兒本是個驕恣跋扈的武夫，聞著這等亂命，哪裡還肯聽受，當下分撥精兵，令禿堅帖木兒統領，馳入居庸關。知樞密院事

也速等，與戰不利，警報飛達宮廷，皇太子率侍衛兵出光熙門，擬去邀擊。行至古北口，衛兵潰散，無顏可歸，只得東走興松。禿堅帖木兒乘勢直入，竟至清河列營，京城大震，官民駭走。順帝遣國師達達，馳諭禿堅帖木兒，命他罷兵。禿堅帖木兒道：「罷兵不難，只教奸相搠思監，權閹樸不花，執送軍前，我便退兵待罪。」達達回報，急得順帝沒法，不得已如約而行。此時的奇皇后，也只有急淚兩行，不能保庇兩人，眼見他雙雙受縛，出界外軍。（謀及婦人，宜甚死也。）禿堅帖木兒見此兩人，不遑詰責，立命軍士將他剎死。（死有餘辜。）乃引兵入建德門，覲順帝於延春閣，伏哭請罪。順帝慰勞備至，賜以御宴，並授為平章政事，且復孛羅帖木兒官爵，並加封太保，仍鎮大同，禿堅帖木兒，乃驅軍退還大同去了。

　　順帝以外兵已退，召還太子。太子還宮，餘恨未息，定要除孛羅帖木兒，遂遣使至擴廓帖木兒軍前，命他調兵北討，擴廓素嫉孛羅，便即應命發兵。孛羅帖木兒察知此事，不待擴廓兵到，先與老的沙、禿堅帖木兒兩人，率兵內犯，前鋒入居庸關。皇太子又親督衛兵，守禦清河，軍士仍無鬥志，相率驚潰。太子孤掌難鳴，遂由間道西去，往投擴廓帖木兒。孛羅等長驅並進，如入無人之境，既抵建德門，大呼開城。守吏飛奏順帝，順帝又束手無策，忙與老臣伯撒里商議。伯撒里擬出城撫慰，並自請一行，順帝喜甚。（忽憂忽喜，好似黃口小兒。）當日伯撒里出城，會晤孛羅帖木兒，表明朝廷調遣，事由太子，非順帝意。孛羅因請入覲。伯撒里請留兵城外，方可借入。孛羅應允，只與老的沙、禿堅帖木兒二人，隨伯撒里入朝。既見帝，並陳無罪，且訴且泣，順帝也為淚下。（嘗謂婦人多淚，不意庸主逆臣，亦復如是。）當下賜宴犒軍，並授孛羅帖木兒為左丞相，老的沙為平章政事，禿堅帖木兒為御史大夫。尋復進孛羅為右丞相，節制天下軍馬。

　　孛羅既專政，將所有部屬，布列省臺，逐宮中西番僧，誅禿魯帖木兒

等十餘人。(此舉差快人心。)且遣使請太子還京,並齎詔奪擴廓官。擴廓拘留京使,奉太子名號,檄召各路人馬,入討孛羅帖木兒。孛羅大怒,帶劍入宮,硬要順帝繳出奇后。順帝只是發抖,不能出言。(孛羅彷彿曹阿瞞,順帝彷彿漢獻帝。)惹得孛羅性起,指揮宦官宮女,擁奇后出宮,幽禁諸色總管府,並調也速御擴廓軍。也速以孛羅悖逆不法,陽為奉命,陰遣人連結擴廓,並及遼陽諸王。待至安排妥當,竟宣告孛羅罪狀,倒戈相向。

孛羅帖木兒聞警,忙遣驍將姚伯顏不花,出拒通州,適遇河溢,留駐虹橋。不意夜間河水灌入,倉猝警醒,幾已不及逃生,姚伯顏還恃著驍勇,鳧水出營。突來了許多小筏,分載軍士,首先一筏,上立大將,挺槍來刺姚伯顏。姚伯顏忙躲入水中,誰知下面已伏著水手,竟將他一把抓住。看官!你道這大將為誰?就是知院也速。他乘著水漲,來襲姚伯顏營,順流決灌,淹入營中,以致姚伯顏中計,被他擒去,受擒以後,哪裡還能活命!孛羅帖木兒憤甚,自將兵出通州,途遇大雨,三日不止,只得還都。

湊巧來了一個宦官,帶著美女數人,入府進獻。孛羅瞧著,統是亭亭弱質,楚楚丰姿,不由的喜笑眉開,忙問宦官道:「何人有此雅意,送我許多美姬?」宦官答說,是由奇皇后遣送,為丞相解憂。孛羅大悅道:「難得奇后這般好心,你去為我代謝,且致意奇后,盡可即日還宮。」(奸雄如曹阿瞞猶悅張濟之妻,何況孛羅。)宦官受命去訖。孛羅帖木兒忙去邀請老的沙,來府宴飲,老的沙即刻赴召,主賓入席,美女盈前,正是花好月圓,金迷紙醉。迨至半酣,那美女起座歌舞,珠喉宛轉,玉珮鏗鏘,差不多與飛燕、玉環一般神妙。(怕就是學天魔舞的宮女。)待酒闌客去,孛羅帖木兒任意交歡,自不必說。嗣是連日沉迷,厭聞外事,到了警報四至,乃遣禿堅帖木兒出御,自己仍淫樂如常。一日奉到急詔,促他入宮,不得已跨馬馳入,甫到宮門,放轡下馬,猛見數勇士持刀出來,方欲

啟問，刀鋒已刺入腦中，腦漿直流，倒地而亡。（作惡多端，總難逃過此關。）原來威順王子和尚，恨孛羅無君，密稟順帝，結連勇士上都馬、金那海、伯達兒等，暗伏宮門，一面召他入宮，乘便下手。孛羅果然中計，遂被斫死。老的沙聞孛羅被殺，急至孛羅家中，挈他眷屬，出都北遁，伯達兒等復奉旨趕殺，中途追及，一陣亂剁，不分男女老幼，盡行殺死，連老的沙也化作肉糜。（老的沙等不必惜，只惜美女數人，也同受死。）禿堅帖木兒接著京報，引兵自遁，到八思兒地方，亦為守兵所殺。

順帝乃函孛羅首，遣使齎往冀寧，召太子還，擴廓帖木兒扈從至京師，途次忽接奇后密諭，令他率兵擁太子入城，脅帝內禪。（奇后又出風頭。）擴廓意不謂然，將到京城，即遣還隨軍，只帶數騎入朝。奇后母子，復怨及擴廓，獨順帝見了太子，很是喜歡。（尚在夢中。）並嘉諭擴廓，令為右丞相，擴廓面辭，乃以伯撒里為右丞相，擴廓為左丞相。伯撒里是累朝老臣，擴廓係後生晚進，兩下意見，未能融洽。過了兩月，擴廓即請出外視師。是時江、淮、川蜀，已盡陷沒，皇太子屢擬往討，為帝所阻。至擴廓奏請視師，遂加封太傅河南王，總制關、陝、晉、冀、山東諸道，並迤南一應軍馬，所有黜陟予奪，悉聽便宜行事。擴廓拜辭去訖。

會皇后弘吉剌氏去世，順帝即冊立次皇后奇氏為皇后。又因奇氏系出高麗，立為正后，未免有背祖制，當由廷臣會議，於沒法中想出一法，改奇氏為肅良合氏，算做蒙族的遺裔，仍封奇氏父以上三世，皆為王爵。小子有詩詠奇后道：

果然哲婦足傾城，外患都從內釁生。

我讀殘元〈奇氏〉傳，悍妃罪重悍臣輕。

奇氏既立為正后，母子權勢益盛，免不得愈鬧愈壞。有元一代，從此收場，請看下回交代。

女寵也，宦官也，權臣也，強藩也，此四者，皆足以亡國，順帝之

第五十九回　阻內禪左相得罪　入大都逆臣伏誅

季，蓋兼有之，而禍本則基於女寵！看此回陸續敘來，有宦官樸不花，有權臣搠思監，有強藩孛羅帖木兒及擴廓帖木兒，彼此迭起，如層巒疊嶂，目不勝接，而最要線索，則覷定奇后母子。奇后母子謀內禪，於是樸不花、搠思監，表裡為奸，乘間希寵；於是孛羅、擴廓，先後入犯，藉口誅奸。倘非順帝之素耽女寵，何自致此奇禍耶？哲婦傾城，我亦云然！

第六十回
群寇蕩平明祖即位　順帝出走元史告終

　　卻說奇后母子，既怨恨擴廓，自然專伺擴廓的間隙，以便下手。擴廓尚不及防，出都南下，軍容甚盛，鹵簿甲仗，亙數十里。既到河南，便傳檄各路將帥，會師大舉。是時兩河南北，總算平靖，前時受調的軍馬，多半還鎮，如咬住、亦憐真班、月魯帖木兒等，死的死，老的老，或內用，或罷官，（收束第五十五回的將官。）只關陝一帶，尚有李思齊、張良弼、孔興、脫列伯諸人，擁兵自固，隱蓄異圖。會接擴廓帖木兒檄文，張良弼首先拒命。良弼曾為陝西參政，駐兵藍田，當察罕帖木兒奉命總軍，良弼已不受節制。察罕嘗與李思齊聯兵往攻，經元廷遣使調解，方才罷手。看官！你想察罕是擴廓的父親，良弼尚欲抗拒，況輪到擴廓身上，哪裡肯低頭忍受？擴廓帖木兒以鎮將未受調遣，不便討賊，遂遣關保、虎林赤等，西攻良弼，一面遣人與李思齊聯盟。思齊與察罕為老友，至是要受制擴廓，意亦不平。良弼又結歡思齊，願遣子弟為質，連兵拒守，因此思齊卻擴廓使，竟與良弼相連。（統有私意用事，如何可以保國？）關保等進戰不利，擴廓帖木兒遂親自往攻，留弟脫因帖木兒駐濟南，防遏南軍。良弼聞擴廓自至，忙邀同孔興、脫列伯等會議，推思齊為盟主，合兵防禦。兩下角逐，互有勝負，皇太子乘隙進言，謂擴廓奉命南征，反行西進，顯有跋扈情狀。順帝乃遣使馳諭擴廓，令他速即罷兵，專事江淮，擴廓復奏，須平定關陝，然後東行，廷臣大嘩。太子亦自請出征，遂由順帝下詔道：

　　曩者障塞決河，本以拯民昏墊，豈期妖盜橫造訛言，簧鼓愚頑，塗炭

第六十回　群寇蕩平明祖即位　順帝出走元史告終

郡邑，前察罕帖木兒仗義興師，獻功敵愾，迅掃汴洛，克平青齊，為國捐軀，深可哀悼。其子擴廓帖木兒，克繼先志，用成駿功，皇太子愛獻識理達臘，計安宗社，累請出師，朕以國本至重，詎宜輕出。遂授擴廓帖木兒總戎重寄，畀以王爵，俾代其行。李思齊、張良弼等，各懷異見，搆兵不已，以致盜賊愈熾，深貽朕憂。詢諸眾謀，僉謂皇太子聰明仁孝，文武兼資，聿遵舊典，奐命以中書令樞密使，悉總天下兵馬，一應軍機政務，如出朕裁。其擴廓帖木兒總領本部軍馬，自潼關以東，肅清江淮，李思齊總統本部軍馬，自鳳翔以西，進取川蜀，以少保禿魯為陝西行省左丞相，總本部及張良弼、孔興、脫列伯各支軍馬，進取襄樊。詔書到日，宜洗心滌慮，共濟時難，毋負朕命！

此詔下後，擴廓帖木兒及李思齊、張良弼等，俱不受詔，仍是互相殘殺。皇太子亦留都不行，但遣人運動擴廓麾下，陰使脫離關係，自歸朝廷。於是關保、貊高等，都叛了擴廓，願從朝命。皇太子稟准順帝，罷擴廓兵柄，削太傅左丞相職銜，仍前河南王，食邑汝州，所有前統各軍，概派別將分領。擴廓帖木兒仍不受命，唯退軍還澤州。順帝又命李思齊、張良弼等，東向出關，關保、貊高等，西向進逼，兩路夾攻擴廓。擴廓大憤，竟引兵據太原，盡殺元廷所置官吏，居然行逆。（坐實一個逆字，書法謹嚴。）順帝再削他爵邑，令諸軍四面進蹙，擴廓也覺勢孤，由太原退守平陽。

正在難解難分的時候，忽然霹靂一聲，各軍瓦解，把紛紛擾擾的江山，盡行掃淨，發現一個大明帝國出來！（又作驚人之筆。）原來河北諸將，自相爭戰，無暇顧及南方。那時吳國公朱元璋，蒐集人材，招募兵士，武有徐達、常遇春、胡大海、俞通海、李文忠等，文有李善長、劉基、宋濂、葉琛、章溢、王褘等，先略浙東，次平江表，所經各地，秋毫無犯，人心相率歸向，望風投誠。（帝王之師，比眾不同。）

元廷曾遣戶部尚書張昶至江東，授元璋為江西平章政事。元璋極陳元廷失政，難與共事，說得張昶亦被感動，竟留住元璋營中，願佐戎幕。就是海上魔王方國珍，也因他威德服人，遣使奉書，願獻溫、臺、慶元三郡，只陳友諒與張士誠勾結，共抗元璋。士誠遣將呂珍，攻入安豐，殺劉福通，拘韓林兒。元璋率徐達、常遇春等，倍道赴援，擊走呂珍，迎林兒歸居滁州。友諒聞元璋救安豐，大興水師，來圍洪都。洪都係龍興改名，元璋留從子文正，及偏將鄧愈等協守，至友諒進攻，一面率兵備禦，一面飛書告急。元璋親率大兵往援，師至湖口，友諒亦撤圍東行，渡鄱陽湖，至康郎山，遇著元璋軍。元璋督兵死戰，縱火焚友諒舟，友諒大敗，中矢而死。（是戰為朱氏興亡關鍵，因與《元史》無甚關係，應另詳《明史演義》中，故敘述從略。）

　　友諒驍將張定邊，挾友諒次子陳理，遁還武昌。元璋遣常遇春督軍進攻，自還應天，稱為吳王，復率軍自搗武昌，降陳理及張定邊，湖廣、江西諸郡縣，次第蕩平。（友諒了。）

　　再下令討張士誠，時士誠所據地，南至紹興，北有通、泰、高郵、淮安、濠泗，直達濟寧。徐達、常遇春等，奉元璋命，攻取淮安諸路，連敗士誠軍，濠、徐、宿諸州，相繼攻下。又分兵徇浙西，拔湖州、嘉興、杭州，東入紹興。會韓林兒死，乃除去龍鳳年號。（韓林兒了。）建國號吳，立宗廟社稷。復命徐達等進逼平江，士誠固守數月，援盡力窮，城遂陷沒，執士誠歸應天，士誠自縊死。（士誠了。）

　　方國珍前降元璋，後又據境稱雄，經元璋將湯和、廖永忠等，水陸夾攻，國珍乃窮蹙乞降。湯和以國珍歸應天，未幾病歿。（國珍了。）

　　嗣是取福州，拔永平，殺福建平章陳友定，復進徇廣州，降廣東行省左丞何真，誅海寇邵宗愚，各郡縣相繼歸降，連九真、日南、朱崖、儋耳諸城，亦俱納印請吏，心悅誠服。於是南方大定，吳相國李善長等，連

第六十回　群寇蕩平明祖即位　順帝出走元史告終

表勸進，奉吳王朱元璋為帝。當於元順帝至正二十八年正月初四日，（載明年月日，為元明絕續之界限。）行即位禮，國號明，建元洪武。（一個禿頭和尚，居然做到皇帝，可見天下無難事，總教有心人。）一班開國功臣，於是日辰刻，簇擁吳王朱元璋，出應天城，先至南郊，祭告天地，由太史官劉基，代讀祝文。其文云：

　　唯大明洪武元年，歲次戊申，正月壬辰朔，越四日乙亥，皇帝臣朱元璋，敢昭告於皇天后土曰：伏以上天生民，俾以司牧，是以聖賢相承，繼天立極，撫臨億兆，堯、舜禪讓，湯、武弔伐，行雖不同，受命則一。今胡元亂世，宇宙洪荒，四海有蠢蠢之憂，八方有蛇蠍之禍；群雄並起，使山河瓜分，寇盜齊生，致乾坤棄滅。臣生於淮河，起自濠梁，提三尺以聚英雄，統一旅而救困苦。託天之德，驅陸軍以破肆毒之東吳，仗天之威，連戰艦以誅梟雄之北漢。因蒼生無主，為群臣所推，臣承天之基，即帝之位，恭為天吏，以治萬民。今改元洪武，國號大明，仰仗明威，掃盡中原，肅清華夏，使乾坤一統，萬姓咸寧。沐浴虔誠，齋心仰告，專祈默佑，永荷洪庥。尚饗！

　　讀祝畢，吳王朱元璋，率群臣行九叩禮。禮成，乃移就黃幄，南面稱尊。文武百官，及都城父老，揚塵舞蹈，三呼萬歲。但見天朗氣清，風和景霽，居然現出一番昇平氣象。自是吳王朱元璋，便成了明太祖高皇帝。（標清眉目。）即位後，返都升殿，又受群臣朝賀，追尊列祖為皇帝，冊馬氏為皇后，世子標為皇太子，以李善長、徐達為左右丞相，諸功臣亦進爵有差。

　　越日即下詔伐元，命徐達為徵虜大將軍，常遇春為副將軍，率師二十五萬，即日北行。大軍由淮入河，直趨山東，勢如破竹，陷沂州，下嶧州、般陽、濟寧、萊州、濟南、東平諸路，迎刃即解。轉旆河南，入虎牢關，大破元將脫因帖木兒，（即擴廓弟。）乘勝攻入汴梁。元將李思齊、張良

弼等，屢接順帝詔敕，令出潼關禦南軍，他偏遷延不發，至明軍已入河南，不得已率兵駐潼關。（漁人到了，蚌鷸危矣。）不防明軍煞是厲害，數日即至，放起一把大火，將張良弼營兵，燒得焦頭爛額。良弼遁去，思齊亦奔還鳳翔。大好一座潼關，被明軍占據去了。

擴廓帖木兒聞思齊等為明軍所困，乘隙東出，來襲關保、貂高，兩人不及防備，都被他生擒了去。還要驅兵內犯，險些兒逼入京畿。順帝大恐，忙下詔歸罪太子。復擴廓帖木兒官爵，仍前河南王左丞相，統軍南下，截擊明軍。擴廓乃退屯平陽，逗留不發。

明將徐達，已連下衛輝、彰德、廣平，進次臨清，大會諸將，分道北攻。至德州，復合軍長驅。元兵水陸俱潰，遂進陷通州。元知樞密院事卜顏帖木兒，力戰被擒，不屈遇害，元廷大震。順帝無法可施，只得集三宮后妃，至皇太子妃，同議避兵北行。左丞相失烈門，暨知樞密院事黑廝，宦官趙伯顏不花等，極力諫阻，順帝不從。趙伯顏不花慟哭道：「天下繫世祖的天下，陛下當以死守，奈何輕出？臣願率軍民出城拒戰，請陛下固守京都。」（元末有此宦官，可謂庸中佼佼。）順帝尚是沉吟，偏偏警信又到，報稱明軍將抵京城。那時順帝手忙腳亂，急令后妃太子等，收拾行裝，一面命淮王帖木兒不花監國，以慶童為左丞相，同守京師。挨過黃昏，便挈后妃太子等，開建德門北去，待明軍抵齊化門，都中已倉皇萬狀，淮王率著殘兵，守禦數日，哪裡當得住百戰百勝的明軍！至正二十八年八月二十日，明軍入城，淮王帖木兒不花，左丞相慶童，及右丞相張康伯，平章政事迭兒必失，樸賽因不花，御史中丞滿川，都路總管郭允中，皆死難。（不沒死事之臣。）元亡，統計元自太祖開國，至順帝北奔，共一百六十二年。自世祖混一中原，至順帝亡國，只八十九年。

徐達督諸軍入城後，禁士卒侵暴，封府庫及圖籍寶物，令指揮張勝，監守宮門，不得妄入。吏民安堵，市肆無驚，當下露布告捷，由太祖傳旨

第六十回　群寇蕩平明祖即位　順帝出走元史告終

獎賞，並命出師西略，徐達復率常遇春等，入山西，逐擴廓帖木兒，順道趨關中，降李思齊等。尋聞元兵猶出沒塞外，乃趨還燕都，準備北伐。至洪武二年，出師拔開平，元帝奔和林，三年復北伐，元帝奔應昌。未幾元帝逝世，元人謚為惠宗。明太祖以元帝順天退位，謚為順帝。明軍又進克應昌，元嗣君愛猷識理達臘，倉猝北竄，其子買的里八剌，及后妃諸王等，不及隨行，皆被獲。（未知奇后亦受擒否？）送至應天，明太祖下詔特赦，且封買的里八剌為崇禮侯。元參政劉益，亦以遼陽降。朔漠又定，頒詔天下。四年，復遣湯和、傅友德進軍四川，時明玉珍已死，子升襲位，發兵拒敵，屢戰屢敗，沒奈何面縛輿櫬，出降軍前。（明玉珍父子又了。）明太祖封為歸義侯。於是蕩蕩中華，盡入大明，《元史演義》，可從此告終了。唯還有一段尾聲，不能不補敘出來，歸結全書正傳。

　　先是西域分封，共有四國，自察合台汗也先不花，並有窩闊台汗地，卻成了鼎足三分。（應三十二回。）也先不花死後，國勢漸衰，至元順帝至正十九年，察合台後裔特庫爾克嗣位，復簡閱軍馬，征服叛亂。麾下有屬酋帖木兒，係蒙古疏族，強健善戰，所向有功。特庫爾剋死，子愛裡阿司嗣與帖木兒不協。帖木兒遂占據中央亞細亞，自行建國，奠都撒馬兒罕。嗣復逐愛裡阿司，並有察合台汗國全土。適伊兒國汗亞爾巴孔，（係旭烈兀弟，阿里不哥遠孫。）庸弱不振，部下多分據獨立，互爭不已，帖木兒又代為討平，乘勢占領，兩國併合為一。只有一欽察汗國，與他抗衡。欽察汗統轄阿羅思各部，威振西方，拔都遠孫月即別汗，及子札尼別汗二代，驅役阿羅思諸侯，氣焰尤盛。莫斯科大公宜萬一世，最得欽察汗信任，借勢營殖，後來俄羅斯肇興，實基於此。札尼別死，篡弒相繼，國又大亂，阿羅思諸侯，亦各圖分立。帖木兒引軍入援，鎮定全境，扶立脫克達米昔為欽察汗。及帖木兒還軍，脫克達米昔別圖拓地，侵入帖木兒境內。帖木兒怎肯干休！即親率大軍問罪，逐去脫克達米昔，另立一汗，叫

做可裡的克。表面上令他管轄，實際上仍歸自己節制，彷彿近今國際法上，所稱的被保護國。

帖木兒既併吞西域，復南略印度，侵母兒坦，陷疊爾黑。旋因突厥遺種阿斯曼國（即今土耳其國。）部長，名巴賈塞脫，連結阿非利加洲的埃及國，夾擊帖木兒屬地，帖木兒即還軍拒戰。一戰破埃及軍，再戰擒巴賈塞脫，略定小亞細亞全境，兵威大震，遂招集蒙古各王族，大舉而東，竟欲規復中原，混一區宇，仍追效那元太祖的雄圖，元世祖的宏業。無如天已厭元，不使再振，這位大名鼎鼎的帖木兒，竟中道病亡，未損明朝片土。此事已在永樂年間，他日演述《明史》，再當詳細交代，本書至元亡為止，不過應二十四回，及三十二回中，曾敘及西域四汗國事，若非補入此段，反似上文虛懸，無所歸結。看官如嫌簡略，請看日後出版的《明史演義》，自知分曉。小子欲就此擱筆，唯尚有俚句四首，錄述於後，作為全書的總束，看官不要誚我畫蛇添足哩！詩曰：

開疆容易守疆難，文治無聞運已殘；
八十九年元社稷，徒留戰史付人看！
累朝佞佛太無知，釋子居然作帝師；
果有如來應一笑，百年幻夢被僧欺。
到底華夷俗不同，上烝下亂竟成風；
濠梁幸有真人出，才把腥羶一掃空。
大好江山付劫灰，前車已覆後車來；
須知殷鑑原非遠，試看全書六十回。

本回為結束文字，故於元末各將帥，及東南諸寇盜，一齊敘過，如風掃殘雲，倏然而盡。至後段述及四汗國事，亦隨敘隨略，傳所謂其興也勃，其亡也忽者，文境殆似之矣。或謂如許大事，一回了畢，究嫌太簡，不知朱明之平定南方，應屬諸《明史》中，細評中已屢次說明。至若帖木

兒之奄有西域，亦在元亡後數十年間，必欲於此詳述，試問元、明兩代，將從何處分界耶？故宜詳者不厭其煩，宜簡者不嫌其略，著書人固自有深意也。

元史演義——從上彈章劾佞無功至順帝出走

作　　　者：蔡東藩
發　行　人：黃振庭
出　版　者：複刻文化事業有限公司
發　行　者：複刻文化事業有限公司
E-mail：sonbookservice@gmail.com
粉　絲　頁：https://www.facebook.com/sonbookss/
網　　　址：https://sonbook.net/
地　　　址：台北市中正區重慶南路一段 61 號 8 樓
8F., No.61, Sec. 1, Chongqing S. Rd., Zhongzheng Dist., Taipei City 100, Taiwan
電　　　話：(02)2370-3310
傳　　　真：(02)2388-1990
印　　　刷：京峯數位服務有限公司
律師顧問：廣華律師事務所 張珮琦律師

國家圖書館出版品預行編目資料

元史演義——從上彈章劾佞無功至順帝出走 / 蔡東藩 著 . -- 第一版 . -- 臺北市：複刻文化事業有限公司 , 2024.09
面；　公分
POD 版
ISBN 978-626-7514-81-8(平裝)
857.4557　　　113013416

定　　　價：350 元
發行日期：2024 年 09 月第一版